LA DANSE DU PAON

BIBLIOTHÈQUE ARABE
Littérature contemporaine

DE LA MÊME AUTEURE

HISTOIRE DE ZAHRA, Jean-Claude Lattès, 1985 ; Babel n° 378.
FEMMES DE SABLE ET DE MYRRHE, Actes Sud, 1992 ; Babel n° 137.
POSTE RESTANTE, BEYROUTH, Actes Sud, 1995 ; Babel n° 954.
LE CIMETIÈRE DES RÊVES, Actes Sud, 2000 ; Babel n° 535.
LONDRES MON AMOUR, Actes Sud, 2002 ; Babel n° 1026.
TOUTE UNE HISTOIRE (prix Lorientales, prix du Roman arabe, 2011), Actes Sud, 2010 ; Babel n° 1269.
LA MAISON DE SCHÉHÉRAZADE, Actes Sud/Sindbad, 2014.

Sindbad
est dirigé par Farouk Mardam-Bey

Titre original :
'Ayn al-tawous
Éditeur original :
Dar al-Adab, Beyrouth

ISBN 978-2-330-19851-0

HANAN EL-CHEIKH

La Danse du paon

roman traduit de l'arabe (Liban)
par Khaled Osman

Sindbad
ACTES SUD

Elle sentit le tremblement de son téléphone portable, elle le laissa vibrer longuement, mais ça ne s'arrêtait pas. La personne qui l'appelait devait sûrement être irritable ou avoir du mal à réguler ses émotions. Si son fils avait été là, il aurait déjà forcé l'entrée de la chambre en hurlant : "Ben alors, madame Yasmine, on dort encore ?"

Elle finit par décrocher et entendit une voix féminine l'interpeller :

"Yasmine ma chérie, c'est Oum Slimane qui t'appelle de Beyrouth !

— Oh, Oum Slimane, pas possible, mais raccroche donc, ma chérie, et je te rappelle tout de suite. Je ne veux pas que l'appel te revienne cher.

— Sacrée Yasmine, tu changeras décidément jamais !"

Yasmine la rappela aussitôt, et comprit qu'Oum Slimane avait pour elle une carte de son neveu Rica – en provenance d'Allemagne.

"Oh, ma chère, lui lança-t-elle, puisse Dieu t'apporter toujours de bonnes nouvelles ! C'est fabuleux, Rica était perdu de vue, et personne ne savait s'il était encore en vie ou non. Comment t'as mis la main sur cette carte ?"

"Tu sais, peut-être que le taxi ne nous a pas amenés au bon endroit, pas possible que ce soit le camp !" avait déjà lancé Yasmine à son fils lorsqu'ils étaient arrivés devant le portail clos. Comme elle réitérait ses inquiétudes, il répliqua :

"Bien sûr que si, t'as pas vu la pancarte de bienvenue avec le nom marqué dessus en grand ?

— Et comment j'aurais vu, quelqu'un t'a dit que je parlais allemand de naissance ?

— Les formules de bienvenue sont rédigées dans toutes les langues que Dieu a créées.

— Mais tu les as vues, toi ? Où ça ?

— Où ça ? Sur mon front !" ironisa-t-il.

Yasmine lui lança un regard qui se voulait plutôt une gifle, mais elle préféra bien vite l'ignorer. C'est alors que son fils Naji entreprit d'assener de grands coups au portail. Un homme leur ouvrit enfin, l'air excédé, et leur désigna un bouton sur la plaque métallique apposée sur le portail, sans doute pour leur faire comprendre qu'ils auraient dû presser la sonnette.

"Rica, Rica !" s'exclama Yasmine à l'adresse de l'homme.

Là-dessus, elle ouvrit son sac pour en sortir une photo du Rica en question, mais Naji s'interposa et tendit à l'homme une petite carte où on avait inscrit l'adresse du camp et le nom de Rica.

"On a eu cette carte par mon cousin Rica Chahar – le fils de mon oncle paternel, expliqua-t-il dans son anglais approximatif ; elle, c'est sa tante, qui est en même temps ma mère."

L'homme acquiesça et leur fit signe de le suivre. Il les précéda à travers une enfilade de couloirs le long desquels se distribuaient des chambres numérotées. Il s'arrêta devant l'une des portes, frappa un seul coup, puis deux coups de suite. Comme la porte ne s'ouvrait toujours pas, Yasmine s'élança pour y tambouriner de toutes ses forces en s'écriant : "Rica, Rica, allez mon chéri, ouvre-nous la porte s'il te plaît !"

Et de fait, la porte s'ouvrit. L'homme qui l'avait ouverte ressemblait à Rica, mais ce n'était pas Rica. Il était plus grand et plus massif, avec un visage rebondi, un triple menton et des cheveux tressés qui lui arrivaient à la taille. Lorsque le désarroi se lut dans ses yeux noirs, Yasmine s'écria : "Rica, mon chéri, c'est moi, ta tante Oum Naji*, tu me reconnais ?" Comme elle s'élançait vers lui pour le serrer dans ses bras, il recula légèrement, le visage impassible et distant. "Tu me reconnais, mon chéri ?" répéta-t-elle. Il émit un petit grognement.

L'homme qui les avait amenés tourna les talons, non sans s'être assuré auprès de Rica que tout allait bien : "OK ? – OK", confirma Rica. Une odeur infecte s'échappait de lui, de plus en plus prégnante, elle gagnait les narines, et même les cheveux, de Yasmine.

Cette pestilence la dissuadait de prendre Rica dans ses bras, néanmoins elle décida de surmonter son dégoût et le serra contre elle : "Où donc avais-tu disparu, mon chéri ?"

C'est vrai, ça, pourquoi diable avait-il disparu ! Elle lui dit combien il lui avait manqué, et combien elle était heureuse de l'avoir retrouvé. Cela faisait huit ans qu'elle

---

* Une des façons de désigner les femmes dans le monde arabe : "mère de…" suivi du nom du fils. *(Toutes les notes sont du traducteur.)*

n'avait plus eu de nouvelles de lui. La dernière chose qu'elle avait entendue de ses vieux parents, c'était que Rica avait quitté Beyrouth pour retourner en Afrique. Il rentrait dans sa ville d'origine, Dakar, à l'appel de son père – le frère de Yasmine –, qui vivait encore là-bas.

Ensuite elle avait presque oublié son existence, exactement comme cela arrive dans les familles qui se disloquent en raison de l'éloignement géographique et psychologique, et du fait de la dégradation de la situation. Les choses en seraient sûrement restées là sans cette petite carte mentionnant son nom et son adresse en Allemagne, qu'il avait adressée à Yasmine à Beyrouth. Il avait encore fallu un de ces hasards étonnants pour que la carte lui parvienne en France, où elle vivait à présent.

"Pardieu, où étais-tu passé, mon Rica bien-aimé ? Y a pas un endroit où on t'ait pas cherché. Même la fille d'Oum Bourhane, qui travaille aux Nations unies, elle t'a cherché. Nos dernières informations, c'était que t'avais quitté le Liban pour partir chez ton père en Afrique. Bon, mais après, qu'est-ce qui s'est passé ?"

Naji intervint, sa voix trahissait un mélange de tension et d'inquiétude.

"Ça va, maman, lui dit-il, tu pourras lui demander tout ça plus tard… Le passé est le passé, on n'en parle plus. Pas vrai, mon cher Rica ?"

Là-dessus, il partit dans un rire chargé de tendresse, quoique encore un peu artificiel.

"C'est moi qui parle avec lui, reprit la mère. Alors, il s'est passé quoi, mon chéri ?"

La ride verticale qui marquait le front de Rica se creusa en une vallée profonde, ses yeux s'égarèrent et il respira bruyamment :

“En revenant d’Afrique, expliqua-t-il, je suis passé par la Hollande, et ensuite l’Allemagne, et me voilà ici.

— Allez, Dieu soit loué mille fois qu’on soit enfin tous réunis.”

Après avoir agité la main pour capter un peu d’air, elle marcha vivement vers la fenêtre et tenta en vain d’ouvrir les battants à travers les barreaux métalliques. Ce fut Rica qui le fit pour elle, tout en lui demandant :

“Mais tu ne vas pas avoir froid comme ça, ma tante ?

— Ce froid est tout ce dont on a besoin, je veux que la chambre respire un air sain et pur. Laisse-nous donc la nettoyer – je ne sais pas comment tu fais pour vivre dans ce chaos et cette…”

Elle allait dire “cette saleté” mais se retint *in extremis* afin de ne pas le vexer. Puis, d’un air interloqué, elle lui demanda :

“C’est un pigeon ou bien une poule, que tu avais avec toi ?

— N’aie pas peur ma tante, les démons cachés sous mes ongles ne se sont pas réveillés.”

Yasmine s’élança vers lui. Elle voulait le prendre dans ses bras, mais une fois de plus il esquissa un pas en arrière.

“Au moins, mon chéri, ça veut dire que tu te souviens de moi ! Mais si c’est le cas, pour quelle raison tu t’es abstenu de me donner la moindre nouvelle ? Tu avais peut-être peur que je révèle à ton père où tu vis ?”

À Beyrouth, chaque fois que Yasmine rendait visite aux parents de Rica, alors enfant, elle lui nettoyait les ongles, ainsi que les plis derrière les oreilles. Les résidus de saleté accumulés sous ses ongles, elle les appelait “ses démons”, et pour lui faire peur, elle lui disait que s’il ne se lavait pas les mains, les démons se réveilleraient pour le hanter la nuit, ensuite de quoi ils le traîneraient jusqu'à la mer et l'abandonneraient là-bas.

Aux yeux de Naji, la chambre évoquait celle d'un extraterrestre qui se serait allongé pour couver ses œufs afin d'en faire éclore une poussière nocive pour les yeux. Seules les images obscènes au mur, arrachées à des revues pornographiques, attestaient que Rica était un jeune semblable à tous les autres jeunes.

Yasmine entreprit de dégager frénétiquement tout ce qui se trouvait sur le lit : les canettes de Pepsi et les bouteilles de bière vides, les paquets de cigarettes, les chaussettes sales, les chemises et les t-shirts empilés avec les sous-vêtements sales au-dessus de la couverture et de l'oreiller, qui eux-mêmes avaient pris une couleur de rouille. Du bout du pied, elle poussa tout ce bric-à-brac en direction de la porte de la chambre. Ensuite, elle s'attaqua au placard, qu'elle s'employa à vider entièrement, comme si elle donnait libre cours à une rivalité ancestrale qui l'opposait à tout son contenu : des boîtes de sauce tomate à la validité expirée depuis des années, des jouets pour bébés ou enfants mélangés à des boîtes et des sachets vides, un chapeau de dame fané, un parapluie perché sur des pelotes de tricot, une couette élimée imprimée de motifs représentant des fillettes chinoises, dont l'usure avait dévoré les yeux avant de s'étendre à tout le corps, une couverture de laine rongée par les mites, aux fils de laquelle pendaient des œufs de cafards, un dentier, enfin une chemise neuve encore enveloppée dans sa cellophane.

Naji se précipita pour ramasser une pipe que sa mère venait de jeter au sol, il l'examina avant de dévisager Rica.

"Toi, cousin, on peut dire que t'es pas n'importe qui !" s'exclama-t-il.

Rica ne comprit pas ce que Naji voulait dire, mais Yasmine, elle, avait saisi au vol.

"C'est ça qui a subitement fait de lui ton cousin chéri ? Juste parce que t'as cru qu'il était comme toi ? Pas le moins du monde. Cette pipe-là, vois-tu, appartenait à un monsieur respectable, qui y a fait graver ses initiales, « F. A. ». J'ignore ce qu'il est devenu, peut-être que sa famille a décidé, à sa mort, de jeter toutes ses affaires. Bon, viens plutôt me donner un coup de main au lieu de rester debout à rien faire – on dirait un réverbère. Et ça vaut aussi pour toi, Rica !"

Rica lui jeta un regard interrogateur.

"Oui, allez tous les deux m'acheter des gants en plastique et un flacon de Dettol, et aussi un gant de crin et un bloc de savon."

Elle remit à Rica un billet de cinquante euros.

"Moi aussi, réagit Naji, j'ai des achats à faire, il me faut un truc pour les maux de tête, j'ai une migraine carabinée.

— Non, toi, tu n'as pas besoin d'acheter quoi que ce soit, dit-elle en lui tendant deux comprimés qu'elle venait d'extraire de son sac à main.

— Dans ce cas, un seul comprimé suffira, je ne veux pas m'habituer aux médicaments, et encore moins aux calmants.

— Bien sûr, bien sûr, tu as parfaitement raison", acquiesça-t-elle.

Elle avait dit ça sur un ton très sarcastique, mais en vérité son cœur se réjouissait de voir Rica et Naji partir ensemble. Peut-être pourrait-elle ramener Rica en France pour y vivre avec eux deux, son fils y gagnerait un camarade, quant à elle, elle pourrait s'endormir l'esprit reposé et le cœur rasséréné, elle n'aurait plus à se coltiner les délires incessants de Naji, qui lui cherchait noise pour un oui ou pour un non et pour qui le moindre détail – fût-ce le pas d'une fourmi dans la maison – était prétexte à altercation.

Elle se mit fébrilement en quête du numéro de portable de son frère en Afrique, mais préféra remettre l'appel à plus tard, après le retour de Rica. Le père et le fils pourraient parler entre eux, et le père se sentirait plus responsabilisé ainsi, il veillerait à bien envoyer de l'argent à son fils. Chaque fois que son frère appelait pour prendre de ses nouvelles, elle sentait à quel point son exil du Liban et son expatriation vers l'Afrique, qui remontaient à un quart de siècle, avaient tué en lui le moindre sentiment, le moindre souvenir des moments passés ensemble, ainsi que – il n'était sans doute pas exagéré de l'ajouter à la liste – la moindre affection envers sa famille.

Ses visites au Liban ressemblaient aux retours d'un millionnaire expatrié, comme en témoignait par exemple le don qu'il avait effectué en faveur de l'école secondaire de son village. S'agissant de Rica, qu'il avait envoyé vivre au Liban depuis l'âge de quatre ans, il avait veillé à expédier chaque année de l'argent pour couvrir ses frais, mais avait mis fin d'un coup à ses versements du jour où il avait demandé que le jeune homme (désormais âgé de vingt ans) vienne vivre avec lui en Afrique.

“Ben alors, Rica, il t'arrive quoi ? Si j'en juge par toutes ces images au mur, tu m'as l'air très porté sur les femmes !

— J'ai seulement une petite copine allemande, on se voit une fois par mois quand elle vient à Münster. Bon, la demoiselle s'est mariée avec un autre, mais ça n'empêche qu'on s'aime, elle et moi.

— Et moi j'ai une copine très mignonne, elle s'appelle Maggie, lui précisa Naji. Elle voulait faire le voyage avec moi, mais j'ai refusé parce qu'elle aurait amené sa chienne avec nous... Allez, on a du temps devant nous maintenant, et tu auras sûrement l'occasion de faire sa connaissance un jour. Là, il est treize heures, Maggie doit être à son poste à la fabrique de crayons. Des fois je me cherche un prétexte pour lui rendre visite à son travail, mais quand j'ai appris que l'usine produisait six cent mille crayons à papier et crayons de couleur par jour, ça m'a refroidi. J'ai peur d'avoir des réactions d'angoisse en voyant les milliers de crayons rouler sur les trains de production, je me les suis imaginés comme des soldats sortant de leur tranchée l'un après l'autre."

Un coup d'œil à son téléphone portable rappela à Naji qu'il lui fallait téléphoner à Maggie – il avait déjà essayé trois fois en vain.

Elle devait être encore fâchée contre lui depuis le jour où il l'avait informée qu'il allait accompagner sa mère lors de son voyage en Allemagne pour rendre visite à son neveu au "camp" – le centre d'accueil des réfugiés. En l'apprenant, Maggie avait sauté de joie, pensant qu'elle partait avec lui – il faut dire qu'elle n'avait jamais pris l'avion. Comme il lui demandait ce qu'elle avait prévu de faire de la chienne, elle avait lâché : "On l'emmène, bien sûr", à quoi il avait répliqué : "T'es complètement folle."

Il lui envoya un message sur son portable : "J'ai un œil dans chacun des crayons que vous fabriquez, t'as intérêt à faire attention ! Je t'appelle après ton travail, n'oublie pas que tu m'as fait une promesse : pas de chant ni de vadrouille cette nuit… De toute façon, je te vois demain."

Il demanda à Rica ce qu'il était venu faire en Allemagne et pourquoi il était parti d'Afrique.

"Dis donc, Rica, s'exclama-t-il, t'es vraiment un boss d'avoir demandé l'asile en Allemagne ! Comment t'as eu cette idée diabolique ?"

Rica répondit simplement, économisant ses mots comme s'il les pesait sur une balance à or :

"Un de mes amis là-bas, un Libanais d'Afrique, m'a dit que la vraie vie, c'était ni sur le continent africain ni au Liban, mais en Allemagne.

— T'as bien de la chance d'avoir eu avec toi un ami libanais.

— En fait, il est retourné en Afrique après que son défunt père – Dieu te préserve de la mort – lui a légué une société prestigieuse."

L'attention de Naji fut attirée par un lierre qui s'était enroulé autour des barreaux incurvés d'une fenêtre. Comme il s'obligeait à avancer, il fut une nouvelle fois interpellé par les regards appuyés qu'un passant lançait à la chevelure de Rica. On ne peut jamais savoir à quoi pensent les gens, se dit-il, mais, moi, je suis convaincu que cet homme-là n'aime pas les tresses de Rica. Peut-être les aurait-il davantage appréciées s'il les avait vues sur une île lointaine, ou bien en plein cœur de l'Afrique.

La chambre de Rica était grande ouverte lorsqu'ils y retournèrent. Deux réfugiés iraniens, un troisième du Maroc et un quatrième du Ghana aidaient Yasmine à faire un grand ménage, allant à tour de rôle lui remplir des seaux d'eau. Les Iraniens lui avaient prêté une brosse et des ustensiles de nettoyage. Elle leur avait demandé à tous de l'appeler "Yasmine" tout court. Après coup, il comprit pourquoi tous s'étaient portés volontaires pour l'aider : la curiosité – ils étaient aiguillonnés par l'envie de découvrir à quoi ressemblait la chambre de Rica. L'un d'entre eux voulait vérifier si le pigeon vivait toujours avec lui.

Plus tard, Yasmine apprit d'eux que la plupart des réfugiés du camp avaient essayé d'aborder son neveu et d'échanger avec lui pour l'aider, mais qu'aucun n'y était parvenu. Sa porte leur était fermée en permanence, et ils n'entendaient aucun son ni mouvement filtrer de l'intérieur, excepté le roucoulement du pigeon.

"C'est vrai qu'un pigeon vivait dans ta chambre ? se risqua-t-elle à lui demander.

— Oui, c'est exact. Mais il s'est envolé."

Jetant un coup d'œil à ses affaires empilées à la porte de la chambre, puis un autre aux murs dont les photos obscènes avaient été arrachées, et encore un dernier au lit qu'on avait débarrassé de ses couvertures et de ses oreillers, Rica baissa la tête et poussa un soupir triste. Il se pencha vers le tas d'affaires jonchant le sol pour ramasser un oreiller. Sa tante lui dit que même des rats n'auraient pas voulu d'une literie pareille, elle allait demander qu'on lui procure un oreiller et un couvre-lit neufs, et si sa demande était refusée, elle irait sans délai lui acheter tout ce qu'il lui fallait.

Rica se prit la tête entre les mains. On eût dit qu'il allait fondre en sanglots. Il s'était jusqu'ici employé à récupérer tous les objets trouvés sur son chemin, même s'ils étaient fatigués et n'étaient plus bons que pour la poubelle, il les prenait pour les enterrer dans sa chambre. Ils lui tenaient compagnie dans sa solitude, et il aspirait à les avoir rien qu'à lui. Il faut dire que, depuis son enfance, il n'avait jamais rien possédé en propre : pas une gomme, pas un taille-crayon ni un stylo. Tous les objets neufs allaient d'abord à Naji, et ne lui revenaient que dans un second temps.

Les tombes de ces objets le cernaient, depuis son armoire, elles avaient rampé jusqu'à ses cheveux, jusqu'à ses dents, jusqu'à ses yeux, et fini par englober tout son corps. De ce fait, il ne se lavait plus que rarement. Tout ce qui avait trait à sa personne était devenu lointain, son corps l'avait abandonné pour partir ailleurs, seul son esprit demeurait présent afin de l'emmener dans des expéditions généralement calmes et pacifiques, quoique parfois hostiles.

Chaque fois que son esprit criait "J'ai faim, j'ai faim", il se précipitait à l'épicerie et achetait des dizaines de boîtes de macaronis, sans plus provoquer d'étonnement chez l'épicier allemand, désormais habitué à lui et à ses commandes un peu surprenantes.

Non, il ne voulait pas se souvenir de ses expéditions hostiles, lorsqu'il lui était arrivé de soulever les chaises des jardins publics pour les brandir bien haut avant de les jeter au sol. Son activité principale, à présent, c'était d'attendre à longueur de journée : il attendait, attendait encore, après quoi il allait se coucher le plus tôt possible afin de ne plus attendre. Le matin, il se levait de bonne heure pour guetter l'arrivée au courrier de la fameuse enveloppe qui serait libellée à son nom, "Rica Chahar", transcrit en allemand et précédé de la mention *Herr* – ça voulait dire "monsieur". On lui demanderait d'accuser réception de cette lettre par laquelle on lui confirmait que ses papiers avaient été acceptés et que les autorités avaient accédé à sa demande de résider en Allemagne et d'en acquérir la nationalité.

Voyant que Rica s'était mis à pleurer, Naji fit signe à sa mère de le laisser tranquille, avec un clin d'œil reconnaissant pour tout ce qu'elle avait déjà fait. Puis il supplia ses pensées de se calmer elles aussi, de cesser de l'emmener trop loin dans leurs analyses qui le conduisaient à une prise de conscience inédite : l'état de saleté de la chambre et les photos obscènes – désormais arrachées du mur – ne pouvaient signifier qu'une chose quant à la condition de Rica, à savoir qu'il était un solitaire qui vivait sans amour et sans famille.

Même cette fille que Rica avait évoquée, Naji était persuadé qu'elle n'était attirée que par la taille de son membre et la couleur de sa peau. Sa tante l'aimait, certes, mais est-ce que l'amour, ça suffisait ? Il avait besoin de quelqu'un qui l'aide, pas seulement de quelqu'un qui l'aime…

"Oh mon Dieu, madame Yasmine, s'écria Naji, vraiment vous êtes insensible, comment avez-vous eu le cœur de déchirer ces photos de beautés foudroyantes, de chiffonner les seins de cette femme magnifique et le ventre de cette autre plus splendide encore, sans parler de leurs buissons ? Comment voulez-vous après ça que ces malheureuses arrivent à tomber enceintes et à mettre au monde des enfants ?"

Au lieu de l'invectiver en retour, Yasmine éclata de rire. Les spasmes la secouaient si fort qu'elle paraissait près de s'évanouir ; Rica bascula lui aussi dans une crise de fou rire qui lui secouait la tête, il riait si fort que ses lèvres en tremblaient.

Yasmine profita de ce moment de bonne humeur pour téléphoner à son frère – le père de Rica.

“Allô, allô, c’est Yasmine, pas besoin de te dire. Devine où je suis ? Non, non, je suis en Allemagne – c’est pas une surprise, ça ? Bon, j’ai à côté de moi quelqu’un qui voudrait te parler.”

Elle tendit le combiné à Rica, qui s’en saisit avec réticence tout en interrogeant des yeux sa tante.

“Allô, allô, finit-il par dire, Rica à l’appareil.”

Là-dessus, il rendit le téléphone à sa tante comme si c’était un serpent qui allait le mordre.

“Oh, mon Rica, je suis désolée, vraiment désolée.

— De toute façon, ma tante, laisse-moi te dire une chose : j’ai pas de père. L’humain, il est humain avant même d’être un père, un frère ou un oncle. Mais celui-là, c’est pas un humain, je sais pas ce qu’il est. Lorsque sa femme s’est fâchée avec lui parce qu’il avait refusé de donner un job à son frère qui avait la réputation d’être un voleur, et qu’elle est rentrée au Liban, mon père a fait la connaissance d’une Marocaine. Elle a pris l’habitude de nous rendre visite, et de nous cuisiner des petits plats, elle parlait avec nous et s’occupait bien de nous – bref elle est devenue un peu comme notre mère. Elle avait vraiment un bon fond, elle nous a aimés et nous aussi on l’a aimée. Mais voilà que, quelques jours plus tard, mon père fait la connaissance d’une photographe, c’était au mariage du fils d’un ami. Il nous l’a ramenée à la maison pratiquement chaque jour. La Marocaine s’est mise en colère, mais lui, il n’en avait rien à faire : lorsqu’elle a ouvert la porte pour partir définitivement, même nous qui pourtant n'étions pas ses enfants, on lui a couru après pour la rattraper, pendant que lui, Sa Majesté, n'a même pas bougé le petit doigt."

Silence et raclement de gorge du côté de Yasmine.

"Allez, mon chéri, l'important c'est que, nous, on soit tous ensemble. Tu sais, peut-être que mes pensées et mon cœur t'ont envoyé des ondes pour que tu nous téléphones.

— En fait je voulais t'appeler depuis longtemps, mais… enfin je voulais appeler pour m'excuser parce que…" Il ne termina pas sa phrase.

"Mais pourquoi t'excuser, mon chéri, t'as rien fait, toi ! Ah, tu veux dire t'excuser de ne pas m'avoir dit que tu avais quitté l'Afrique pour venir ici en Allemagne ?

— En fait, c'est pas ça, c'est que, petit, je t'en ai voulu car je ne comprenais pas pourquoi tu m'avais dit : « Rica, je veux que tu me blanchisses le visage, pas que tu me le noircisses… » C'est quand tu voulais me faire apprendre par cœur le poème de Gibran Khalil Gibran, celui qui commence par : « Donne-moi la flûte et chante / L'immortalité s'étend dans le chant / Et même après la mort / La flûte continue de se lamenter*. »

— Oh, merveilleux mon chéri, tu le connais encore par cœur ! s'exclama Yasmine en applaudissant des deux mains, et des larmes lui montèrent aux yeux.

— Et moi, je me suis dit : pourquoi est-ce que ma tante me demande de ne pas lui noircir le visage, tout ça parce que je suis assis à côté d'elle ? Aurait-elle peur que je la contamine, et que son visage devienne noir comme

* Ce poème a été mis en musique et adapté pour être interprété par la grande chanteuse libanaise Fayrouz.

le mien ? C'est depuis ce jour-là que j'ai commencé à repeindre toutes tes paires de chaussures.

— Oh, tu t'en es souvenu ? Bon Dieu, tu t'es souvenu de ça ! cria Yasmine. Maintenant je comprends pourquoi tu étais allé enduire de cirage noir toutes mes chaussures blanches et bleues, et repeindre les roses avec de la peinture noire."

Yasmine éclata de rire, imitée par Rica et Naji. "Ah, je me souviens, expliqua ce dernier à Rica, ta tante s'était mise à pleurer en découvrant ses chaussures toutes noires, elle a dû les apporter au cordonnier pour qu'il leur fasse retrouver leur couleur initiale."

Rica sortit précipitamment un papier de la poche de son pantalon, on aurait dit une impression d'écran d'internet. Naji le lui arracha par surprise pour le lire mais n'y parvint pas. Il le rendit à Rica qui tenta à son tour de le déchiffrer, comme s'il s'agissait d'une ordonnance. Pour finir, c'est Yasmine qui parvint à le lire avec toute la fluidité et la clarté voulues.

"L'expression « Que Dieu te blanchisse le visage » ne fait évidemment pas référence à un changement de la couleur de peau, elle signifie plutôt : « Que Dieu te fasse entrer au paradis » ; car ceux dont les visages ont blanchi seront admis au paradis, comme l'atteste le verset divinement inspiré : « Le jour où certains visages auront blanchi tandis que d'autres visages seront noirs [...], ceux dont les visages auront blanchi jouiront de la miséricorde de Dieu dans laquelle ils demeureront éternels*. »"

Quand Yasmine lui demanda où il avait trouvé ces informations, Rica expliqua qu'elles ne provenaient

---

* Coran, "La famille de 'Imran" (III, 106).

pas d'internet, mais d'un imam qui visitait le camp de migrants au début de chaque mois. Il les avait fait ronéotyper sur des tracts qu'il distribuait à tous les réfugiés musulmans. Lorsque l'un des migrants – un musulman de Turquie – lui avait demandé si ses ablutions rituelles étaient valables bien que la salle d'eau soit commune aux adeptes de toutes les religions, l'imam avait répliqué que tant qu'on utilisait l'eau des robinets, il s'agissait d'eau courante, donc pure et convenant pour les ablutions. "En matière de religion, avait-il lancé en repartant, je vous engage à ne pas vous arrêter aux détails sans importance, ceux-ci peuvent devenir aussi blâmables que les innovations fantaisistes. Je souhaite que vous tous contribuiez à blanchir mon visage et non à le noircir."

Naji se sentit soudain oppressé. Il tournait en rond dans la chambre sans s'arrêter, comme s'il l'arpentait pour en prendre les dimensions ; il se rongeait les ongles et on le vit même passer ses dents sur sa bague en argent. S'il y avait eu une seule chaise dans la pièce, il se serait assis dessus et aurait tapé nerveusement du pied dans un tic ininterrompu.

Sans nul doute, Rica devait repenser aux pâtisseries baptisées "têtes-de-nègre", "forêt-noire", ou encore au livre *Sambo le petit nègre*.

Oh, comme Naji avait eu tort de penser que le passé était révolu et que ces années-là ne reviendraient jamais ! Il se rendait compte que le passé était chaussé de grandes bottes et qu'il pouvait rattraper le présent, voire se vanter de sa supériorité par rapport à lui : "Alors quoi, cher monsieur, vous pensiez m'avoir définitivement distancé après m'avoir jeté dans un puits profond ? Eh bien me voici ressorti du puits, dans une forme éblouissante, pour vous confronter ! Et ce n'est pas tout, je viens vous rappeler par-dessus le marché vos « têtes-de-nègre » et vos « forêts-noires », vos « chiffons d'esclave » et vos lubies sur notre « sang noir » comparé à votre « sang rouge » !"

"Naji, pour l'amour de Dieu, s'écria sa mère, tu me donnes le tournis à tournicoter comme ça !

— Mais Rica, comment t'as su qu'on vivait en France ? lui demanda Naji tout en se disant qu'il lui incombait d'étouffer le passé par n'importe quel moyen.

— J'ai entendu ma belle-mère dire à mon père : « Allons donc rendre visite à ta sœur Yasmine en France, et emmenons notre fille avec nous. »

— Leur fille ? Ça veut dire ta sœur ?

— Tout juste : ma sœur…" répliqua Rica en riant.

Naji n'avait pas entendu la réponse de Rica, pas plus qu'il ne s'était tourné vers sa mère pour tenter de savoir à quoi elle pensait. Chaque partie de lui trépidait : sa poitrine, son estomac, ses mains… "Salut mon esprit, coucou ma tête, hello mon estomac, je sais que tu es affamé, je vais assouvir ta faim, donne-moi juste un petit instant, si tu me donnes un moment, tu verras que je suis à la hauteur de la mission." De son côté, son esprit lui assurait que le seul devoir du messager est de transmettre le message : "Je t'ai prévenu, maintenant à toi de te débrouiller."

Il se remit à tourner dans la pièce et, à peine arrivé à la fenêtre, il prit un comprimé de drogue, le croquant comme s'il s'agissait d'un bonbon.

Il aurait voulu en donner un identique à Rica afin de l'aider à lisser les rides de contrariété de son visage et à dissiper son angoisse. Ainsi, il pourrait s'allonger et dormir afin d'échapper un peu à lui-même ne serait-ce qu'un instant. Le cachet ne te demande rien et ne te fait aucune promesse ; étrange, comment le Créateur a-t-Il pu le laisser échapper à Sa vigilance pour nous en faire don ainsi ? Avec ça, on peut pulvériser l'anxiété et l'effacer de notre existence, et renouer avec nos pensées en leur permettant de paître dans une vaste prairie dépourvue de rochers, de collines ou de vallées, à l'abri des tsunamis ou des tempêtes ! Si j'avais la certitude que notre Créateur m'entendait à présent, je Le supplierais de stocker plutôt notre adrénaline dans les deux fossettes que nous avons au-dessus des fesses ; il suffirait alors de les presser pour que l'adrénaline se déverse dans notre sang.

Naji poussa un cri et se fustigea, interrompant brutalement ses allées et venues d'animal excité et ses divagations. Il venait de réaliser que tous les gens n'ont peut-être pas deux fossettes comme celles qu'avait Maggie, il valait sans doute mieux positionner le réservoir d'adrénaline sous l'aisselle gauche.

Cette Maggie qu'il aimait était un jouet, une poupée comme ces poupées auxquelles jouent les petites filles – rien à voir avec ces femmes qui manient le membre de l'homme comme s'il s'agissait d'un microphone. Les baisers de Maggie et sa manière de faire l'amour, que ce soit dans la précipitation ou dans la lenteur, étaient tributaires de l'état d'esprit et de l'humeur de sa chienne, tout dépendait si celle-ci était occupée à ronger frénétiquement un os ou, à l'inverse, assoupie tranquillement pour la sieste. Quand toutes deux l'emmenaient là-bas, dans leur caverne remplie de tous les trésors qu'il aimait, il prenait plaisir à lui ôter ses bas transparents ou colorés qui lui arrivaient aux genoux, découvrant ses jambes et ses cuisses maigres et tendues.

Le désir est semblable à une mélodie qui monte dans les aigus pour te murmurer à l'oreille : veux-tu que j'aille plus vite ? Dois-je prendre mon temps quand j'emmène Maggie jusqu'à l'orgasme ? Dois-je accélérer moi aussi, ou au contraire ralentir le long des parois de cette caverne où le croissant de lune est appelé à se muer en astre plein ?

La chambre où l'assiégeaient ces pensées lui promit soudain que, bientôt, Maggie et lui auraient un endroit bien à eux, loin de l'appartement de sa mère.

Lorsque Maggie lui avait fait voir pour la première fois les toiles du peintre Balthus, il avait été effrayé et dérouté : les filles représentées dans ces tableaux, en compagnie de leur chat, paraissaient s'ennuyer, on aurait dit qu'elles rêvaient de s'acheter des jouets, de manger du chocolat ou de faire du vélo, ou alors attendaient qu'on les autorise à parler aux garçons. Maggie ne se sentait-elle pas seule elle aussi, même lorsqu'elle se trouvait avec lui, même lorsqu'il était en train de lui témoigner son amour ? se demandait-il.

"Ce Balthus n'est pas connu du grand public, contrairement à un Picasso, un Matisse ou un Gauguin, comment se fait-il que tu le connaisses ?" Voilà la question que Naji lui avait posée, au moment de tomber de nouveau amoureux d'elle, plus passionnément encore que la première fois, en découvrant qu'elle connaissait une chose inconnue de lui. Elle lui avait raconté l'anecdote qui se rapportait à une amie à elle. "Un jour je l'ai vue arriver avec un t-shirt imprimé complètement dingue, représentant une fille en compagnie de son chat, avec la signature de Balthus, ça m'a fait penser à moi avec ma chienne."

"Naji, viens, les Iraniens nous invitent chez eux !" lui cria Yasmine.

La chambre des deux frères iraniens était très grande, on aurait dit un salon dans une grande maison, et non un réduit dans un camp de réfugiés, avec un tapis persan aux motifs floraux bleu marine qui devait provenir de la région d'Ispahan. La maison des parents de Yasmine au Liban était jonchée de tapis persans, elle avait passé son enfance à s'imaginer des histoires à partir de ces motifs, le rossignol qui avait perdu sa mère entre les roses, la tranche de pastèque jaune qu'elle avait achetée chez le marchand de fruits et qui, aspirant à devenir un croissant de lune, avait discrètement décollé du sol de la cuisine familiale pour s'envoler dans le ciel, les colliers aux formes géométriques, sertis d'énormes pierres de corail, d'agate et de turquoise passés aux cous de djinnas…

L'un des frères s'approcha du samovar qui trônait au milieu de la chambre et en versa du thé pour Yasmine, pendant que l'autre frère lui présentait une assiette de pistaches roses d'Alep. Yasmine laissa son regard dériver du tapis au verre de thé décoré de caractères calligraphiés en persan, puis à l'assiette turquoise où étaient disposées les pistaches.

"Toute cette beauté au milieu d'un camp de réfugiés, interrogea-t-elle soudain, est-ce seulement possible ?

— Tu as déjà visité l'Iran ? lui demanda l'un des frères.

— Non, jamais, mais j'aime l'art de votre pays. Mon père était fou de tapis persans, et moi j'adore les miniatures, ainsi que tous vos plats. Est-ce que l'Iran vous manque ?

— La liberté est un trésor, lui répondit l'un des frères, c'est pour ça que nous nous sommes opposés au régime iranien. Nous voulons vivre en Allemagne, notre avenir est ici. Nous attendons que notre dossier de demande d'asile soit accepté si Dieu le veut.

— Si Dieu le veut, tout ira bien.

— Mais, si vous permettez, tante Oum Naji…

— Tu peux m'appeler par mon prénom – c'est Yasmine.

— Permettez-moi de vous demander : pourquoi est-ce que le frangin Rica vit ici ?"

Agacé, Naji prit les devants pour répondre.

"On est ici pour réintégrer Rica à la famille, dit-il sur un ton où pointait une certaine virulence. On ne savait pas où il se trouvait, et son adresse, on ne l'a eue que tout récemment. Notre souhait, c'est qu'il vienne vivre avec nous en France. En fait, il était en Afrique avec son père – mon oncle – et, du jour au lendemain, on n'a plus eu de nouvelles de lui. Pas vrai, mon cher Rica ?

— Pour ma part, déclara Rica en se levant précipitamment de sa chaise, je suis comme tout le monde ici : je veux rester vivre en Allemagne. Je suis comme vous tous, j'attends mes papiers.

— Malheureusement, frangin Rica, comme tu le sais, répondit l'un des deux frères, tu restes dans ta chambre jour et nuit pendant que nous on va travailler, même si ce n'est que quelques heures par jour, n'importe quel boulot. Et nous, on apprend l'allemand aussi, au point que je suis maintenant capable de traduire du persan vers l'allemand. Mon frère fait un stage et des études pour devenir infirmier. Quoi qu'il en soit, si vous voulez l'emmener avec vous, vous devez en avertir immédiatement le responsable parce qu'il y a des précautions et des dispositions à prendre, et aussi des formulaires à remplir.

— Le responsable, c'est bien le type qui était à l'entrée tout à l'heure ?" demanda Yasmine en se levant.

Rica se mit en travers de la porte et s'adressa à elle en arabe :

"Tu vas où, ma tante ? N'écoute pas ce que te disent les autres, écoute ce que je te dis, moi. Personnellement, je ne suis pas prêt à partir avec vous. Tu voudrais que je laisse huit années de ma vie s'en aller comme ça en fumée ? Moi je ne pars pas d'Allemagne. C'est sûr que ça ne me déplairait pas de venir vous voir, mais pas maintenant. Pour l'instant, je dois rester pour attendre mes papiers. Après, on verra.

— D'accord mon chéri, d'accord. Dans ce cas réfléchissons-y ensemble ce soir", dit Yasmine. Puis, se tournant vers les autres : "Vous êtes tous invités à dîner chez nous. On va au restaurant, ou bien on mange ici dans cette chambre extraordinaire ?"

C'est ainsi que tout le monde dîna là : les deux frères iraniens, l'Africain du Ghana et l'Arabe du Maroc. Quant à la nourriture, elle venait d'un restaurant libanais que Naji avait déniché sur internet.

Yasmine demanda à Rica où étaient les toilettes. Il lui indiqua le chemin, mais au lieu d'y aller directement, elle fila informer le responsable du camp qu'elle comptait emmener Rica. Il répliqua que les règles en vigueur ne le permettaient pas, à moins que Rica n'en fasse expressément la demande, et même dans ce cas, il lui faudrait remplir un formulaire et demander un rendez-vous.

Les propos échangés durant ce repas généreux et appétissant, qui avait été accompagné de verres de vin et de pâtisseries variées, tarte au chocolat et baklava, incitèrent l'un des Iraniens à lancer à Rica : "Si j'avais eu une tante comme la tienne et un cousin comme Naji, et qu'ils m'avaient proposé d'aller vivre avec eux en France, j'aurais rampé sur le ventre pour y aller, et j'aurais été l'homme le plus heureux du monde !

— Rica, mon chéri, s'exclama Yasmine d'une voix chargée d'affection, sache que notre maison en France te sera toujours ouverte…"

Ça, je m'en doute, réagit Naji pour lui-même, et cela pour la bonne raison que, dès qu'il y a du monde autour, ma mère en fait toujours des tonnes question minauderie, féminité et séduction, et jusqu'à ses cent ans, elle ne changera jamais ni de caractère ni de façon de faire.

Rica se leva. Il voulait crier à la face de tous, mais son cri se transforma en un grand soupir : "Laissez-moi tranquille, je n'ai pas de pays où je pourrais retourner !" Là-dessus, il ouvrit la porte et quitta la pièce.

La joie que Yasmine avait senti irradier ses veines en entendant la tirade du jeune Iranien, vers lequel elle se sentait attirée bien qu'il fût son cadet de trente ans, fut de très courte durée. Elle s'élança pour rattraper Rica, mais c'est le Ghanéen qui parvint à le ramener, le tirant derrière lui après lui avoir baisé le front. Lorsque Rica se fut assis et que Yasmine et Naji eurent repris leur place, le Ghanéen posa ses mains sur les épaules de Rica.

"Mes frères, on va attendre que ce rêve qui nous anime tous se réalise, c'est grâce à lui qu'on a pu supporter le froid et la solitude. Mais notre maintien ici n'est plus seulement suspendu à un rêve, on en a fait une question d'honneur, une sorte de compte à régler, et vous savez pourquoi ? Parce que, toutes ces années, les autorités ici nous ont contraints à renoncer à la vie le temps qu'elles prennent leur décision."

Comme Naji aurait aimé avoir en France une petite chambre comme celle de Rica, au lieu de leur logement dans la cité, de la voix omniprésente de sa mère et du sifflement des avions au-dessus de sa tête. Juste une chambre comme celle-ci, avec un petit jardin pareil à celui du camp. Tout ce qu'il voyait autour de lui était neuf.

À présent, c'était lui qui conduisait les opérations et non plus sa mère. Il n'avait plus besoin de batailler pour qu'elle lui donne de l'argent, elle le faisait d'elle-même sans qu'il ait à le lui demander. Elle lui avait remis une belle somme pour qu'il lui achète des gants en plastique. Et cette fois elle s'était abstenue de compter laborieusement les euros et les centimes comme elle le faisait d'ordinaire, lui donnant l'impression qu'il était l'un de ces clochards qui font fuir les passants et les obligent à traverser la rue pour ne pas avoir à leur verser d'aumône. Son amoureuse Maggie lui manquait davantage d'heure en heure.

"Au fait, mon bien cher Rica, j'ai oublié de te demander : tu n'as pas été étonné en nous voyant débouler comme ça ?

— Oh non, j'étais sûr que dès que ma tante recevrait la carte postale, elle débarquerait aussitôt pour prendre de mes nouvelles.

— Ah, répliqua Yasmine en arabe, tu n'imagines même pas ce qu'il a fallu pour que ta carte arrive jusqu'à moi !"

Là-dessus, elle passa en français pour raconter l'histoire à Rica et à toute l'assistance.

“Vous n’allez pas croire ce qui s’est passé ! Rica avait inscrit mon adresse sur la carte de la manière suivante : « Pour Oum Naji, gare de Noueiri, Beyrouth, Liban. » Il n’y avait ni nom de famille, ni nom de rue, ni numéro d’immeuble. Eh bien malgré ça, la carte postale m’est parvenue à mon adresse en France, alors que nous avions quitté le Liban depuis déjà dix-huit mois. Ça n’est pas un miracle, ça ?

— Je vous jure que c’est le destin, s’écria l’Iranien, et aussi les intentions pures de ce brave Rica ! Ce sont elles qui ont acheminé la carte jusqu’à toi.

— Ce qui s’est passé, reprit Yasmine, je l’ai appris d’Oum Slimane – une de mes meilleures amies – qui m’a appelée un jour de Beyrouth. Le facteur ne savait pas quoi faire de la carte postale ainsi rédigée, cependant son cœur lui commandait de ne pas la jeter, alors il l’a gardée dans la poche de son gilet. C’est là que sa chérie, une Sri-Lankaise, est tombée dessus peu après. Étant d’un caractère jaloux, elle a cru qu’il la trompait, alors elle l’a emportée chez l’épicier du coin en lui demandant de lui lire le texte en arabe inscrit au dos. À la lecture, l’homme a poussé un cri de stupeur : « Mais je la connais, celle-là, qui dans le quartier pourrait oublier Yasmine ! » Il a donc envoyé la jeune Sri-Lankaise chez une de mes voisines, Latifa, qui l’a à son tour adressée à une autre voisine. « Cette voisine, Najah, s’est alors retournée vers Mon Excellence, et moi au moins j’avais ton numéro de portable ! » a conclu Oum Slimane. Voilà en bref l’histoire telle qu’elle me l’a racontée.”

Les acclamations jaillirent de toutes parts. Naji applaudit puis plaça ses doigts dans sa bouche pour émettre un long sifflement. Pendant ce temps, Rica se formulait des regrets : si seulement cette carte n'avait pas été envoyée, ou si elle l'avait été avec une adresse introuvable ! Car la vérité, c'est qu'il ne voulait pas vivre avec sa tante et Naji en France, pas plus qu'il ne désirait rentrer en Afrique ou au Liban.

"Je te le dis, ma tante, et à toi aussi, Naji, cette histoire de carte postale est vraiment très étrange !

— Mais comme toute ton existence, Rica !" répliqua Naji.

Comme toute mon existence ? s'exclama Rica en luimême. Comment deviner la vérité à travers les apparences qui s'offrent à nous ? Par exemple, mon père est clair de peau et ma mère est noire d'Afrique, de ce fait je suis né mi-clair mi-foncé. Ma tante a beau être d'une blancheur immaculée, elle est plus proche de moi que cette vendeuse africaine que j'avais aperçue, debout derrière le comptoir de pistaches – pistaches dont, soit dit en passant, j'ignorais qu'on les appelait au Liban "pistaches d'esclaves"...

Eh bien ça ne m'avait pas empêché de lâcher la main de ma tante pour me précipiter vers la vendeuse qui était adossée au mur derrière la machine à torréfier montée sur quatre pieds métalliques qui lui arrivait à la taille. C'est que la vapeur qui montait de la machine me rappelait une odeur de fumée que j'avais humée, là-bas en Afrique, quand, avec ma mère et ma tante, nous nous tenions sous les arbres de la ferme. La fumée ne servait pas seulement à tenir à l'écart les serpents et les insectes, elle dégageait une odeur très appétissante.

J'ai encore en mémoire comment ma tante Yasmine m'avait rejoint auprès de la vendeuse et lui avait acheté deux cornets de pistaches.

Après m'en avoir remis un, elle m'avait pris par la main pour qu'on reparte, mais moi j'avais refusé de faire un seul pas. J'étais cloué devant la vendeuse, inquiet de voir qu'elle ne m'avait pas pris par-dessous les aisselles pour me soulever de terre et m'embrasser ou me serrer dans ses bras. Ma tante me tirait par la main, et moi je résistais. Tout en désignant la vendeuse, j'avais dit dans mon arabe boiteux : "C'est ma tante, je veux rester avec elle !" Ma tante – la vraie – avait éclaté de rire, et sans cesser de pouffer elle s'était penchée sur moi et m'avait embrassé tout en me pinçant les joues. Puis elle s'était tournée vers la vendeuse : "Ce petit diable, là, c'est mon neveu Rica, il veut savoir si tu es sa parente africaine."

La femme avait éclaté de rire, indiquant qu'elle venait du Soudan, et demandant d'où était originaire la parente africaine en question. "Du Sénégal, avait répondu Yasmine, de Dakar plus précisément." Rica les avait interrompues bruyamment : "Tu viens du Soudan ? Mais y a vraiment un pays qui s'appelle « Soudan », juste parce que les gens là-bas sont *soud* – « noirs » ?" Sa tante avait d'abord sursauté à son propos, avant de répondre fièrement : "Oh mon chéri, ce que tu peux être intelligent ! Tu sais que personne avant toi n'a pensé au fait que s'ils ont appelé ça le Soudan, c'est à cause de la peau noire des habitants ? Mais d'ailleurs, qui les a appelés comme ça ? Peut-être les Égyptiens ?"

Il faut que j'appelle ma mère, pensa Rica tout en palpant les chaînes d'argent qu'il portait au cou.

La dernière fois qu'il lui avait rendu visite, avant de quitter l'Afrique pour l'Allemagne, elle habitait dans une ferme qui pourvoyait à son alimentation quotidienne, à un peu moins d'une heure de Dakar. "Tu ne devineras jamais qui j'ai rencontré le mois dernier à Dakar, où ils avaient organisé un « festival libanais » ?" lui avait-elle demandé en riant. Avant même qu'il ait eu le temps de réfléchir elle avait repris : "Tu sais pourquoi j'y suis allée ? Parce que je mourais d'envie de déguster du *kebbeh* cru !"

Là-bas, elle avait croisé le père de Rica accompagné de sa femme et de leur fille ; tous les Libanais présents étaient vêtus de vert des pieds à la tête, de sorte qu'on aurait dit un champ de fèves. "Après m'être approchée d'eux, je me suis présentée à sa femme et à sa fille, avant de leur demander pourquoi tout le monde était en vert." Le père de Rica avait répondu avec emportement : "C'est pour jurer amour, respect et loyauté au cèdre vert qui symbolise le Liban, la connaissance et la patrie." Une fois sa femme partie – elle s'était absentée un moment, entraînant sa fille avec elle –, il s'était radouci, s'excusant de lui avoir parlé aussi sèchement. Néanmoins, quand il lui avait demandé si elle parvenait à vivre de l'exploitation de son lopin de terre et qu'elle avait secoué la tête, il avait rétorqué du tac au tac : "Je t'avais prévenue, c'est pour ça que t'es devenue toute noire."

Rica n'avait pas compris à l'époque pourquoi sa mère avait éclaté de rire au lieu de se mettre en colère. Plus tard, quand elle lui avait demandé s'il aimait les cèdres, il s'était contenté d'un petit hochement de tête qui ne l'avait guère éclairée, aussi s'était-elle employée à lui énumérer les bienfaits du *baabahee*, un arbre du Sénégal dont on utilisait les feuilles comme ingrédient dans les aliments et les boissons, et dont les frondaisons pouvaient aussi protéger du soleil en fournissant de l'ombre aux hommes aussi bien qu'aux animaux. "Tu sais, mon fils, cet arbre-là est comme l'église, on peut s'y abriter et accrocher à ses branches nos prières et nos missives adressées à Dieu, à Jésus, et à tous ceux que nous aimons. Moi personnellement j'y ai accroché un sachet rempli de becs de poule, parce que, quand tu étais petit, tu étais attiré par le bec des poules et tu tendais la main pour essayer de le toucher."

Alors qu'ils étaient tous deux assis dans l'aéroport de Monastir à attendre le décollage de l'avion qui les ramenait à Nice, Naji proposa à sa mère d'acheter un téléphone portable pour Rica, ainsi il pourrait les contacter quand il en aurait envie. Yasmine trouva l'idée excellente et poussa un grand soupir de soulagement. S'ils restaient en contact régulier avec lui, cela l'inciterait à développer des sentiments à leur égard et lui donnerait envie de vivre avec eux. Sans compter qu'elle voulait le sauver de cette marée de désordre, de déchéance, de saleté et de solitude dans laquelle il baignait. Elle voulait le ramener à la maison afin qu'il soit un copain pour son fils : il faut dire que Naji commençait à être un poids sur sa poitrine, depuis qu'ils avaient échangé leurs rôles, c'était elle à présent l'œuf en passe de moisir et lui l'oiseau dont le corps incandescent promettait des étincelles de feu.

Pendant leur voyage, elle avait eu l'impression de redécouvrir son fils après une longue absence. À l'aéroport de Nice, dans l'avion, en Allemagne, dans son comportement avec elle, avec Rica, avec les autres réfugiés, elle l'avait trouvé transfiguré. Il n'était plus ce fils reclus dans sa chambre, se contentant de manger et de boire ce qu'elle lui donnait.

Elle se souvint de lui brandissant fièrement son master de philosophie. Il avait été successivement professeur dans le secondaire, puis écrivain public rédigeant pour le compte d'étudiants paresseux leur thèse universitaire moyennant une rémunération assez confortable, enfin rédacteur à la rubrique nécrologique d'un quotidien, avant de renoncer progressivement à tous ces métiers pour entrer dans le monde du hip-hop. Elle ne savait pas – et sans doute lui-même ne le savait pas davantage – pourquoi il avait bifurqué vers cette voie. Lorsqu'elle lui demandait pourquoi il n'essayait pas de faire connaître plus largement les morceaux de rap qu'il interprétait devant un public restreint, il répondait : “Ne t'embête pas avec ces choses-là, Yasmine, ça n'est pas encore mûr. De toute façon, tu n'y connais rien, c'est pas toi qui sauras détecter le morceau capable de faire un tabac…”

Elle changeait alors de sujet : “Pauvre Rica, depuis tout petit, il rêve d'apprendre à piloter.”

Il comprenait que sa mère voulait l'inciter à se chercher du travail, l'encourageant sans vraiment mettre les pieds dans le plat. Il préférait alors contre-attaquer :

“Et toi, Yasmine, comment t'as fait pour te retrouver cuisinière dans des restaurants alors que t'es brillante et pleine de sagesse ?

— C'est parce que mon cerveau était incapable d'assimiler les additions et les soustractions, toutes les subtilités des maths, or pour entrer à l'université il fallait absolument réussir dans cette matière.”

Après cette passe d'armes, elle avait décidé de changer de stratégie. Elle allait adopter sa technique à lui plutôt que de le harceler comme elle le faisait auparavant. Elle allait ravaler ses hurlements et ses menaces pour recourir plutôt à l'analyse et à la réflexion, elle nouerait le dialogue, si fastidieux et agaçant que cela lui paraisse. En se creusant la tête, elle exhuma un souvenir de nature à la guider dans ses échanges avec lui…

À Beyrouth, voyant qu'elle avait descendu leurs bagages de l'armoire en prévision de leur départ pour la France, Naji avait demandé à sa mère si la valise était heureuse d'être emportée en France plutôt que de l'accompagner au village quand il allait rendre visite à ses grands-parents l'été. "Les valises sont des objets comme les pierres, avait répliqué Yasmine d'un ton exaspéré, ça veut dire qu'elles n'ont pas d'opinion. – Mais la merde aussi est un objet, pas vrai ? – À Dieu ne plaise ! Mais après tout, j'en sais rien, t'as qu'à lui demander, tiens ! – Non, pas besoin de lui demander, je le sais bien, que c'est un objet. Et en même temps, elle n'est pas qu'un objet vu qu'elle remue, qu'elle tremble et nous prévient du moment où elle nous rendra visite ; parfois, même, elle attend que l'urine soit passée pour se présenter à son tour. Je dirais même qu'elle fait des courbettes à la pisse en lui disant : « Tenez, passez devant, je vous en prie, je vous laisse la primeur ! »"

Yasmine s'était élancée vers son fils pour le serrer contre elle et l'embrasser : "Oh mon petit philosophe d'amour !"

Cette anecdote remontait aux dix ans de Naji, et le voilà qui, aujourd'hui, à l'âge de vingt-huit ans, essayait de lui subtiliser de quoi se procurer de la drogue. Elle se rappela l'engagement pris envers elle-même peu avant : pas de confrontation, pas de reproches, pas de crises de colère ni d'énervement. Elle s'absorba dans la consultation de son téléphone portable, tout en se promettant de l'obliger à reprendre n'importe lequel de ses jobs précédents. Il aurait du mal à refuser, surtout maintenant qu'elle avait cessé de lui donner de l'argent de poche.

Elle lui fournirait une carte d'abonnement pour prendre le bus ainsi qu'un paquet de cigarettes tous les deux ou trois jours. Elle avait veillé de surcroît à dissimuler tout ce qu'il pouvait potentiellement vendre afin de s'acheter les cachets auxquels il était addict. Lorsqu'un flash assaillit son cerveau, lui rappelant les deux tapis persans qu'il avait vendus à son insu, elle cria au flash : "Laisse-moi tranquille et disparais de ma vie, ça m'est bien égal, ce qu'il a fait des deux tapis ! Les tapis, y en a partout, et on peut très bien s'en passer."

La cité où ils habitaient était enfin en vue. Naji lui avait attribué plusieurs appellations : les "Pyramides", la "Tour de Babel", avant d'opter pour les "Jardins suspendus", désignation d'autant plus saugrenue que la cité ne comportait aucun arbre, pas même une plante verte. Mais le fait est qu'il était tombé amoureux de la reine Sémiramis, touché par sa passion extrême des jardins. Il pensait aussi à la quantité d'eau que ces jardins avaient avalée, tandis que leur cité souffrait de coupures d'eau continuelles.

Les immeubles composant cette cité avaient autrefois été tassés les uns contre les autres, jusqu'à ce qu'un beau jour, les bulldozers et autres engins de démolition y entrent pour dégager des voies de passage. Les constructions étaient désormais plus espacées, même si c'était dans des proportions modestes, aussi afin de laisser le ciment respirer. Ce jour-là, les femmes avaient poussé des youyous de joie : "À présent, les amies, on verra les passants arriver à découvert, et on aura même vue sur le visage de Dieu !" Dans le même temps, ces nouveaux aménagements ne laissaient pas d'inquiéter et d'effrayer les adolescents et les hommes mûrs de la cité, car, désormais, les policiers ne se noieraient plus au milieu de ces allées et de ces clôtures, de cette misère et de ces gangs, comme c'était le cas auparavant : ils pourraient se déplacer librement entre les bâtiments et procéder à des arrestations selon leur bon vouloir.

Tous deux descendirent du bus et marchèrent environ dix minutes, jusqu'à ce qu'apparaissent les bâtiments de la cité. On aurait dit des mini-paquebots avec leurs petites fenêtres rectangulaires. Enfin c'étaient plutôt des barges – de celles qui transportaient l'acier et les matériaux de construction – que des paquebots – de ceux qui fendent les vagues marines en emportant leurs voyageurs heureux vers des endroits merveilleux. Les ponts de ces embarcations-là ne donnaient pas sur la mer mais sur le pont de l'embarcation suivante amarrée juste à côté.

Naji semblait découvrir pour la première fois les voilages dissimulant l'intimité des foyers, les amoncellements d'affaires accumulées sur les balcons. Des jeunes qui erraient dans les recoins et les impasses ; des motocyclettes qui démarraient tels des chevaux fous sur leur roue arrière, manquant chuter tant elles étaient endommagées et vétustes ; des gens qui marchaient en groupe, si nombreux qu'on les aurait dits prenant part à une manifestation – Yasmine expliqua qu'ils venaient de la mosquée –, tandis que la chanson de Justin Bieber *Let Me Love You* sortait des haut-parleurs d'une voiture arrêtée au carrefour ; ou encore une bande de jeunes filles en pantalons moulants affairées à se prendre en selfie ou à photographier une de leurs camarades. Ça avait-il un sens de vivre dans cette cité qui semblait à l'écart de tout ?

“Cette cité ressemble à un Lego, avait-il un jour lancé à Yasmine. – Mais est-ce que les gratte-ciel de New York ne ressemblent pas aussi à ça ? avait-elle répliqué. – Hein, tu compares cette cité à New York ? Ici, c'est une prison, alors que New York est une balançoire dont les fenêtres donnent sur le ciel.”

Lorsqu'ils avaient déménagé pour s'installer ici, une joie immense les avait envahis à l'idée qu'ils allaient vivre dans cette cité et ne plus jamais rentrer au Liban. De toute façon, il n'existait pas de tours de cette hauteur à Beyrouth, donc c'était sûr qu'ils allaient rester en France. Il n'avait pas prêté trop d'importance au fait qu'il allait devoir changer d'établissement, troquer son école de Nice pour celle de Vallauris. En revanche, il s'était réjoui que Rami, l'homme marié dont sa mère était tombée amoureuse et qui les avait ramenés de Beyrouth jusqu'en France, soit retourné avec sa petite famille à Beyrouth au bout de trois ans, pendant que sa mère à lui, refusant de rentrer au Liban, avait décidé de demeurer en France.

Après un dîner léger, Yasmine souhaita à son fils une bonne nuit. Fidèle à son habitude, elle verrouilla la porte de sa chambre et se dit comme chaque soir : Pourquoi diable dois-je me forcer à être optimiste jusqu'à la nuit des temps ?

Elle mit la chanson *Off the Wall* de Michael Jackson, et se mit à danser et danser encore.

En entrant dans sa chambre, Naji découvrit ses draps changés. Le verre de jus de citron qu'il avait laissé sur la table avait été remplacé par un nouveau. Même la table lui paraissait avoir été changée pour une autre. Le fait de voyager et la perspective du retour l'avaient empli d'énergie et de gaieté. Il téléphona à Maggie, lui envoya aussi un mail. En tout il l'appela à cinq reprises, lui laissant chaque fois le même message : "Maggie, mon âme sœur, toi et moi on est comme les deux bras d'une balance, égaux et équilibrés dans l'amour et dans la passion."

Elle devait être en train de promener sa chienne sur l'esplanade, fredonnant des chansons et attirant l'attention des promeneurs, pas seulement par sa voix mais aussi par son minois juvénile et son corps frêle. Il fallait absolument qu'il les emmène un jour en Allemagne, elle et sa chienne.

"Tiens, étrange…" Le cachet qu'il avait pris ne s'était pas transformé en points blancs qui s'insinuaient dans ses veines pour les tirer de leur léthargie, écartant les rideaux qui les protégeaient de la lumière, laissaient le soleil se déverser dans leurs vaisseaux, faisant jaillir des gouttes de sang qui l'emmenaient flotter loin de lui-même. Cette fois, c'est le contraire qui se produisit, le cachet le ramena au passé, le ramena à Rica, et il se retrouva à scander les paroles d'un morceau de rap, celles-ci firent battre son cœur et ses oreilles, et s'inclinèrent afin de mieux soulever les mots et la musique :

Écoute donc ça, Rica, tu viens d'Afrique noire, ta mère africaine a pleuré en voyant la main toute molle de l'enfant de quatre ans que tu étais docilement glissée dans celle de cet ami de ton père qui venait t'emmener ailleurs, au-delà des nuages, loin de l'Afrique, partant d'un point situé sous l'équateur pour arriver jusqu'à Beyrouth, jusqu'aux neiges du Liban, jusqu'à la mer Méditerranée, jusqu'aux vagues marines.

Un jour que ton grand-père et ta grand-mère s'étaient tous deux absentés, ton accompagnateur t'a déposé chez le propriétaire de la teinturerie, lequel t'a fourré dans un panier de vêtements entre robes et chemises. Quand tes grands-parents sont repassés devant l'échoppe en rentrant de leur sortie, il leur a lancé : "Devinez qui est dans le panier d'osier ?"

Oui, c'était Rica, qui lui n'a jamais réussi à deviner ce qui avait bien pu faire se rencontrer sa mère africaine et son père libanais.

Sa mère lui avait passé autour du cou une chaîne où elle avait fait graver son nom et son adresse ; elle redoutait qu'il se perde loin d'elle ou qu'elle se perde loin de lui dans le tumulte de cette vie. Elle savait que le Liban pratique la discrimination entre le noir, le café au lait et le blanc, et que son cousin ne manquerait pas de lui griffer la peau de la main pour s'assurer que le sang qui s'en écoulait était rouge et non noir, et que l'institutrice, à l'occasion de la pièce de théâtre montée par l'école, lui passerait un tablier autour de la taille afin de le faire s'incliner devant l'écolière interprétant la princesse en s'écriant : "Vos désirs sont des ordres, maîtresse", et que celle-ci l'interpellerait une fois la pièce finie : "Mon petit esclavou, ce que tu peux être chou, j'adore mon petit Rica et son sourire Banania."

Naji déclama le morceau une seconde fois. S'il avait pu, il se serait embrassé lui-même. L'heure du succès avait sonné, car la vie, après avoir fouillé ses tripes pendant des années sans rien y trouver, venait d'y dénicher un trésor : la rencontre avec Rica en Allemagne.

Rica, c'était lui désormais le centre d'attention. Sans doute Yasmine et d'autres membres de sa famille estimaient-ils que Rica ne devait d'être le centre d'attention qu'à sa couleur de peau, mais Naji, lui, pensait que c'était plutôt à cause des mauvais traitements qu'il avait subis durant sa période beyrouthine du fait de sa gueule basanée, non, plus que ça, carrément africaine.

Il téléphona fébrilement à Maggie pour lui annoncer que l'heure du succès avait sonné. Voyant qu'elle ne décrochait pas, il avala un autre cachet avant de lui écrire un message : "Tu dois être encore sur l'esplanade en train de ravir le cœur d'un type avec tes chansons. Oh, ce que je me sens jaloux ! Je vis dans l'angoisse, dans l'angoisse et dans l'amour : je ressens pour toi – et aussi pour Sophie – une profonde tendresse."

Il aurait voulu qu'elle écoute ce morceau de rap, car il aimait et respectait son point de vue, elle avait une bonne oreille, qui parfois devenait un œil, et son œil devenait ses pensées et ses souvenirs remplis de films, de chansons et de rap. Grâce à son pouvoir d'imagination, elle jouissait d'une très bonne écoute, et il lui suffisait d'entendre un morceau une fois pour se faire son opinion. Soit elle le rejetait, se contentant de lâcher dans un haussement d'épaules : "Les battements de mon cœur ne se sont pas accélérés !" Soit elle le validait, alors elle s'élançait vers Naji comme la foudre pour l'embrasser et s'exclamait : "Tu sais que tu es extraordinaire ? T'es une vraie merveille !"

Il recommença à rapper, puis la rappela à nouveau : il voulait aussi qu'elle assure la conception de son clip, ou bien qu'elle ramène sa copine pour qu'elles le lui réalisent ensemble moyennant trente euros. Bizarrement, sa mère n'avait pas remarqué qu'il avait volé cinquante euros dans son sac à main pendant leur séjour en Allemagne. Il aimait bien ce côté-là chez elle, elle gardait ses dirhams dans son sac à main entre les kleenex, le nécessaire de maquillage – rouge à lèvres, fond de teint et bâton de khôl –, les factures, les clés et les pilules pour le mal de tête, ainsi il n'avait aucun mal à lui subtiliser de l'argent.

Il s'efforça d'abord de chercher des documentaires sur le mouvement Dark Lives Matter – "la vie des personnes de couleur compte aussi" –, mais se dit qu'il ferait peut-être mieux de se renseigner pour savoir à quelles associations, caritatives ou gouvernementales, les démunis originaires d'Afrique devaient s'adresser pour obtenir des repas gratuits. D'ailleurs, il leur interpréterait son morceau de rap, peut-être parviendrait-il à créer ainsi le buzz sur les réseaux sociaux, après quoi il serait en mesure d'affirmer qu'il était vraiment né pour le hip-hop.

Sa mère avait eu parfaitement raison quand elle avait répété à portée de ses oreilles : "Rester actif : la voilà, la solution !" Tout en y songeant, il renchérit : "Sortir du lit, sortir de la chambre, sortir de la maison : la voilà, la solution."

La visite que sa tante lui avait rendue avec son fils avait incité Rica à réfléchir au passé, à l'avenir et plus encore au présent. Son présent qui n'était plus écrasé entre les tombes des objets et le néant du monde. Il éprouvait une certaine nostalgie pour Beyrouth et Dakar.

Il n'aimait pas le morceau de rap que Naji lui avait envoyé sur le téléphone d'un des frères iraniens. Il devait trouver un moyen de le lui dire, tout en lui expliquant pourquoi cela ne lui avait pas plu, qu'il s'agisse des paroles débitées à toute vitesse dans un charabia incompréhensible ou des rythmes qui lui tapaient sur la tête comme un marteau. Dans la vraie vie, Naji ne lui avait jamais énuméré ainsi les épouses de son père, ni les Libanaises, ni la Turque, ni la Marocaine, pas plus qu'il ne lui avait énuméré les enfants que son père avait eus avec toutes ces femmes, ni mentionné la couleur de leurs tronches, comme il le faisait dans son morceau de rap narrant l'histoire de Rica et de sa mère originaire d'Afrique noire.

Je me demande, se disait-il, ce que Naji aurait chanté si j'avais été clair de peau et si ma mère avait été libanaise. Et le surgissement de ce réfugié ghanéen venu se planter devant lui pour performer le rap de Naji comme s'il voulait lui faire peur et le menacer n'avait fait qu'ajouter à l'accablement de Rica.

Lui-même avait entendu dire que son père avait répudié son épouse et s'était marié à une autre, et il lui était parvenu aux oreilles qu'ils avaient eu ensemble un petit garçon – ou une petite fille, il ne savait pas. Toutefois, quand il était allé vivre avec lui huit ans plus tôt, il n'avait jamais vu son père tenir dans ses bras un nouveau-né, encore moins se réveiller la nuit. Au contraire, il ne le voyait qu'en train de fredonner, de siffler ou de chanter : *C'est du mambo, mon bel Italiano, ho ho ho*.

Rica avait retenu certains mots : *go-go*, *rumba*, *Napoli*, *gelati*, *mozzarella*. Son père dansait et se trémoussait tout seul, essayant parfois d'attirer sa femme dans la danse, mais elle se débrouillait pour l'esquiver : "Laisse-moi donc tranquille, j'ai un plat sur le feu." Son père éclatait de rire et continuait à danser, à manger et à boire de la bière. Il passait des coups de fil pour son travail, mais jamais il ne téléphonait à Rica ni à aucun autre de ses enfants, ni même à son épouse, sauf lorsqu'il avait besoin de quelque chose d'urgent. Quand sa femme lui réclamait de l'argent, il plongeait les mains dans ses poches pour lui donner ce dont elle avait besoin : pour lui l'argent était fait pour être donné à quiconque en demandait.

Rica n'était apparemment pas le seul à avoir vécu un temps avec son père et l'une de ses épouses, il en était allé de même pour ses frères et sœurs, mais chaque enfant venait à tour de rôle et à condition qu'il soit en bons termes avec la mère. En vérité, presque toutes ses épouses avaient demandé le divorce sans autre raison que leur détestation de cette vie africaine et leur aspiration à rentrer au Liban.

À Naji qui lui demandait pourquoi il avait quitté l'Afrique pour partir en Allemagne, Rica n'avait pas dit la vérité, ne voulant pas décevoir les attentes de sa tante envers son frère, ni lui causer une tristesse qui gâcherait sa joie de rencontrer son neveu, une joie qu'attestait le billet de deux cents euros qu'elle lui avait glissé dans les mains. En réalité, c'était son père qui, en apprenant que le rêve de son fils était de piloter un avion, lui avait demandé de venir vivre auprès de lui en Afrique contre la promesse de l'inscrire dans une école d'aviation.

En arrivant à Dakar, il avait trouvé son père qui l'attendait à l'aéroport, le visage envahi par une joie intense, excessive même, au point qu'il avait eu envie de l'interroger dans son for intérieur : “Mais si tu m'adores tellement, pourquoi m'as-tu envoyé vivre chez mon grand-père à Beyrouth quand j'avais quatre ans ?” Il avait repensé à sa mère et s'était promis de l'appeler le lendemain sur le seul numéro qu'il avait, celui d'un parent à elle. Sa main avait palpé la chaîne gravée autour de son cou.

Son père s'était montré impatient de l'emmener le lendemain matin dans une boutique de vêtements pour lui acheter un costume, une chemise, ainsi que des chaussures de cuir et des chaussettes. Puis il s'était adressé au vendeur pour lui demander quelque chose que Rica n'avait pas compris, après quoi l'homme était revenu avec deux boutons de manchette qui ressemblaient à des pierres précieuses. Il les lui avait mis en les introduisant dans les boutonnières percées dans les manches de la chemise.

Ensuite, son père l'avait emmené chez le dentiste pour lui recouvrir ses dents d'une couche blanche, afin d'atténuer leur couleur jaunâtre et la faire tendre vers le blanc. Puis il l'avait emmené au pas de course chez le coiffeur, qui lui avait coupé les cheveux avant d'appliquer dessus de la crème pour les empêcher de se dresser tout droit comme des épines de porc-épic. Dans son cœur, Rica jubilait : il adorait cet homme ; il est vraiment mon père et moi je suis vraiment son fils, se disait-il intérieurement, même s'il m'a envoyé vivre chez mes grands-parents à Beyrouth. Oh, c'est sûrement mon grand-père qui a dû le bassiner pour qu'il m'envoie au Liban apprendre l'arabe.

Lorsqu'ils furent tous deux de retour à la maison, il vit que l'épouse de son père avait posé sur le bureau un grand vase rempli de roses, et qu'elle avait retiré la statue de femme en ivoire pour la remplacer par une lampe couleur pistache et un cadre avec la photo de son père. Elle avait aussi débarrassé le bureau de tout le fatras qui s'y trouvait, disposant à la place des feuilles blanches et une liasse de chemises cartonnées toutes neuves.

Après lui avoir tendu un stylo doré – Rica n'en avait jamais vu de semblable –, le père lui avait demandé de venir s'asseoir près de lui. Voyant que son fils ne savait trop qu'en faire, il s'était impatienté. "Tiens-le comme on fait pour écrire", avait-il répété à plusieurs reprises en voyant que la prise de son fils était mauvaise. À la fin, la belle-mère l'avait photographié tenant le stylo, main posée sur la liasse de feuilles blanches, tout en lui disant : "Souris un peu, Rica, tu as l'air de quelqu'un qui vient de prendre une fessée de la mort !"

Il avait fini par s'exécuter, mais ça ne l'avait pas empêchée de le houspiller à nouveau : "Maintenant, on dirait que tu pleures. Allez, souris donc un peu !" Rica avait dû s'y reprendre à plusieurs fois avant qu'elle s'écrie enfin : "Génial, on la tient !"

Au lieu de le faire entrer comme promis à l'école d'aviation, son père l'avait emmené deux jours après se faire embaucher dans une station d'essence. Tout s'était très bien passé jusqu'à ce qu'il se mette en tête d'asperger d'eau et d'essence toutes les voitures ainsi que le local de la station. Il avait été aussitôt congédié de son emploi et, lorsque son père était venu le chercher, il l'avait trouvé en train de se mordre nerveusement les lèvres sans cesser de soupirer, de s'agacer et de fulminer. Plutôt que de le ramener immédiatement à la maison, son père l'avait emmené le jour même retenter sa chance dans une usine de Pepsi-Cola. Cette fois, Rica avait refusé catégoriquement de se plier aux ordres du responsable de production, et il en voulait tellement à son père qu'il s'était vengé en ingurgitant vingt bouteilles de Pepsi d'affilée.

Comme ils rentraient tous les deux à la maison, il avait pris à partie son père : "Si je suis venu en Afrique, c'est pour passer du temps avec toi et dans l'espoir que tu m'emmènes à l'école d'aviation pour que j'apprenne à piloter."

Ne sachant plus quoi dire, son père avait décidé de l'ignorer, cessant de lui manifester le moindre intérêt. Aussi Rica s'était-il pris en main lui-même, allant se trouver des petits boulots de jour ou de nuit – agent de nettoyage, mécanicien dans un garage ou ouvrier dans une usine de perruques.

Après avoir réuni une somme d'argent suffisante, il était allé se renseigner auprès de l'école d'aviation. On lui avait remis un formulaire qu'il avait rempli sur-le-champ avant de le rendre au jeune homme de l'accueil.

À peine quelques minutes s'étaient-elles écoulées qu'un employé se présentait, lui offrant une poignée de main : "Monsieur Rica Chahar, avait-il lancé sur un ton respectueux et affable, il serait tout à fait approprié que le directeur de la société Baraka conduise son jet privé lui-même." Rica avait marqué son assentiment d'un hochement de tête, même s'il ne comprenait pas très bien. Il n'avait véritablement saisi à quoi l'employé faisait allusion que lorsque celui-ci lui avait montré une page de magazine avec un article intitulé "Un ressortissant africain à la tête d'une compagnie libanaise", illustré par une photographie qui le montrait, lui, derrière le bureau de son père. On y lisait aussi le nom exact de la société paternelle : "Filets Al Baraka, pour la pêche au poisson sous toutes ses formes." S'enhardissant, il avait répliqué à l'employé qu'il n'avait pas encore lu l'article.

Tout en lui tendant respectueusement le magazine, l'homme lui avait demandé quand il souhaitait commencer les leçons dans leur école. "Dans une semaine", avait répliqué un Rica désormais plein d'assurance. "Aucun problème, avait répondu l'employé, j'imagine que vous devez être très pris par vos multiples responsabilités. Nous sommes toujours à votre service." Là-dessus, il l'avait raccompagné jusqu'à la sortie avec force prévenances, lui ouvrant la porte et le saluant de nombreuses courbettes.

Tout en marchant, Rica s'était absorbé dans la lecture de l'article, sans prêter attention aux klaxons des voitures ni aux imprécations des conducteurs en colère. Au contraire, on aurait dit qu'il était lui-même devenu un klaxon intempestif ou la voix d'un chauffard menaçant le monde entier. Alors, c'est comme ça ? se disait-il. Laissez-moi vous présenter Rica Chahar, propriétaire de la société Filets Al Baraka. Son pouls accéléré hurlait à la face de son père, refusant de croire les propos qu'il tenait dans le magazine, énumérant les bienfaits du gouvernement sénégalais, l'accueil généreux qu'il réservait aux ressortissants libanais, disant à quel point il était reconnaissant envers ce pays, le Sénégal, qu'il considérait comme sa deuxième patrie et qui avait permis à son existence d'atteindre sa complétude lorsqu'il avait épousé une Sénégalaise et eu avec elle un enfant prénommé Rica.

Il faut dire que certains politiciens et chefs de partis africains avaient commencé à alerter le gouvernement sur le fait que les Libanais dominaient le pays et monopolisaient des secteurs importants de son économie, parmi lesquels les marchés du diamant et de l'or, les sociétés pétrolières, les usines de caoutchouc, sans parler des nombreuses sociétés qu'ils contrôlaient.

Ah, c'est donc ça ! avait pensé Rica. Le costume, la chemise, les boutons de manchette aux allures de pierres précieuses, le blanchiment des dents, le stylo-plume en or, tout cela est parti des craintes de mon père pour la réputation de sa société. Ce n'était pas vraiment pour me préparer à apprendre l'aviation – d'ailleurs, c'est peut-être pour ça que sur la photo prise par l'épouse de mon père mon sourire a l'air d'un sanglot.

Sa tante, après lui avoir glissé dans la main un papier avec son numéro de téléphone et son adresse mail, lui avait murmuré qu'il pouvait la contacter à tout moment s'il avait besoin d'argent ou d'un avocat pour l'aider dans ses démarches d'obtention de la nationalité allemande.

La visite de sa tante et de Naji avait allégé cette douleur et cette tristesse, qui lui compressaient non pas la poitrine, comme disait l'expression, mais plutôt la tête, les yeux et les oreilles. Il voyait, imaginait et entendait encore sa tante à Beyrouth : la première fois où, dans la salle de bains de ses grands-parents, il avait refusé de se déshabiller devant elle ; la fois où, parvenu à l'âge de dix ans, il s'était écrié d'une voix pleine de défi : "À partir de maintenant, je me doucherai moi-même", tandis qu'elle attendait à l'extérieur, se contentant de savonner le gant de toilette et de le lui tendre de derrière la porte. La mousse de savon qui lui emplissait les yeux le faisait pleurer en silence. Il songeait à la façon dont ça se passait quand sa mère lui donnait son bain, là-bas à la ferme, ses yeux ne le brûlaient pas, au contraire il voyait distinctement les oiseaux essayant de boire en trempant le bec dans l'eau vive. C'est que le savon de là-bas, comme sa mère le lui avait expliqué, était extrait d'essences naturelles – palme, banane et fougère.

Sa tante avait sûrement dû éprouver du remords ou de la pitié en constatant qu'il aspirait à une autre vie que celle qu'il avait vécue avec ses grands-parents. À moins qu'elle n'ait pas su tirer cette conclusion des anecdotes que les grands-parents rapportaient à son sujet…

Il y avait eu par exemple le jour où il s'était tenu à la porte du jardin de la voisine, afin de lui parler de la gazelle sur laquelle son mari avait tiré lors d'une chasse dans la forêt ; il avait apprécié le fait qu'après avoir vu l'animal gisant au sol, des larmes abondantes lui coulant des yeux, le mari l'avait pris en pitié : il l'avait d'abord porté chez le vétérinaire, ne le ramenant à la maison qu'une fois la balle retirée de sa cuisse.

Il y avait aussi le jour où Rica avait marché près de deux heures pour se rendre chez un proche de la famille habitant une maison voisine du littoral ; il avait tenu à faire le déplacement après avoir appris que l'homme était passionné de natation. Quand il était arrivé à la porte de leur maison, la fille de celui-ci, une adolescente aux longs cheveux, lui avait ouvert. Pendant qu'elle appelait sa mère, il s'était creusé la tête pour inventer un prétexte crédible à sa visite, mais en vain, aussi s'était-il tenu coi comme un poteau. À la mère qui l'avait accueilli de la plus belle des manières, il avait bredouillé que ses pas l'avaient conduit par hasard devant leur maison et qu'il venait simplement les saluer. Il avait finalement préféré ne pas entrer, mais ça ne l'avait pas empêché de détailler chaque pan du spectacle offert à ses yeux, et jusqu'à ce jour il n'avait pas oublié le visage de cette fille.

En vérité, il aurait rêvé d'une autre existence, mais tout s'était mis en travers de sa route. Il lui avait manqué un père ou une mère pour s'occuper de lui, et, lorsqu'il avait frappé un garçon qui le traitait d'esclave noir, il ne s'était pas trouvé un seul instituteur pour prendre sa défense. Bon, il y avait bien cette tante qu'il aimait beaucoup, elle l'emmenait chez elle pour qu'il joue avec son petit garçon aux yeux bleus – un garçon auquel Rica s'était attaché malgré son expérience des problèmes que peuvent causer les différences de couleur de peau.

Hélas, la tante avait quitté le Liban pour la France en emmenant son fils. La nouvelle lui avait fait l'effet d'un poison s'introduisant dans son larynx. Comment sa tante avait-elle pu le laisser ainsi seul chez ses grands-parents, sans même songer à l'emmener ? Ne savait-elle pas quel garçon solitaire et quel mal-aimé il avait été avant qu'elle ne débarque avec son sourire et n'illumine sa vie en laissant fuser ses rires et en lui permettant de jouer avec son fils ?

Il était donc resté à Beyrouth, oscillant entre zèle et paresse, alternant périodes de présence et d'absence à l'école, naviguant entre les tendances nihilistes et les mouvances délétères présentes à Beyrouth, tantôt envisageant de rallier les milices, tantôt n'ayant pas de mots assez durs pour elles. Une nouvelle étape s'était ouverte lorsqu'il était entré dans une école professionnelle où on apprenait à réparer les appareils électriques. Il avait ensuite déniché un travail dans un atelier qui fabriquait des cadres pour photographies. Il émerveillait tout le monde par sa dextérité et sa débrouillardise, rompant avec l'image que les Libanais se faisaient des "faces basanées", tout juste bonnes à faire le ménage.

Rica jeta un regard circulaire sur la pièce. Elle ressemblait vraiment à une chambre à présent et non à un cimetière pour objets, à un lieu proche du néant. Il décida d'envoyer un message à sa mère et d'y joindre des photographies où on le voyait avec sa tante et Naji lors de leur visite chez lui, ainsi que d'autres le montrant en compagnie de réfugiés, levant sa chope de bière et souriant à l'objectif, même si ce sourire-là lui donnait plutôt l'air de quelqu'un sur le point de fondre en larmes.

En rentrant de son travail au restaurant vers quatre heures de l'après-midi, Yasmine découvrit Naji derrière la porte d'entrée, déjà habillé comme s'il s'apprêtait à sortir.

A-t-il entendu mon monologue intérieur et ma décision de ne pas lui donner d'argent de poche ? se demanda-t-elle. Il faut dire que depuis notre retour d'Allemagne il n'a pas même réclamé un euro, au contraire, il paraissait ne rien vouloir d'autre que rester seul dans sa chambre, je l'entendais à travers la porte qui poussait des cris et des ahanements sur fond de musique trépidante traversée de rythmes africains et orientaux.

"Rien de grave, j'espère ? Je vois que tu es habillé et prêt à partir. Tu as trouvé du travail, on dirait ! lui lança-t-elle en riant.

— Maggie est enceinte, maman. Elle vient de me l'annoncer il y a quelques minutes au téléphone."

Son visage était aussi jaune que de la moutarde, nul doute qu'il disait la vérité. Elle s'élança vers lui pour le serrer contre elle et l'embrasser.

"Oh, félicitations mon chéri ! s'écria-t-elle en applaudissant des deux mains. Et sa famille est au courant ?

— Aucune idée, mais je ne sais pas quoi faire.

— N'aie pas peur, je vais louer pour vous un appartement dans le coin et je prendrai tout à ma charge !

— Merci, mais elle a dit qu'elle ne veut pas avoir d'enfant maintenant. Seulement une fois qu'on sera mariés.

— Formidable, mariez-vous, c'est encore mieux ! Et on vous fera un superbe mariage.

— Maman, tu ne comprends pas, elle ne veut pas se marier maintenant, et elle ne veut pas non plus avoir d'enfant. Elle songe à s'en débarrasser grâce à un médecin de ses connaissances, mais du coup, je vais avoir besoin d'argent.

— Essaie quand même de la convaincre de garder le bébé. Tu veux que je lui parle ?

— Arrête ton bavardage, maman. Donne-moi de l'argent s'il te plaît, et repose-toi pour que je puisse moi aussi me reposer.

— Entendu, mon chéri. Mais d'abord, il faut que tu t'assures que le médecin en question est un vrai médecin, pas un charlatan qui va toucher l'argent et la mettre en danger. Veux-tu que j'essaie de vous trouver un bon médecin ?

— Non, donne-moi juste de l'argent."

Comme elle se proposait de lui faire un chèque au nom du médecin, il insista pour prendre l'argent en liquide, arguant que le praticien voulait éviter d'être identifié comme un médecin qui procédait à des interruptions de grossesse. Il insista pour qu'ils descendent immédiatement au distributeur automatique, car ensuite il devait se rendre chez Maggie sans tarder, l'opération étant planifiée tôt le lendemain matin.

Ils pressèrent le pas pour effectuer le retrait avant que l'obscurité ne s'installe, sachant que des chauves-souris humaines rôdaient souvent autour du distributeur, guettant les gens qui venaient retirer de l'argent, particulièrement après la nuit tombée. Naji se tenait derrière sa mère pour protéger ses arrières, s'apprêtant à fondre sur quiconque essaierait de s'approcher d'elle. Yasmine fit mine d'avoir retiré la somme puis toussa comme pour l'informer que l'argent était maintenant dans son sac à main. Elle glissa son bras sous le sien et lui demanda :

"Combien veux-tu, mon chéri ?

— Cent cinquante euros, mais ne me les donne pas tout de suite, y a un type qui nous surveille."

Ils marchèrent ensemble jusqu'à la porte du café.

"Allez, maman, dépêche !

— Tiens, profites-en au moins…"

Elle lui remit l'argent qu'elle avait apporté de la maison. Elle comptait en rester là, mais se surprit à lui dire qu'il devait peut-être persuader Maggie de revenir sur sa décision de ne pas garder l'enfant et d'avorter.

"C'est bon, maman, ne te mêle pas de ça, s'il te plaît."

Un jour, elle lui avait raconté, en riant, pourquoi il avait reçu le prénom "Naji", pensant que l'anecdote lui ferait du bien et renforcerait sa confiance en lui. Elle lui avait ainsi détaillé l'acharnement avec lequel il s'était accroché à elle lorsqu'elle avait essayé de se débarrasser de lui, alors qu'il était encore un fœtus en train de grandir dans son utérus.

Plus tard, elle l'avait entendu interpréter le morceau de rap inspiré par ces révélations. Une amie à elle le lui avait fait suivre, tout en s'inquiétant de savoir si ce que Naji y racontait était véridique – elle relayait ainsi la question de sa fille, qui avait découvert le morceau en premier et qui avait elle-même sursauté en entendant les paroles.

En les entendant à son tour, Yasmine avait fondu en larmes. Elle se mordait les doigts, regrettant de ne pas s'être coupé la langue plutôt que de raconter à son fils pourquoi elle l'avait appelé Naji. Mais voilà, iI avait fallu qu'elle lui révèle par le menu toutes ses tentatives pour se défaire de lui, sachant que le père draguait toutes les femmes qu'il croisait – secrétaires, filles de joie ou jeunes femmes de bonne famille confondues.

Je voudrais que vous me prêtiez l'oreille un instant.
Vous devez savoir que je m'appelle "Naji",
Un prénom arabe qui signifie "celui qui a survécu à la mort".
Naji – ma mère m'a donné ce prénom parce que je me suis cramponné à son utérus
Après avoir appris du médecin qu'elle était enceinte,
Elle s'est jetée plusieurs fois du haut de l'évier de la cuisine,
Elle a fait bouillir des racines et des feuilles de quinoa et en a ingurgité le sirop, elle l'a siroté froid, elle l'a siroté chaud, et aussi tiède.
Elle a avalé des comprimés d'Aspro et des pilules dont elle ne se rappelle même plus le nom, elle se souvient juste qu'elles étaient de tailles différentes.
Elle a été voir une femme qui lui a glissé dans l'utérus un pieu en forme de broche, le faisant tourner à l'intérieur pour me crever les yeux avant même qu'ils deviennent mes yeux,
Et pour me trancher le nez avant même qu'il devienne mon nez,
Et pour faire taire ma bouche avant même qu'elle devienne ma bouche,
Et pour me boucher les oreilles avant même que ne m'aient poussé des oreilles.

Quant à moi, je suis le caillot, je suis le fœtus,
Je me suis barricadé pour me défendre,
Dans son utérus je lapais la rosée qui avait enveloppé la grenade et la pomme,
Je me revigorais au thé aromatisé qu'elle buvait et m'imbibais de son thé au basilic,
Je déjeunais de laitages et de parmesan
Et de soupe de légumes et d'omelette aux foies de volaille.
Je me suis accroché au cordage de son utérus, à son plafond et à ses murs,
Je me suis enfoui sous son plancher de cellules telle une autruche.
Aujourd'hui je voudrais lui faire savoir que je suis bien vivant,
Je voudrais lui faire écouter les battements de mon cœur,
Lui murmurer à l'oreille ce secret : mes yeux sont bleus,
Et lui rappeler de bien m'appeler "Naji".

Naji était parti en courant dans la direction de l'arrêt de bus qui devait l'emmener à Villeneuve-Loubet où habitait Maggie.

Au lieu de rentrer chez elle, Yasmine fit demi-tour et lui emboîta le pas pour le rattraper. Elle fit une pause près du marchand de fleurs pour le surveiller à distance, et en voyant qu'il ne s'arrêtait pas à l'arrêt de bus, elle sut qu'elle avait vu juste : l'histoire qu'il lui avait racontée au sujet de Maggie et de sa grossesse était peut-être inventée de toutes pièces.

Ensuite elle se remit à sa poursuite, jusqu'au moment où il lui échappa en se faufilant par l'ouverture du "bassin abandonné", comme on l'appelait à la cité.

C'était le bassin d'une piscine qui avait longtemps bénéficié d'une eau bien bleue et d'un pourtour planté d'arbres et de verdure. Les parents musulmans avaient du mal à dissuader leurs filles d'enfiler leur maillot de bain pour y piquer une tête. Enragés de constater que certaines bravaient l'interdiction, les fanatiques avaient trompé la vigilance des autorités municipales et déversé dans la piscine des quantités industrielles de chlore et d'autres produits qui causaient des irritations et des démangeaisons, faisant apparaître des pustules sur le corps des récalcitrantes. Pour finir, le bassin avait été vidé sous la pression des familles et était devenu un dépotoir où s'entassaient ordures et immondices.

Yasmine rentra à l'appartement, ayant décidé de reporter à samedi matin son expédition au bassin abandonné, puis se rendit au restaurant pour prendre son service de l'après-midi.

Le jour dit, elle se glissa à travers l'ouverture et aperçut deux tables et quelques chaises en métal disposées devant le local où le responsable du bassin avait son bureau.

Elle s'installa sur l'une des chaises pour fumer une cigarette. Comme personne ne sortait du local, elle se leva et s'en approcha en se raclant la gorge, ce qui en fit sortir un jeune homme blond aux allures de Français, à qui elle commanda un café. Indiquant qu'il revenait, il retourna à l'intérieur, mais elle l'attendit en vain. Au bout de quelques minutes, un homme qui paraissait la quarantaine surgit et lui demanda ce qu'elle voulait.

“Un café s'il vous plaît, lui dit-elle tout en farfouillant dans son sac à main.

— Ceux qui vous envoient ne vous ont pas prévenue ? On ne traite que les commandes accompagnées du mot de passe. Qu'est-ce qui vous amène ?”

Elle retourna s'asseoir à sa place, sortit de son sac un stylo et un cahier et entreprit de noter en français – tout en énonçant chaque mot à voix haute :

"Bande de truands, bande de putes, oui, vous ! Vous vous en prenez à mon fils unique, vous lui vendez de la drogue, je vais vous faire un scandale ! Est-ce que vous entendez ce que je vous dis ? Je vais vous faire un scandale ! Vous n'avez ni cœur ni honneur."

L'homme retourna dans son bureau sans dire un mot.

Voyant que le silence était retombé, elle se leva et tourna autour du local jusqu'à parvenir devant une fenêtre, elle tapota à la vitre tout en chantonnant en français :

Ma chance, noire tu es, noire, noire !
Je veux que mon fils Naji revienne comme il était
Avant que ses pas l'amènent jusqu'ici pour vous acheter de la drogue
Ma chance, noire tu es, noire, noire !
Je vous en supplie, arrêtez de lui vendre vos cachets de malheur
Sinon je jure de vous faire un scandale.

Voyant le jeune homme blond qu'elle avait aperçu plus tôt s'approcher de la fenêtre, elle sortit son téléphone et fit mine d'appeler quelqu'un, s'engageant dans une grande conversation émaillée d'éclats de rire, de froncements de sourcils, de soupirs. Elle se redressa pour prendre une photo du local tandis que le jeune homme continuait à la surveiller, puis prit ses jambes à son cou pour quitter l'endroit tout en criant : "Mon fils Naji, mon Najinou !" Elle ne savait pas pourquoi elle courait, elle n'avait pas peur. Elle entra dans une boulangerie, acheta du pain tout en gardant un œil sur la rue. Elle aperçut le jeune homme qui s'était lancé à sa poursuite, il la cherchait fébrilement des yeux, allant jusqu'à scruter la devanture de la boulangerie sans la voir.

Elle demeura un moment dans l'établissement, attendant près d'un quart d'heure avant de se remettre en route.

Dans sa marche l'accompagnaient les fantômes du haschisch, la petite pipe en verre dans laquelle Naji avait l'habitude de placer la mixture, le sachet rempli de granulés gris et jaunâtres qu'elle avait trouvé par hasard dans la poche de son pantalon au moment de le mettre au lavage, ce qui avait confirmé les craintes qu'elle nourrissait depuis des années : son fils s'adonnait à la drogue.

Dans sa marche l'accompagnait le spectre des longues plages de sommeil de son fils, qui pouvaient durer quelquefois jusqu'à trois jours.

Dans sa marche l'accompagnait l'activité frénétique de Naji qui ne faisait aucune différence entre le jour et la nuit, tel ce hamster qui l'avait accompagné durant son enfance et qui ne dormait jamais, tournant inlassablement sur la roue placée dans sa cage.

Dans sa marche l'accompagnaient le vacarme, le tapage, les ricanements et les cris qui éclataient lorsqu'il couchait avec telle ou telle fille, du moins jusqu'au jour où il s'était entiché de cette Maggie.

Lorsqu'elle vit enfin apparaître leur immeuble de la cité, son cœur refusa de la suivre pour monter chez elle. Elle se retrouva donc en train de revenir vers le bassin abandonné, et frappa à la porte du local. Voyant que personne ne lui ouvrait, elle se saisit d'un petit caillou qu'elle lança contre la porte, tout en criant : “Vous n’avez pas de conscience, pas de cœur… Vous avez tué mon fils !”

Un homme qui avait l’air d’un Algérien ou d’un Marocain, et dont le visage ressemblait à celui d’un pirate, la héla dans son français boiteux :

“Pourquoi est-ce que tou tournes et routournes autour notre bureau ? Qu’est-ce que tou veux ?

— Votre bureau ? vous n’avez pas honte d’appeler ça un bureau ? C’est plutôt la maison du diable ! Si je tourne et retourne comme vous dites, c’est parce que mon fils vous achète de la drogue, et moi j’ai pour règle de le suivre partout quand il part assouvir son manque, pour qu’il sache que je suis au courant de tout et qu’il prenne mille précautions au moment d’aller acheter sa drogue. De plus, pour que vous le sachiez, je suis allée voir la police et je les ai avertis de tout ce qui se passait ici. Ils m’ont dit qu’ils ne pouvaient pas l’arrêter ni enquêter sur lui, sauf si quelqu’un le voyait acheter de la drogue, et qu’alors ils arrêteraient d’abord le revendeur, et lui seulement après. Donc si vous n’arrêtez pas de lui vendre de la drogue, je vous dénonce à la police.”

L’homme comprit qu’elle était complètement inconsciente mais vit en elle la mère éplorée : “Que Dieu vous vienne en aide, ma sœur !” lui lança-t-il. Elle lui répondit en arabe soutenu : “Dieu est généreux, Il voit tout, et moi j’ai remis mon destin entre Ses mains.” L’homme fit mine de ne pas comprendre l’arabe, mais ses yeux avaient du mal à renier leur arabité. Il signifia la fin de l’entrevue en lui disant au revoir en français et en rentrant dans le local.

Lorsque son cœur et ses sens aussi refusèrent de monter avec elle jusqu’à l’appartement, tant elle avait peur que quelqu’un l’ait suivie, elle se mit à déambuler sans but précis pendant une heure environ. Ensuite, elle entra dans un hall d'immeuble et attendit là une dizaine de minutes avant de ressortir puis de recommencer la manœuvre avec un autre immeuble, et ainsi de suite jusqu'à ce qu'elle finisse par rentrer chez elle.

Je ne sais pas ce que j'ai obtenu avec tout ça, se disait-elle, peut-être que le dealer cesse de penser que seuls les drogués peuvent trouver le chemin du bassin abandonné, et peut-être aussi qu'ils arrêtent de vendre leur came à Naji.

Elle ne parvint pas à dormir, effrayée à l'idée qu'un des dealers pourrait venir la tuer. Elle se leva sur la pointe des pieds, même si le silence régnait sur la chambre de Naji, sortit une veste noire qu'elle farcit de vieux journaux et de papiers, puis à l'aide d'un bâton de colle et de mascara, elle dessina deux sourcils, deux yeux et une bouche sur une chemise blanche avant d'y glisser un oreiller rond, dotant ainsi d'un visage la baudruche enveloppée dans la veste.

Elle s'employa ensuite à installer sa marionnette sur la chaise, faisant reposer son bras sur la petite table et disposant à côté une tasse de thé. Elle apporta également une petite lampe qu'elle plaça sur la table.

Lorsqu'elle se mit au lit, elle ne put s'empêcher de rire au bon tour qu'elle venait de leur jouer. Quiconque tenterait de pénétrer chez elle en s'introduisant par les balcons voisins serait pris de peur en voyant un individu à travers la vitre. Ou au contraire, il éclaterait de rire en découvrant sa baudruche et se dirait qu'elle devait vraiment être terrifiée. À son réveil le lendemain matin, elle avait peine à croire qu'elle avait réussi à dormir la nuit entière en s'en remettant à la garde de sa créature.

Son esprit ne cessait de penser au dealer qui opérait au bassin abandonné, même lorsqu'elle avait fort à faire au restaurant.

Aussitôt rentrée de son travail, elle se dépêcha d'enfiler le costume masculin qu'elle avait emprunté à l'un des serveurs du restaurant, et dissimula ses cheveux sous une casquette qu'un client avait oubliée. Ainsi accoutrée, elle se rendit précipitamment au bassin abandonné, après avoir chaussé des lunettes noires. Elle frappa au battant de la fenêtre en même temps qu'elle enclenchait depuis son téléphone le son d'une voix caverneuse criant "Police, police !", puis s'enfuit en courant.

Le lendemain soir, Naji lui demanda si elle était allée au bassin abandonné. Lorsqu'elle nia s'y être rendue, il lui demanda de le jurer sur la vie de son fils. Elle remua la tête dans un geste vague qui pouvait signifier aussi bien – qui sait ? – qu'elle acquiesçait à ses propos ou bien qu'elle les récusait. Naji lui présenta alors des vidéos la montrant postée devant le local, grimée en homme, en train de chanter, de menacer, d'appeler "Naj ! Naj !" tout en riant et en pleurant tandis que son téléphone scandait "Police, police !"

En réaction, Yasmine songea à le confronter sur la véracité de son histoire avec Maggie, sa grossesse et son avortement, mais elle se retint *in extremis* car elle ne voulait plus que leur relation soit faite d'humiliations réciproques comme cela avait été le cas dans le passé. Ne s'était-elle pas fait la promesse que dorénavant elle ne l'affronterait qu'avec ses moyens à lui, à savoir le dialogue, l'analyse, les preuves ? C'était la seule façon pour qu'il éprouve du remords et se sente dégoûté de ses agissements, et cela de lui-même, sans qu'elle ait besoin d'agir.

Toutefois, en voyant que Naji s'esclaffait, elle fut prise à son tour d'une crise de fou rire, qui eut tôt fait cependant de se transformer en crise de larmes, entrecoupée de lamentations : elle se tirait les cheveux, tentait de s'étrangler elle-même en enserrant son cou entre ses deux mains. Naji attrapa celles-ci pour y déposer des baisers. Il promit à sa mère qu'il allait décrocher et se faire soigner, à condition cependant qu'elle cesse de jouer les enquêtrices, car il avait peur des gangs de dealers, à la fois pour elle et pour lui.

"Tu sais, maman, leurs yeux sont comme ceux du *yaassoub*, je ne sais pas si tu vois ce que je veux dire ?! Tu sais, cet insecte dont les yeux possèdent trente mille facettes."

Elle se mit à rire et à pleurer à la fois, ravie qu'il ait utilisé le mot arabe plutôt que son équivalent français "libellule".

Naji était dans son lit, rêvant que son membre était doué de raison, qu'il éprouvait des sentiments, de la tristesse, de la joie, dormait, se réveillait, faisait la sieste, levait la main, qu'à la vue de Maggie ou simplement dès qu'il pensait à elle, il déclarait : "Je suis là, comment est-ce que ça va ?"

Il était conscient que son imagination l'emportait toujours trop loin, mais après tout, c'était comme ça – il avait été créé ainsi. C'était parfois son membre qui réfléchissait en lieu et place de son cerveau. Il ne se souvenait plus où il avait lu cette phrase : "Celui-là, il pense avec sa bite, pas avec son cerveau !"

La sonnerie du téléphone résonna dans son oreille et la voix de sa mère, qui avait décroché, lui parut aussi stridente qu'une sirène d'alarme.

"Je te jure que je t'entends, oui, oui je t'entends ! J'ai compris, t'es en Afrique, mais qu'est-ce qui s'est passé ? Comment t'as fait pour partir d'Allemagne ?"

Rica lui expliqua que les autorités allemandes avaient refusé de lui accorder le droit d'asile, il ne pouvait donc plus rester dans le campement de réfugiés, et ils l'avaient expulsé *manu militari* vers l'Afrique en compagnie d'un agent de police allemand, après lui avoir payé son billet d'avion. À son arrivée à Dakar, ils avaient même convoqué sa mère – celle-ci s'était présentée accompagnée d'un parent à elle –, et Rica et elle avaient dû répondre aux questions des enquêteurs pour qu'on le laisse sortir.

"Écoute, ma tante, l'Afrique, c'est pas fait pour moi. Je veux venir habiter avec toi en France."

Elle lui tut qu'elle n'était plus favorable à ce qu'il vienne en France pour vivre avec elle et Naji. Elle avait changé d'avis durant les six mois écoulés depuis qu'elle lui avait rendu visite ; peut-être qu'avec le temps, elle ne se sentait plus aussi compatissante ni responsable à son égard.

"Mais pourquoi est-ce qu'ils t'ont envoyé en Afrique et pas au Liban ? Je ne comprends pas.

— Parce que je n'ai pas de passeport libanais.

— Bon, quoi qu'il en soit, mon chéri, tu seras toujours le bienvenu. On t'attend."

Là-dessus elle se rua dans la chambre de Naji sans même frapper à la porte.

"Bonjour mon chéri, allez debout, le fameux Rica m'a appelé d'Afrique, il veut venir en France et s'installer avec nous ici.

— Tu veux dire en Allemagne ?

— Non, je sais exactement ce que je dis. Les Allemands l'ont renvoyé en Afrique, mais où veux-tu qu'il vive là-bas ? Son père, c'est sûr qu'il n'en veut pas, et sa mère, comme tu sais, habite à la campagne. Quant à lui, il ne veut pas retourner au Liban. C'est pour ça qu'il voudrait venir vivre ici avec nous, mais je ne sais pas trop où il pourrait dormir – il n'y a que ta chambre qui pourrait convenir, ou alors le balcon si on arrive à le transformer en chambre !"

Un regard furtif au balcon suffit à la faire changer d'avis.

Rica devra dormir dans la chambre de Naji, se dit-elle, ou peut-être dans la mienne provisoirement.

Voilà que le ciel lui donnait une occasion en or pour disparaître de la maison une semaine ou deux. Elle irait dans ce petit hôtel à Cannes voisin du restaurant où elle travaillait. Le patron lui réserverait sans nul doute le meilleur accueil, et peut-être ne lui facturerait-il même pas la chambre s'il en avait une de libre. Elle pourrait y demeurer au prétexte que son appartement avait besoin d'être repeint.

Cette idée l'avait emplie de joie, car en plus d'assouvir son rêve de repos et de calme, le fait qu'elle soit absente du foyer renforcerait l'amitié entre Rica et Naji. Bon, mais comment allaient-ils faire pour manger ? Elle irait voir le café-restaurant bon marché situé non loin de chez elle, et se mettrait d'accord avec eux afin qu'ils préparent deux repas par jour pour les garçons. Ah non, elle n'avait pas confiance dans son fils, il serait capable de revendre les plats ! Eh bien dans ce cas, elle allait acheter de la pizza, des hamburgers et de la sauce pour les pâtes, et mettre tout ça au frigo. Elle achèterait également des œufs et des conserves de thon, allez, banzaï, vive la liberté !

"Vive la liberté !" s'écria-t-elle avant de se mettre à chanter.

Elle adressa à Rica, comme il le lui avait demandé, une lettre d'invitation à joindre au formulaire de demande pour le visa d'entrée en France.

Elle l'engagea à bien préciser dans sa demande que le but de sa visite était de faire du tourisme pour une durée d'une semaine ou deux, et lui envoya un billet d'avion aller-retour. Elle insista également pour qu'il obtienne auprès de la société de son père une attestation comme quoi il était employé là-bas.

Elle guettait son arrivée dans le hall de l'aéroport de Nice. Elle était venue seule, Naji n'ayant pas voulu se réveiller à onze heures du matin pour l'accompagner. Elle songeait à sa famille éparpillée aux quatre coins du monde, en Afrique, en Amérique, en France, à Hong Kong même. En le voyant apparaître de loin, elle se rappela un détail de son enfance, plus exactement un élément qu'il avait mentionné dans une de ses dissertations au lycée, et s'empressa de le lui rapporter. “J'ai écrit sur mes origines et mes racines, pourtant je ne comprends presque rien à cette vie.” Elle se souvenait encore qu'elle l'avait soulevé et serré contre elle, enchantée de ce qu'il avait écrit. “Ah, si seulement tu étais resté ce gamin de seize ans, se surprit-elle à murmurer, cela aurait mieux valu pour toi, pour moi et pour tous ceux qui te connaissent !”

Yasmine était tellement enchantée des étoffes africaines que la mère de Rica lui avait envoyées qu'elle en enroula aussitôt une autour de sa tête avant de se mettre à danser gaiement. Elle se promit de les porter toutes à la couturière pour qu'elle lui confectionne des boubous, quant à ses cheveux, elle les envelopperait dans un turban du même tissu, telle une mama africaine. Bon, avec ça, elle allait sûrement attirer tous les regards. Après avoir sélectionné *La poupée qui dit non* de Michel Polnareff, elle se mit à danser sans s'arrêter, tandis que Rica souriait, un peu gêné du comportement de sa tante. Après l'avoir observée, Naji s'enhardit : “C'est quoi, tout ce bonheur, madame Yasmine ? Tout ça parce que désormais on sera trois et que tu n'auras plus à vivre seule avec moi ?"

De son côté, il voyait d'un bon œil l'arrivée de Rica, sachant qu'il allait partager également leur salle de bains, la seule de l'appartement, de sorte que Yasmine serait obligée désormais de faire attention à ce qu'elle y laissait. Elle avait tellement pris ses aises qu'il détestait s'y rendre, que ce soit pour prendre une douche ou pour aller aux toilettes, tant la vision des sous-vêtements de sa mère lui causait de l'embarras. Comme ils n'étaient que deux, elle avait pris l'habitude, après avoir lavé sa petite culotte, de la suspendre sans gêne au chauffe-serviettes brûlant, les gouttelettes d'eau qui s'en écoulaient l'assourdissaient.

Il était saisi de tristesse et d'angoisse chaque fois qu'il apercevait les cuisses de sa mère, que ce soit par hasard ou lorsqu'elle était en train d'enfiler ses bas, ou bien lorsque sa jupe lui remontait un peu au-dessus des genoux. Il ne pouvait s'empêcher alors de penser à la scène où son père avait posé son regard sur ce corps nu débarrassé de ses bas et de sa culotte et lui avait fait l'amour dans un acte qui avait fait éclore Naji au creux de ses entrailles, où il était resté lové neuf mois avant de sortir au grand jour.

Le lendemain, la sonnette de la porte d'entrée retentit plusieurs fois. Quand Naji vint finalement ouvrir, encore à moitié endormi, il se trouva face à un homme qui demandait à entrer pour vérifier les robinets de la maison, sachant qu'il y avait eu une grosse fuite dans l'appartement du dessous. Naji essaya de lui expliquer que personne n'avait ouvert le moindre robinet, avant de se souvenir que sa mère avait peut-être pris une douche avant de partir au travail. Il le laissa donc entrer et le précéda à l'intérieur de l'appartement. En apercevant Rica en train de bâiller sur le canapé où il avait dormi toute la nuit, l'homme lança d'un air faussement innocent : "Est-ce que vous louez ce lit ?"

Naji comprit que l'homme, qui s'était arrêté pour observer Rica, ne venait pas pour vérifier les robinets répartis dans l'appartement. Réalisant le vrai motif de sa visite, il s'empressa de répondre : "Tout à fait, nous louons ce canapé vingt euros la nuit, d'ailleurs vous pouvez demander à notre hôte ce qu'il pense de notre service haut de gamme. Laissez-moi vous présenter mon cousin Rica Chahar, de mère africaine et de père libanais. Et nous, à qui avons-nous affaire, cher monsieur ?" L'homme battit en retraite en direction de la porte et sortit.

Tous ceux qui habitaient dans les appartements de la cité s'étaient habitués à entendre des coups frappés aux portes : "Avez-vous s'il vous plaît un morceau de pain ? Un verre de lait ? Une boîte d'allumettes ?" Yasmine ne fermait jamais la porte au nez des enfants qui venaient réclamer quelque chose, au contraire, elle leur donnait ce qu'ils voulaient de bon cœur. Elle ne les chassait que lorsqu'ils lui proposaient leur marchandise : "Voulez-vous acheter des cigarettes à moitié prix ? Du poulet surgelé à moitié prix ? Des piles au quart du prix ?" Elle savait que c'étaient les chefs de gangs, qu'on appelait les "caïds" (terme importé de l'arabe qui avait fait son entrée dans le dictionnaire français, consacrant un usage abondant), qui envoyaient ces gamins tels des pigeons voyageurs pour revendre leurs recels.

De petites guerres se nouaient entre les gangs, qui se livraient une concurrence toujours plus féroce pour écouler leur stock de drogue ou les produits de leurs rapines. Nul doute que l'homme qui était entré chez eux tout à l'heure en invoquant une fuite d'eau dans l'appartement du dessous était un informateur. Il n'allait pas tarder à transmettre à son caïd la nouvelle communiquée par Naji, à savoir que le jeune homme africain qui avait bravé la veille l'obscurité de la nuit pour loger chez la famille libanaise était un parent à eux.

Les informateurs étaient toujours sur le qui-vive, ils surveillaient qui arrivait et qui repartait. Tiens, qui était ce nouveau visage inconnu de la cité, ce visage à la peau si foncée ? Comment avait-il pu débarquer à la cité sans que les indics et les espions en soient avisés au préalable ? Était-il lié d'une façon ou d'une autre à la police française ? Appartenait-il à un gang sévissant dans un quartier éloigné de la cité, ou à un gang local ? Était-il affilié à un parti politique ? Venait-il procéder à une enquête, ou bien espionner le chef de la bande (celui-là même qui faisait office de trait d'union entre les autorités françaises et les familles dans le besoin, prélevant au passage sa part sur les allocations que celles-ci percevaient) ?

"Rica, lâcha Naji après avoir observé pensivement son compagnon, ton gabarit de grand gaillard a fait peur au caïd. Si ça se trouve, ça va lui donner l'idée de te prendre comme bras droit, comme ça, tu pourras aller menacer ceux qui ne paient pas leurs dettes. Je te vois bien en train de soulever le type bien haut par le col de sa chemise pour qu'il ne te glisse pas entre les mains comme un poisson."

Rica émit un rire, qui redoubla encore d'intensité quand Naji, après l'avoir observé avec curiosité, lui demanda :

"Dis-moi, mon brave, pourquoi a-t-il fallu que tu sois aussi grand ?

— Dans ma famille, ils sont tous de ma taille, voire plus grands encore ; ma mère elle-même est très grande, plus grande que mon père. Au fait, elle est passée où, ma tante ?

— Elle est partie à son travail au restaurant. En temps normal, elle rentre vers cinq ou six heures de l'après-midi, mais les jours prochains, elle va dormir sur place parce qu'elle a beaucoup à faire. Du coup, elle te laisse sa chambre à coucher pour la semaine.

— Et toi, qu'est-ce que tu fais comme travail ?

— Moi, Rica, je suis une sorte de bateau immobilisé au port – autrement dit, je suis sans travail ni occupation. Mais bon, je travaille à mon compte.

— Quel genre de travail c'est, que tu fais à ton compte ?

— J'aime bien la musique et le rap, et j'aime bien Maggie ma copine, d'ailleurs je t'ai envoyé le morceau de rap que j'ai composé et chanté sur toi. Ils ne te l'ont pas envoyé, les Iraniens ?

— Si, si, je l'ai bien reçu, mais c'est que je dois me chercher du boulot."

En réalité, Rica n'avait guère apprécié le morceau de rap que Naji lui avait consacré, quand bien même celui-ci s'était inspiré de sa vie pour écrire les paroles. Naji, de son côté, n'arrêtait pas de compter les mois écoulés depuis que le morceau, qu'il avait imaginé à l'intérieur d'appareils électroniques, était sorti au grand jour. Il interrogeait les réseaux sociaux en espérant que ceux-ci lui répondraient du tac au tac. Jusqu'à maintenant, il ignorait le nombre de vues que le clip avait obtenues sur les réseaux ni même le nombre de likes qu'il avait récoltés.

"Du boulot ? demanda Naji. Mais tu cherches dans quoi ?

— Je pourrais être mécano. Mais je peux aussi faire électricien.

— Quand ta tante sera de retour, elle pourra t'aider, elle connaît tout le monde.

— Je ne veux pas lui causer trop de soucis, à ma tante. Il faut que je cherche par moi-même, c'est injuste de la fatiguer encore plus. En fait, ce serait plutôt à moi de l'aider à faire face à mes dépenses.

— C'est vrai, elle souffre, petite mère."

Mais dans le fond, le cœur joyeux de Naji l'avait pris dans ses bras lui et chacun de ses organes en leur criant : "Eh les gars, oui vous, écoutez-moi tout le monde, réjouissez-vous, on a droit à des vacances de folie, qui démarrent maintenant et pour une semaine !"

Et de fait, c'est cela qui se produisit : l'absence de Yasmine permit à Naji et à Maggie de passer une semaine pareille à une lune de miel. Ils ne quittèrent pas sa chambre, nageant avec délices dans le miel du désir et de l'amour.

"Est-ce pour cela qu'ils ont appelé ça « lune de miel », avait interrogé Maggie, parce qu'on passe son temps à coucher ?" À quoi Naji lui avait répondu : "C'est parce que le miel, c'est toujours délicieux, et même plus que délicieux, et particulièrement quand la reine des abeilles est absente. Et aussi parce que le miel est collant, tellement que la femme et l'homme restent collés l'un à l'autre un mois durant."

C'est ainsi que Naji avait imaginé qu'ils vivraient ensemble jusqu'à ce qu'un soir il entende retentir une chanson, dont l'effet puissant sur lui l'amena à se demander si elle émanait du soleil ou si c'était son moi qui chantait une chanson tapie en lui depuis son enfance mais effacée depuis. Entre-temps, il n'y avait plus jamais pensé ni ne s'en était langui, jusqu'à cet instant où elle avait subitement resurgi. En réentendant la mélodie, il lui sembla que son cœur la reconnaissait, et quant aux paroles, sa mémoire en avait retenu quelques-unes qui parlaient de garçons, de filles et de regards.

Sa mère avait l'habitude de fredonner avec la radio quand elle passait, parfois même elle s'enhardissait à la chanter elle-même. Il se retrouva à presser le pas pour éviter que la chanson lui échappe. Provenait-elle d'une voiture qui serait passée à toute vitesse, d'une fenêtre, du balcon d'un appartement ? Lorsqu'il longea la petite mare située dans l'étroite allée, il vit l'eau danser au rythme de la voix et tressaillir sous les applaudissements.

Il pressa le pas encore davantage et demanda au marchand qui prenait l'air devant sa boutique : "D'où viennent ces applaudissements et ces chants ?" L'homme lui fit signe de poursuivre son chemin jusqu'à la petite place, un peu plus loin. Là, il découvrit une jeune fille, qui chantait la chanson de sa voix d'adolescente. Il sautilla comme un singe d'un endroit à l'autre jusqu'à parvenir près d'elle. On aurait dit un jouet, une petite poupée accompagnée d'un chiot blanc qui était étendu sur un lit immaculé sans prêter attention au bruit qui l'entourait. Le son émanait-il de la voix ou de l'intérieur de l'être ?

Il se sentit soudainement revenu au cœur de la vie, et non plus à sa marge comme il avait pu le ressentir auparavant, quand il observait les voitures redescendre des montagnes à toute vitesse ou contemplait la mer depuis sa fenêtre de la cité. Il éprouvait de la nostalgie pour leur maison à Beyrouth, plus particulièrement pour cette fine poussière qui flottait dans l'atmosphère, on aurait dit une petite armée de particules, comme du sel ou du sucre qui voletait dans les airs ou que le soleil venait plaquer sur le miroir de l'armoire. Il pensait aussi au jeu des gendarmes et des voleurs auquel il avait joué dans le jardin des voisins. Les murs fissurés de la remise lui rappelaient comment il s'était plu autrefois à fourrer ses crottes de nez dans ses craquelures. Il était alors comme une de ces petites voitures électriques toujours en mouvement, oscillant un coup à gauche, un coup à droite, s'inclinant tantôt vers l'avant, tantôt vers l'arrière. Il investissait chaque recoin de la maison exactement comme on plonge dans la mer, sautant sur le canapé, sur la table, sur la grande corbeille à ordures, sur le haut de l'armoire, sur une pile de livres, comme s'ils étaient des rochers et des collines.

Nul doute que je devais souffrir de ce qu'ils appellent aujourd'hui "TDAH" – trouble du déficit de l'attention avec hyperactivité. C'était traumatisant dans la mesure où j'étais incapable de me concentrer sans être perturbé, ni de réfléchir sans être perturbé, le tout s'accompagnant d'un surcroît d'activité permanent qui semblait lui-même une conséquence de mon trouble. C'est en tout cas ce qu'ils ont dit à ma mère, lui recommandant de me faire administrer un traitement médical, mais elle a décidé que mon mal trouvait sa cause dans la fugue de mon père parti loin de nous en nous laissant seuls. Il est vrai qu'il m'arrivait d'attraper les chaussures de mon géniteur et de me poster derrière la porte pour attendre son retour. Comment je le sais ? Parce qu'une photographie me montre avec les chaussures en question à la main.

Naji se recroquevilla à l'intérieur de lui-même comme s'il était un chat, un ourson né à l'instant, et se frotta les yeux. Dans le public, un homme entre deux âges cria pour réclamer *Mon amie la rose*. À peine la chanteuse avait-elle entamé le morceau qu'il imagina sa mère Yasmine en train de tournoyer sur elle-même, de danser, de chanter, et aussi de pleurer.

"Dites, la compagnie, je ne me souviens plus comment s'appelait la chanteuse qui interprétait cette chanson", s'écria Naji. La question suscita un flot de réponses autour de lui : "C'est Françoise Hardy !"

Les jeunes massés tout autour savaient-ils que c'était une chanson très ancienne, remontant à l'époque de sa mère ? Le chien redoubla soudain d'activité, excité par le bruit des applaudissements. Il se redressa sur ses pattes et, serrant dans sa mâchoire un seau blanc assorti au blanc de son pelage, défila parmi les spectateurs. Il s'arrêtait devant chacun d'eux pour quémander une obole au milieu de la stupeur et des rires. L'homme qui avait réclamé la chanson déposa dans le seau un billet de cinquante euros. Naji le complimenta par un sifflement et des applaudissements, peut-être devrait-il le présenter à Yasmine ?

Comment le chien avait-il appris à mendier ? Il tournait au milieu de l'assistance, le seau entre les dents, tendait la patte tantôt vers un genou, tantôt vers une main, émettant un petit geignement chaque fois qu'il avançait, chaque fois que le seau remuait dans sa gueule en émettant un tintement de pièces. Il passait alors à la personne suivante, qui, sous le regard suppliant, éprouvait un tel embarras qu'elle se sentait obligée d'y mettre à son tour de l'argent.

Lorsque l'animal s'immobilisa devant Naji, celui-ci s'écria : "Toi, on dirait bien que tu étais endormi pendant tes horaires de travail, quand j'ai demandé le nom de la chanteuse, tu n'as même pas répondu !" Tous éclatèrent de rire, particulièrement lorsqu'il ajouta : "Je vais quand même être généreux avec toi." Là-dessus, il plongea la main dans sa poche et fit tinter ostensiblement les quelques euros qui s'y trouvaient. En passant, ses doigts étaient venus au contact des billets, et il s'était dit que l'utilisation d'un chien muni d'un seau pour récolter les dons était une mauvaise idée.

Il fuma rapidement une cigarette de marijuana. La voix de la chanteuse enfant lui demandait de l'attendre. Il l'aimait et aurait voulu la faire connaître à sa mère. Il attendit qu'elle se retrouvât seule avec le chien, le seau et la guitare pour l'aborder : "Bon, on y va ? Tu veux que je t'aide à porter la guitare ? Je m'appelle Naji. – Et moi c'est Maggie, répondit-elle. Et elle, là, c'est Sophie, ajouta-t-elle en désignant la chienne. – Oh mademoiselle Sophie, moi qui vous avais prise pour un chien, est-ce que tu veux que nous allions… que nous marchions un peu ? – Je dois rentrer chez moi, déclara Maggie. – Mais c'est que je voulais parler avec toi, je veux être avec toi. – Tu le seras. – Où ça ? – Partout. Allez, bye." Là-dessus, elle repartit d'un pas rapide. Il la laissa s'éloigner, la gorge serrée. Si seulement il avait eu un appartement à lui ! Ses pieds flageolaient et n'avaient plus la force de marcher. Il aurait voulu être avec elle, avec cette fille à la voix d'enfant qui chantait des paroles consacrées à l'amour, cette fille dont les yeux disaient beaucoup sans même parler, et puis ce corps innocent qu'il lui semblait avoir attendu depuis toujours. Il courut après elle et lui cria : "On se retrouve ici demain ? Au même endroit ? – Ici ou là", répliqua-t-elle en riant.

Il revint le lendemain, puis le surlendemain et tous les jours suivants sur la place où ils s'étaient vus, et même aussi sur d'autres places et d'autres rues de Vallauris et des alentours. Il collait son visage à l'écran de l'ordinateur pour essayer de la retrouver parmi des milliers de noms, de nouvelles et de photographies ayant trait à ceux qui se produisaient dans la rue : chant, danse, acrobatie – ceux qu'en français on désignait par le terme générique d'"artiste de rue" (l'équivalent du *busker* anglais).

Il tenta de trouver un équivalent arabe à ce vocable qu'il ne comprenait pas et n'arrivait même pas à déchiffrer. Interrogée, sa mère déclara qu'il signifiait "vagabond" – une personne qui ne faisait rien, qui était sans travail ni occupation sinon mendier en chantant une chanson.

Au bout de trois nuits de recherche, ou peut-être était-ce seulement deux, il comprit qu'il ne trouverait pas la chanteuse qui se faisait appeler "Maggie". Il fit alors agrandir une des photos qu'il avait prises l'autre soir, on l'y voyait en train de chanter tandis que sa chienne passait dans les rangs pour quémander – et l'apposa à l'entrée de la place et à d'autres endroits, avec l'inscription suivante : "Prière à ceux qui connaissent mon amie d'adresse inconnue de me contacter via cette @ mail…

Naji." Peu après, il reçut une réponse de Maggie en personne, lui disant qu'elle serait le soir même sur leur place de l'autre jour. Depuis ledit soir, ils étaient amoureux.

En rentrant après une semaine d'absence, Yasmine fut ravie de constater que Rica et Naji se portaient au mieux. Avant même qu'elle ait eu le temps de demander où ils avaient fait dormir Rica, elle découvrit qu'ils avaient déplacé l'un des canapés du living dans la chambre de Naji.

Par la suite, il réussit à dégoter pour Rica divers petits boulots. Le problème est qu'il ne parvenait jamais à s'y maintenir plus d'un jour ou deux. Il faut dire que les ouvriers maghrébins que l'employeur marocain recrutait pour les travaux divers s'opposaient ouvertement à sa présence, invoquant toutes sortes de raisons. Qu'est-ce que c'était que cet Africain qui parlait l'arabe avec l'accent libanais et qui répétait à tout bout de champ "*Inch Allah*, on remercie Dieu !" ? Et puis il avait vraiment trop l'air africain, et ça ne collait pas avec son prénom Rica, sans parler du fait qu'il acceptait une rémunération de quarante euros au lieu des soixante habituels – il le faisait sûrement à dessein pour mettre la main sur tout le travail disponible ou les déconsidérer. De ce fait, l'employeur n'avait alors eu d'autre choix pour satisfaire le reste des ouvriers que de se passer des services de Rica.

Néanmoins il l'avait présenté à un employeur africain qui, lui, faisait appel à des ouvriers d'origine africaine pour travailler sur les chantiers de construction. Mais, là aussi, l'arrivée de Rica avait suscité de multiples questionnements. Les autres ouvriers ne comprenaient pas que cet Africain ne sache parler aucune langue africaine et s'exprime au contraire en arabe. "Notre employeur ne l'a-t-il pas ramené pour nous espionner ? se demandaient-ils. Il l'a sûrement chargé de surveiller ce qu'on dit et d'aller le lui rapporter."

Voyant cela, Yasmine avait cessé de rechercher des jobs pour son neveu. Cependant, elle avait peur qu'il soit la proie des gangs et des caïds, comment n'avait-elle pas anticipé que sa couleur de peau serait pour lui une pierre d'achoppement et lui causerait tous ces tracas ?

Ainsi, le racisme existait même entre réfugiés. Alors comme ça, tu viens du Sud du Soudan ? Ou bien du Nord ? T'es chrétien ? Musulman ? Ah, musulman, mais alors sunnite ou bien chiite ? Catholique ou protestant ?

S'il avait eu un titre de séjour ou un permis de travail, elle l'aurait emmené à Vallauris pour travailler là-bas dans un magasin qu'elle connaissait, spécialisé dans la réparation des appareils ménagers, et peut-être aurait-elle aussi sollicité le réparateur de vélos.

Mais elle avait changé d'avis car elle craignait qu'il ne la catalogue comme raciste : il se dirait qu'elle cherchait à présent à faire engager son neveu à moitié africain dans son modeste atelier, alors qu'elle n'avait jamais songé à en faire de même pour son fils, pourtant chômeur lui aussi, sans doute parce qu'elle jugeait un tel job infamant pour elle comme pour lui.

En tout cas, Rica et Naji allaient au mieux et s'entendaient comme larrons en foire. Elle applaudit des deux mains en assistant à la scène suivante : Rica, essayant d'occuper Sophie la chienne pour l'empêcher de se poster devant la porte fermée de Naji, déposa devant elle une écuelle contenant du lait où il avait émietté un peu de pain. Sophie ne s'en approcha même pas, restant au contraire clouée devant la porte. Elle continua d'ignorer superbement le pain trempé dans le lait, même lorsqu'il mit l'écuelle à sa portée. Elle se mit à gratter la porte avant de pousser un premier aboiement, puis un deuxième, puis un troisième.

"Elle ne m'aime pas, elle a peur de moi, de ma peau brune." La première fois qu'il avait vu Naji avec la chienne, celle-ci s'était plantée tout spécialement devant lui pour lui aboyer dessus, elle s'était avancée légèrement vers lui avant de battre en retraite. Après un nouvel aboiement, elle avait laissé son corps s'aplatir jusqu'à toucher le sol, avant de s'élancer vers lui pour l'attaquer tout en aboyant. Naji s'était esclaffé : "Ça, tu vois, c'est la façon de Sophie de te dire « joue avec moi ». C'est comme ça que les chiens jouent. Elle est intelligente et belle, ma Sophie !" Mais cela n'avait pas convaincu Rica, qui se disait plutôt : "Elle n'a pas l'habitude de voir des gens de ma couleur. En Allemagne, les chiens aboyaient dès qu'ils me voyaient et leurs maîtres venaient s'excuser en leur nom."

Il se souvenait encore de cette jeune Allemande et de sa chienne qui ne cessait pas de se ruer sur lui en aboyant inlassablement. La jeune fille lui avait posé la main sur l'épaule, avant de discuter avec lui pendant une demi-heure et plus, lui posant des questions sur sa vie ici et en Afrique. Au moment de prendre congé de lui, elle s'était dite soulagée après cette conversation car le comportement de sa chienne était impardonnable, et lui avait souhaité une belle nuit.

Naji fit un commentaire comme quoi Sophie devait sentir que Rica ne l'aimait pas, ou bien qu'il avait peur d'elle.

"Mais moi je l'aime ! protesta Rica, du reste comment pourrais-je ne pas l'aimer, alors que j'admire profondément son intelligence. Tiens, Naji, tu te souviens comment elle t'a couru après en aboyant et a mordu le bas de ton pantalon quand tu ne voulais pas que Maggie parte et que tu lui avais couru après pour l'empêcher d'atteindre la porte de l'appartement ?"

Lorsque les aboiements retentirent de nouveau, Rica se rua à la cuisine pour extraire quelque chose du sachet où l'on conservait les jouets et la nourriture de Sophie. Il lui présenta deux morceaux de biscuit qu'elle avala rapidement, avant d'aller de nouveau se poster devant la chambre de Naji. Rica ne savait plus quoi faire pour l'éloigner de la porte. Il envoya à Naji un message sur son téléphone portable pour le prévenir que la chienne essayait d'entrer dans sa chambre, peut-être se faisait-elle du souci pour Maggie. Il suggéra que cette dernière vienne elle-même appeler la chienne, mais en voyant qu'elle ne le faisait pas, il résolut de resserrer le collier autour de son cou et de la tirer de force en direction de la porte d'entrée pour la sortir dans le hall de l'immeuble, où il y avait plus d'espace. Cependant, Sophie refusa de se laisser tirer et de sortir, aussi la laissa-t-il retourner se planter devant la porte de la chambre de Naji, à gratter et à aboyer, comme si cette porte était une personne qu'elle voulait prévenir de quelque danger. Rica trouvait la chose plutôt drôle jusqu'au moment où il lui vint à l'esprit que peut-être la chienne se faisait du souci pour Maggie, voyant en elle une sorte de maman.

Il songea à frapper à la porte de la chambre mais n'en eut pas le courage. Sa tante, de retour à l'appartement, se montra plus audacieuse.

“J'ai entendu Son Excellence Sophie qui aboyait, que se passe-t-il ? Ils sont partis en la laissant avec toi ?”

Rica répondit par un murmure indistinct, avant de désigner la chambre de Naji : “Ils sont là, à l'intérieur.”

Yasmine se débarrassa de ses talons hauts avant de s'exclamer :

“Et toi mon chéri, comment vas-tu ? Moi je suis littéralement épuisée !

— Repose-toi donc, ma tante, tu veux que je te fasse du thé ou du café ?

— Non, rien du tout, mon chéri.”

Rica approcha l'écuelle de lait de la chienne, qui ne lui accorda même pas un regard. Il fallut que Yasmine se penche pour la prendre dans ses bras, et lui lisse le poil avant de lâcher : “Laisse-moi te dire une chose, Rica : tu sais, les chiens des Européens n'aiment pas le lait comme nos chiens au Liban. Toi au moins, mon chéri, tu es quelqu'un de paisible : ni petite amie ni chienne, tu es libre, libre comme l'air !”

Est-ce qu'elle dit vrai, se demanda Rica. Elle a dû remarquer ma timidité et mon embarras, et puis le fait que j'étais vraiment démuni : pas de job, pas d'argent, pas de vêtements neufs. Elle a sûrement découvert que ma confiance en moi est proche de zéro, à l'inverse de son fils Naji.

La chienne était lovée paisiblement dans les bras de Yasmine, elle avait posé ses pattes sur la table, mais elle se lança subitement vers la porte avant de recommencer à aboyer. Yasmine l'ignora un moment avant de sauter sur ses pieds elle aussi, déclarant d'une voix chargée d'anxiété et de préoccupation :

"Parfois, les chiens manifestent un sixième sens et détectent que quelque chose ne tourne pas rond."

Elle se rendit à la porte de la chambre et frappa un seul coup ; l'absence de tout son en provenance de l'intérieur l'incita cependant à recommencer, puis à tambouriner frénétiquement, craignant qu'il soit arrivé quelque chose de grave. Peut-être avaient-ils absorbé une trop forte dose de drogue, ou que la drogue était frelatée. Elle était d'autant plus inquiète que Maggie était connue pour être très lucide et aussi pour avoir des principes.

Comme si la chienne avait lu dans les pensées de Yasmine, elle redoubla ses aboiements. Yasmine s'élança contre la porte pour tenter de l'enfoncer mais n'y réussit pas ; elle poussa alors de tout son corps en criant : "Naji, rassure-moi, tout va bien ?"

Elle entendit un remue-ménage à l'intérieur, mais ce n'était pas la voix de l'un d'eux. Aussi décida-t-elle de pousser plus fort, tandis que les aboiements de Sophie étaient toujours plus stridents, quand soudain elle entendit la voix de Maggie :

"Ma tante, ma tante, Naji ne veut pas me laisser ouvrir la porte !"

Les paroles de Maggie donnèrent un surcroît d'énergie à Yasmine pour pousser encore plus fort. C'était un spectacle inimaginable : chaque nouvelle charge ressemblait à celles d'un fougueux cavalier sur sa monture, que Naji repoussait de toutes ses forces. Craignant de chuter, elle mit en garde Naji : "Tu vas me faire tomber, mon garçon, je risque de me rompre le cou à cause de toi. Si tu continues, je vais tomber par terre et me fracturer le bras." Naji réagit en répétant plusieurs fois : "Maman Yasmine, donne-moi un instant s'il te plaît."

Pendant ce temps, la chienne continuait d'aboyer, elle avait attrapé un pan de la robe de Yasmine. Naji et Maggie ouvrirent enfin la porte ; ils se tordaient de rire. Sophie sautillait pour tenter de leur grimper dessus. "Rica, Rica ! s'écria Naji, dommage que tu n'aies pas été avec nous dans la chambre. Comme tu l'imagines bien, on était en train de faire l'amour, Maggie et moi, quand madame ta tante a essayé de forcer l'entrée de la chambre avec la chienne. Maggie et moi on était enlacés comme deux pieuvres qui auraient enroulé l'une autour de l'autre tous leurs tentacules et toutes les parties de leur corps – mains, torse et dos. Chaque fois qu'on essayait de conclure notre bonga bonga, ta tante nous fonçait dessus à nouveau et on devait tout recommencer depuis le début."

Rica était écroulé de rire tout comme Naji, et Maggie aussi : elle avait attiré sa chienne dans une danse, tandis que Rica leur racontait le raid de sa tante dans le moindre détail. "Dommage que tu ne l'aies pas filmée !" lui lança Naji.

Yasmine s'était à présent enfermée dans sa chambre et ne voulait plus en sortir. Même si elle les entendait rire, elle avait peur d'entendre Naji lui adresser des reproches et proclamer qu'il en avait assez d'elle. Elle se rappelait encore la fois où il l'avait morigénée en la voyant qui l'attendait à la sortie des toilettes publiques où il s'était attardé plus que d'habitude ; il l'avait trouvée au comble de l'inquiétude, main sur la poitrine de peur qu'il n'ait absorbé de la drogue.

"Maman, l'avait-il prise à partie, quand vas-tu mourir, pour que je sois enfin tranquille, tu m'exaspères avec tes frayeurs incessantes. Je sais ce que tu te dis, que j'ai sans doute pris une dose de drogue qui a eu ma peau. Tu me tortures à être ainsi continuellement terrifiée, vraiment tu te fais trop de souci pour moi. Même quand tu ris, j'ai l'impression que tu redoutes ma mort tellement tu penses à moi fréquemment. Alors, je t'en supplie, laisse-moi tranquille et épargne-moi toute cette peur !"

Elle se souvenait encore de la réponse qu'elle lui avait faite alors : "Comment je pourrais te laisser tranquille et t'oublier alors que tu vis avec moi, dis-moi comment ?" Naji était sa préoccupation de tous les instants, comme s'il représentait un chantier permanent à l'intérieur de sa tête, un chantier où il était à la fois le menuisier et le forgeron, un artisan qui ne cessait de donner des coups de massue sur les parois intérieures de son crâne.

Mais cet état d'esprit dans lequel elle baignait fut entièrement balayé par un courriel du Liban qui venait d'atterrir dans sa boîte mail. Tout son être – excepté sa voix – hurlait pendant qu'elle procédait à la lecture du message : "Yasmine, tu me manques, tu me manques beaucoup, énormément même. Je pense à toi en permanence ma chérie. Ma Yasmine à moi, tu es dans mes pensées en permanence. J'ai une furieuse envie de te voir, et je suis prêt à venir en France spécialement pour te rendre visite. D'ailleurs la France sera plus pratique pour nous que Beyrouth, tu ne penses pas ? Quoi qu'il en soit, je te laisse le choix de l'endroit, ville ou campagne, peu m'importe. Mais dans tous les cas j'ai hâte, infiniment hâte, qu'on commence le voyage qui nous permettra d'être réunis : que chacun fasse une partie du chemin en direction de l'autre : moi vers toi et toi vers moi."

Cette phrase-là, “Que chacun fasse une partie du chemin en direction de l’autre : moi vers toi et toi vers moi”, la souleva et la transporta jusqu’au Liban, jusqu’à l’amour, jusqu’aux rythmes trépidants et à la vitalité chaleureuse ; elle la transporta jusqu’à ses deux parents, ses proches, ses amis, ses voisins, et même jusqu’au soleil, qui, de ce fait, ressemblait désormais à un nouveau soleil. Sa phrase l’emporta à tire-d’aile en direction de l’amour.

C’était l’amour qui déjà avait transporté Yasmine et Naji jusqu’en France ; Yasmine s’était écriée un jour en courant dans le sable sur une plage de Nice : “Les plus belles années de la vie sont celles qui ont lieu après le divorce !” Son mari, soigné à l’hôpital de Beyrouth où il avait été opéré d’une appendicite, était tombé amoureux d’une infirmière philippine, Evelyn. Il avait été séduit par son accent quand elle parlait libanais, et avait aimé sa longue chevelure qu’elle attachait pour dégager ses épaules.

Lorsque Yasmine lui avait demandé si sa relation avec l’infirmière n’était qu’une simple passade, il avait hoché la tête en signe d’acquiescement, mais aussitôt il avait été secoué d’une quinte de toux irrépressible. Elle avait deviné qu’il lui cachait à coup sûr quelque chose, car l’homme qui tousse dans ce genre de situation a sûrement quelque chose à cacher – du moins est-ce ce qu’elle avait toujours entendu dans la bouche des aînés de sa famille. Il avait fini par reconnaître qu’il voulait divorcer et se remarier avec l’infirmière.

Après que Yasmine eut laissé éclater sa colère, puis sa tristesse, puis qu’elle se fut habituée à son absence à la maison, puis qu’elle eut retrouvé l’insouciance comme si elle était revenue aux années de sa jeunesse, libérée désormais de toute responsabilité, excepté s'occuper amoureusement de son fils Naji, elle avait recommencé à regarder autour d'elle dans l'espoir de retrouver l'amour. Et de fait, elle était tombée amoureuse d'un homme marié qui fréquentait le restaurant où elle travaillait comme seconde d'un grand chef renommé.

Elle avait aimé son nom, Rami, et elle avait aussi aimé son sourire. Elle l'avait aimé parce qu'il lui avait écrit une fois qu'il était tombé amoureux de sa cuisine, et à quel point il aspirait à goûter aux lèvres qui goûtaient ladite cuisine. Il l'avait invitée à dîner, et elle s'était retrouvée dans sa vie en dépit du fait qu'il était marié et père de famille.

En apprenant que la banque où il travaillait voulait le muter à Nice afin d'y fonder une succursale arabe, Yasmine avait applaudi à l'idée d'un tel voyage, elle irait le retrouver à Nice pour être près de lui et s'installerait là-bas avec son fils.

Elle se précipita sur son téléphone ; à peine avait-elle entendu sa voix qu'elle s'écriait : "Èze, mais quand, quand ça ?" et elle renvoya un message WhatsApp avec vingt émojis de cœurs battants. Comment vais-je m'habiller pour sortir avec lui ? Elle devait s'acheter d'autres vêtements car ce qu'elle avait dans son armoire faisait l'affaire pour toutes sortes d'occasions, mais sûrement pas pour un rendez-vous galant.

Elle demeura dans sa chambre en dépit du tintamarre qui sortait de celle de Naji, capable de faire sortir les morts de leurs tombes. Elle courut finalement demander à son fils de baisser le son. C'était aussi un test, car s'il l'écoutait et se conformait à sa demande, cela signifiait que leur relation redeviendrait amicale, au moins pour cette nuit en tout cas. Elle savait pertinemment que Naji ne se calmerait pas tant qu'elle ne se serait pas réconciliée avec lui, et elle en connaissait exactement la raison : "Sans moi, il serait bien incapable d'avoir la vie qu'il veut, particulièrement lorsqu'il s'agira de se procurer sa drogue."

Elle n'arrivait pas à dormir tant elle était émerveillée et fébrile à l'idée de revoir Rami et de passer quelques jours avec lui. Son large sourire s'était transformé en une plainte, celle de l'oiseau qui, sachant qu'il va bientôt prendre son envol et parcourir d'infinies distances pour sa grande migration saisonnière, n'est plus capable de manger, de boire ou de dormir, et n'a plus qu'une envie : décoller au plus vite.

Quand il fut réveillé par un cercle impeccable dont la noirceur éblouissante aveuglait son œil valide, Naji pensa que cette journée serait différente de toutes les autres. Sa mère ne le réveillerait pas aux aurores comme elle le faisait d'habitude, de sa voix stridente : "Allez les jeunes, moi je sors déjà pour aller à mon travail pendant que Vos Excellences sont encore endormies comme les Gens de la caverne ! Allez, ouvrez les yeux, levez-vous donc, debout là-dedans !"

Il recommença à somnoler et à sombrer dans le sommeil, mais les fourmis accourues en nombre vinrent le réveiller. Puis elles se rassemblèrent devant lui, certaines munies d'instruments de musique, pour l'accompagner dans le morceau de rap qu'il venait d'entamer :

Oh Maggie, oh Maggie, Naji est maintenant clean
Alors au nom du ciel, pardonne-lui
Je sais bien qu'au lieu de t'apporter un ruban bleu
Pour tes cheveux, il en a cisaillé une mèche pendant que tu dormais et l'a expédiée dans les airs
Pourquoi ça ? Pourquoi, demandes-tu ? Je suis sûr que tu sais très bien pourquoi
Parce que tu t'es abstenue de le prendre par la main

Lorsqu'il souriait en te caressant les seins
Au-dessus desquels ta chienne dormait, là où auraient dû reposer ses joues
Oh Maggie oh, oh Maggie, ne te fâche pas, ne sois pas triste
Je vais me mettre à genoux
Je vais ramper sur le sol
Je vais me protéger, je vais prier
Pour que tes cheveux soient mon horizon

Naji ne poursuivit pas la déclamation de son morceau, même si les paroles et la mélodie se déversaient puissamment en lui. Les allées et venues de son cousin Rica, qui arpentait la chambre obsessionnellement, lui avaient ouvert les yeux et l'avaient ramené à la réalité de sa chambre et de son lit. Il avait rêvé, mais son rêve ne s'était pas effacé, les paroles et les percussions de la musique flottaient encore dans sa mémoire, mais sans les fourmis et leurs instruments de musique. Il pencha la tête de côté et entreprit de boire en s'aidant de la longue paille de près d'un mètre qu'il avait fabriquée en en assemblant un grand nombre.

"Tiens, grand chef, prends ça ! dit Rica en lui tendant une feuille.

— Ne me dis pas : mon cauchemar s'est réalisé et Maggie m'a quitté, ou quoi ?"

Là-dessus, il commença à lire :

Quand tu liras cette lettre, Naji, je serai en route pour le Portugal, j'ai besoin de vacances. Je ne te cache pas que j'ai longuement hésité avant de prendre cette décision, et me suis longuement demandé qui allait allaiter mon fils pendant que je serais en voyage, mon fils bien-aimé qui a aujourd'hui vingt-huit ans ! Tu sais quoi ? Imagine-toi comme une petite balle qui rebondit toute seule sans que personne n'ait à lui fournir d'impulsion, et prends-toi en main.

Pour ta gouverne, il y a une agence d'intérim près de la pharmacie. Je t'en supplie, ne perds pas ton temps à aller te renseigner sur moi au restaurant, à emprunter de l'argent ou à aller acheter des provisions à l'épicerie. Mangez ce que je vous ai laissé dans le garde-manger et le réfrigérateur, de toute façon j'ai donné instruction à tout le monde de ne plus prendre vos commandes, et je leur ai dit que je n'étais pas responsable et que je ne rembourserais plus un euro à qui que ce soit.

Allez, à bientôt, je te retrouve dans une semaine, peut-être deux, Dieu seul le sait. Avec toute ma tendresse.

Ta mère qui est bien fatiguée, Yasmine.

PS : Ces recommandations valent aussi pour toi, Rica, ne me fais pas regretter d'avoir accepté que tu viennes vivre avec nous, afin qu'on soit tous une même famille. Allez, donne-toi du mal comme tu le faisais là-bas en Afrique, et fais attention à toi. Ah, j'y pense, j'ai vu Sami, tu sais celui qui est employé au pressing, il t'attend pour que tu ailles travailler avec lui. Tu n'auras qu'à laisser Naji tout seul à la maison, sachant qu'il aime bien rester sans travail ni occupation. Je sais que les fils de mauvaise vie se sont mis en travers de ta route, mais toi tu es plus fort qu'eux. Allez, avec tout mon amour. Ta tante Yasmine.

“Maman me fait bien rire, lâcha Naji, qu'est-ce que c'est que ce langage soutenu dans lequel elle nous a écrit ? Comment peut-elle s'adresser à nous de manière aussi sérieuse et officielle ? D'ailleurs, si ton arabe n'avait pas été meilleur que le mien, tu n'aurais pas non plus compris un mot !"

Je vais faire de mon mieux, pensa Rica. Il voulait vraiment rendre service à sa tante, car elle était une femme et lui un homme, elle devait pouvoir compter sur lui sans avoir à s'inquiéter des dépenses. S'il voulait absolument trouver un travail, c'était aussi pour pouvoir utiliser autant de papier-toilette qu'il voulait, peut-être en consommait-il beaucoup, mais c'est parce qu'il aimait la propreté. Un jour il l'avait entendue dire : "Ma foi, on dirait qu'on héberge une armée entière qui passe son temps à aller à la salle de bains et à utiliser le papier-toilette !" Et puis aussi parce que Yasmine avait achevé sa lettre par cette phrase ultime :

Allez, l'heure est venue de redevenir sérieux et de se mettre au travail, il faut qu'on vive comme tous les êtres humains, rappelez-vous que même les fourmis travaillent !

Quand Naji sauta de son lit précipitamment pour se rendre à la cuisine, posant la lettre de sa mère sur le lit, il se souvint du défilé de fourmis qu'il avait aperçu la nuit dernière, portant un papillon blanc comme s'il s'agissait d'un cercueil immaculé. On aurait dit que celui-ci avançait tout seul car ses ailes bordées de noir dissimulaient la cohorte de fourmis qui le tractait.

Ladite cohorte avait essayé en vain de faire entrer le papillon par un petit trou dans le mur, elle avait dû modifier son itinéraire plusieurs fois, avant de décider finalement, non sans obtenir le renfort d'autres troupes, de l'introduire par une ouverture ménagée dans la porte de l'armoire de la cuisine.

“Bon, on s’y met, Najnouj, on va chercher du travail.
— Moi je suis déjà occupé à composer ce morceau de rap consacré à Maggie. J’ai rêvé que je lui avais coupé une mèche de cheveux pendant qu’elle dormait !”

Bien entendu, il n’y avait aucune chance qu’il trouve Maggie en train de l’attendre, pour la bonne raison qu’elle et son âme étaient déjà en lui, quoique sans sa chienne. C’est plutôt lui qui était jaloux d’elle chaque fois qu’il la voyait chanter sur les places de la ville, et pourtant, il savait bien à quel point elle avait besoin du moindre euro, pour payer le loyer de la chambre qu’elle louait dans l’appartement d’une femme qui vivait seule. Maggie et lui se retrouvaient dans sa chambre après que la propriétaire, qui dormait au deuxième étage, s’était endormie. Par la suite, elle avait été obligée d’accepter dans sa chambre une femme plus âgée qu’elle, qui avait été employée dans une usine de crayons, jusqu’à ce que l’usine en question la licencie.

Apparemment Maggie adorait chanter dans les rues, mais Naji savait que sa passion pour le chant l’aidait à se débarrasser du maelstrom qu’elle ressentait dans sa poitrine. Elle avait besoin que sa voix perce sa carapace et sorte de l’obscurité qui régnait en elle afin de se faire entendre enfin, égayée par la vue des gens qui l’écoutaient et qui lui dédiaient leurs applaudissements admiratifs.

Elle n’avait pas eu une enfance tourmentée, seulement morne et ennuyeuse, vécue avec sa famille en Auvergne. C’était une région où il ne se passait pas grand-chose et, de ce fait, les jeunes l’avaient progressivement désertée, de sorte qu’il ne restait plus que les personnes âgées et les bêtes, comme elle le lui avait dit une fois.

Bien qu'il ait accompagné maintes fois Maggie quand elle chantait sur les places, sur la colline, ou bien dans les ruelles et les marchés ici et là à Vallauris et aux alentours, son impression était qu'elle ne l'aimait pas, qu'il était pour elle à peine une connaissance. Il avait essayé d'étouffer cette impression qui s'était emparée de lui sans qu'il sache trop pourquoi, mais il gardait toute sa foi dans le fait qu'un jour viendrait où leurs sentiments émergeraient à la surface dans toute leur folie destructrice.

C'est ainsi qu'il décida de recourir sur elle au charme et aux sortilèges, recettes qu'il surnommait affectueusement les "najinades". Par exemple, il glissait à Maggie d'une voix suave : "Oui, ma mignonne, je sais que ce soir tu vas enchanter de ta voix les jeunes et les moins jeunes", et avant même qu'elle ait eu le temps d'acquiescer, il poursuivait : "Je vais t'apporter quelque chose à manger, car chanter le ventre comblé permet de chanter la voix comblée, je vais te faire venir de la cuisine de Mme Yasmine le plus délicieux des repas."

Il recourait aussi à la masturbation, et quand il se sentait trop excité, il la rejoignait là où elle était, en train de répéter pour la prestation du soir. Là, il interpellait son membre viril sur un ton apaisant, comme s'il devait calmer un enfant trop agité : "Il faut que tu dormes, maintenant, on n'a pas le temps de satisfaire tes besoins. Allez, essaie de dormir, je sais bien que tu l'aimes, mais là elle n'a pas le temps pour toi. Par contre je te rassure, demain tu l'auras, ton orgasme." Après avoir ri de sa bonne blague, il se résolvait à rentrer chez lui. Lorsqu'elle lui demandait, surprise, pourquoi il ne l'accompagnait pas, il lui répondait en désignant son membre : "J'aurais peur qu'il t'agresse devant tout le monde." Ces badineries visaient à lui prouver qu'il avait beau se comporter de manière fantasque, il l'aimait d'un amour indescriptible.

Il y avait aussi eu le fameux soir où, alors qu'elle interprétait la chanson, il s'était mis à danser en faisant mine d'avoir une femme dans les bras. Ils en avaient ri tous deux, puis il s'était excusé de ne pas avoir pu s'empêcher de se jeter sur elle aussitôt que les applaudissements avaient retenti – il l'avait serrée contre lui et l'avait embrassée fougueusement sans se soucier de personne. Cependant, elle avait gardé une de ses incartades en travers de la gorge, celle qu'il avait commise deux jours plus tôt ; ce soir-là, après avoir dansé très longtemps, il s'était jeté spectaculairement au sol, avant de poser le pied sur le banc de pierre pour grimper à un arbre. Perché là-haut entre les branches, il avait hurlé "Maggie, Maggie !", après quoi il s'était de nouveau jeté par terre. Certes, il avait réussi ainsi à faire rire une partie de l'assistance, mais il avait aussi mécontenté beaucoup de monde. Un homme avait bien failli lui décocher un coup de poing dans la figure, heureusement il s'était retenu au dernier moment, et une jeune fille s'en était prise à lui verbalement : "Que crois-tu être en train de faire, pauvre abruti sans goût ni morale !" Naji avait commencé par s'excuser, puis il s'était mis à chanter *Toi et moi* – la chanson de Guillaume Grand – en mode rap, ce qui avait fâché Maggie. Elle s'était arrêtée de chanter et était repartie précipitamment au milieu des cris de stupeur et d'incompréhension des spectateurs. Lorsqu'il avait réussi à la rattraper, elle s'était écriée, d'une voix qu'il ne lui connaissait pas :

"Éloigne-toi de moi, éloigne-toi de moi, je ne veux plus jamais voir ta tête ! – Mais c'était juste pour rire, en plus j'avais fumé. – Tu es seulement jaloux de ma manière de chanter, éloigne-toi de moi sinon j'appelle la police."

Naji et Rica se tenaient devant le réfrigérateur vide, mangeant des restes de confiture, de fromages, d'olives et de radis, avec du pain trempé dans le ketchup. Lorsqu'ils refermèrent la porte, il ne contenait plus qu'un morceau de charbon noir, placé là par la mère de Naji pour absorber l'odeur puissante du fromage. En ouvrant le réfrigérateur ils avaient découvert que tout ce que Yasmine y avait entreposé était irrémédiablement congelé.

L'effroi s'empara de Rica, qu'allaient-ils manger pendant tout le temps que sa tante serait absente ?

Il avait pris goût à ses plats appétissants, qu'elle rapportait du restaurant ou qu'elle préparait elle-même à la maison. Il se rappela toutefois que là-bas en Afrique il avait peu à manger.

Naji se mit à compter l'argent qu'il avait dans la poche, sachant que Yasmine ne lui avait pas laissé beaucoup de liquide. Le mois était sur le point de se terminer et il ne lui restait plus que neuf euros. *Quid* des cachets qu'il prenait pour pouvoir renouer avec lui-même ? *Quid* des cigarettes qui adoraient se suicider en se consumant entre ses doigts ? *Quid* des préservatifs que Maggie tenait à lui faire utiliser ? À peine l'image de Maggie lui était-elle apparue qu'il sentit son cœur se broyer.

Il attrapa fébrilement son téléphone portable pour rechercher le numéro de sa mère et lui crier : "Yasmine, c'est quoi ce que j'entends, que tu pars – ou même que tu serais déjà partie – au Portugal ?" Rica se boucha les oreilles et sortit de la cuisine, il ne voulait pas entendre les invectives humiliantes qui sortaient l'une après l'autre de la bouche de Naji, et qui devaient sans nul doute blesser et embarrasser sa tante. Naji lui courut après en criant : "Avoue que tu as peur que ta tante te renvoie en Afrique ; je sais que la France c'est le paradis pour toi !" Là-dessus, il le tira violemment par le bras jusqu'au living-room, avant de poursuivre : "Bien sûr que c'est le paradis, sachant que tu aimes les scorpions et que notre appartement est aussi ample et spacieux que l'aine d'un scorpion." Il avait utilisé l'expression que Yasmine employait tout le temps pour décrire ce qui est petit. Pourquoi "l'aine d'un scorpion" ? Ça, il ne savait pas, ni elle non plus d'ailleurs.

"Tu vois ce fauteuil comme il est confortable ?" Ce disant, il désignait un fauteuil tellement bas qu'il avait l'air écrasé au sol. "Et regarde donc, ajouta-t-il en désignant le tapis qui était constellé de taches petites et grandes, avec des déchirures qui laissaient voir le sol par en dessous, il est pas beau, ce tapis de soie ? Et regarde encore ce cafard suspendu dans son piège depuis l'année dernière !" Puis il jeta en l'air les sacs en plastique que Yasmine avait accumulés en cas de besoin. "Vois, chacun de ces sacs est rempli de pierres précieuses dont madame voulait faire don aux habitants de la cité. Regarde ce jouet estampillé du drapeau libanais, c'est un cadeau spécialement offert par le président de la République à ton honorable tante, pour avoir levé bien haut les couleurs du Liban et rapproché les peuples libanais et français au moyen du *kebbeh* et du *semboussek*. Oui Rica, écoute bien ce mot : il est composé de *sem* – poison – et de *boussek* – je t'embrasse –, donc ça veut dire « je te donne un baiser empoisonné »."

Rica se dégagea vigoureusement de l'emprise de Naji, s'efforçant de rester patient malgré tout. "Bon, répliqua-t-il, la leçon est terminée ? Viens, mon Najnouj, sortons de l'appartement, on va marcher un peu et prendre un café."

C'est la France, le paradis, se dit Rica, et non l'Afrique, l'Allemagne ou le Liban – ici au moins je suis libre, libre comme l'air.

Yasmine avait embarqué dans le train en partance pour Nice. Un peu plus tard, comme elle consultait déjà sa montre, elle se rabroua : Allons, Yasmine ça ne fait que quelques minutes que tu es montée, un peu de patience.

Elle était satisfaite et apaisée. Se pouvait-il raisonnablement que toute cette joie de vivre et tout cet enthousiasme soient causés uniquement par la tenue qu'elle portait ? Elle allait rencontrer Rami, et celui-ci la verrait dans ce chemisier et cette jupe en tissu africain turquoise à motif imprimé de feuilles d'arbres orange de toutes les tailles. Le col du chemisier était muni d'un jabot qui couvrait la nuque et dissimulait les rides de son cou. Elle avait de la chance que son cou ne se soit pas affaissé ou épaissi, et qu'elle n'ait pas de double menton "gonflé comme la voile d'un bateau ballotté par le vent", comme une amie à elle s'était décrite, espérant par là que Yasmine l'encouragerait à entreprendre une chirurgie esthétique.

Elle se demandait : en la voyant, Rami serait-il pris de regrets à l'idée qu'ils ne vivaient pas dans la même ville ? Elle ne s'autoriserait à regarder sa montre qu'au moment de s'installer dans le bus qui l'emmènerait à Èze. Elle entendit une jeune femme dire à son gamin assis sur le siège qui lui faisait face : "Regarde, on va grimper dans la montagne en prenant de l'altitude peu à peu, comme un oiseau de papier !"

Elle se demandait comment elle allait faire, arrivée au parking, pour tracter sa valise dans les escaliers conduisant à l'hôtel, mais fort heureusement, elle finit par apercevoir un préposé qui brandissait une pancarte au nom de l'hôtel où elle avait réservé – il était venu attendre les passagers des véhicules privés pour récupérer leurs valises. Elle s'élança vers lui et lui remit la sienne, s'excusant de ne pas l'avoir vu plus tôt. Elle ne lui précisa pas qu'elle était venue en bus et non en voiture, consciente que les résidents des hôtels cinq étoiles n'étaient pas censés prendre les transports publics.

Elle grimpa les marches d'asphalte, se souvenant de la fois précédente, c'était il y a de cela quatre ans précisément – où elle avait glissé avec ses talons hauts, Rami avait alors proposé de la porter dans ses bras. De fait, il l'avait soulevée jusqu'à leur chambre, laquelle se trouvait, comme toutes celles de l'hôtel, dans un bungalow indépendant du bâtiment principal où s'effectuait l'accueil, avec sa propre rampe d'accès.

Une fois parvenue dans sa chambre, elle poussa un grand soupir, que l'employé de l'hôtel qui l'avait accompagnée dut entendre, et même les collines autour d'elle ainsi que la mer, car on aurait dit un cri de stupeur émanant de son âme.

Elle s'était étreinte pour s'observer dans le miroir, elle se voyait à présent comme un être libre et indépendant, comme une femme amoureuse, non plus comme une mère ou une tante. La lumière de la chambre la précipitait au milieu des couleurs du ciel, de la mer, des villages dispersés sur les collines étagées jusqu'à l'horizon. Elle se changea rapidement, troquant ses vêtements pour un maillot de bain ; elle admira son pubis parfaitement lisse, grâce à l'épilateur électrique qu'elle avait acheté la veille et qui l'avait fort heureusement débarrassée de ses poils blancs, sachant que Rami remarquait tout.

Là-dessus, elle sortit pour se rendre dans la vallée. Elle prenait mille précautions pour savoir où poser le pied avant chaque pas, se forçant à progresser malgré sa peur de tomber. Chaque fois qu'une pensée la traversait, elle la chassait de son esprit. De quel côté se trouvait donc le fameux "chemin de Nietzsche" ? Et ces ossements, là, étaient-ils ceux d'un oiseau ou d'un renard ? Elle se sentait seule, tout à fait isolée en ce monde. Si par malheur elle tombait et se rompait le poignet ou la cheville, personne ne viendrait la veiller.

"Bravo Yasmine, tu y es arrivée !" s'écria-t-elle pour s'encourager, après être enfin parvenue à proximité de la route principale. Elle la franchit et descendit le sentier jusqu'à la mer. Arrivée là, elle s'enfonça dans l'eau doucement et nagea avec prudence, tout en se martelant qu'elle était en vacances, à l'instar des héroïnes des films qu'elle visionnait et des romans qu'elle lisait. La quiétude de l'eau et le calme ambiant l'amenaient à se demander si elle aurait le courage de ne pas regarder son téléphone portable. Mais pour qui est-ce que je m'inquiète autant ? Je n'ai tout de même pas laissé des nourrissons dans leur lit, je n'ai rien fait d'autre que m'absenter de mon appartement meublé. Après tout, mes orchidées ne vont pas mourir en une semaine ni même en deux, et ça n'arriverait pas non plus si je n'avais pas glissé deux glaçons dans leur terreau. Pour ce qui est du restaurant, j'ai posé un congé après avoir embauché un cuisinier libanais qui n'est pas loin d'être plus compétent que moi.

Comment allait-elle faire pour rejoindre le haut de la montagne où se trouvait son hôtel ? Son inquiétude la poussa à poser la question à l'un des serveurs du restaurant voisin, qui lui proposa de lui appeler un taxi. Elle était tellement contente en montant dans le véhicule qu'elle se dit qu'elle commençait à vieillir. Mais non, se dit-elle, je ne suis encore qu'à la cinquantaine. D'accord, mais il n'empêche que j'avance en âge. Certes j'ai toujours les mêmes envies, le même enthousiasme, mais mon esprit est usé par la routine et l'épuisement. Cette vie que je mène avec Naji, tout le mouron que je me fais pour lui…

Redoutant que Rami ne l'ait appelée, elle se força à regarder son téléphone, qu'elle avait mis sur silencieux, et découvrit que Naji lui avait téléphoné cinq fois. Elle interrogea Google Maps pour savoir où était le fameux "chemin de Nietzsche" mais, ne parvenant pas à lire correctement la carte, elle demanda au chauffeur du taxi. Celui-ci fit un grand geste qui englobait la montagne et le littoral. Elle le remercia de son conseil de ne surtout pas s'engager seule sur le chemin et d'emporter une bouteille d'eau, sans quoi elle risquait de mourir de soif.

Elle attendit Rami à la porte de l'hôtel. Il avait toujours cette odeur si particulière, celle dont ses sens avaient conservé la mémoire. À peine s'étaient-ils retrouvés seuls dans la chambre qu'il lui souffla : "Ça m'a manqué, Yasmine, ça m'a tellement manqué…" Alors remonta à ses narines un bouquet de fragrances, la brise printanière, le soleil, la mer et le thym sauvage qu'elle avait humé en descendant vers la vallée. Ils n'éloignaient leurs visages l'un de l'autre que pour aspirer un peu d'oxygène, tandis que leurs pensées continuaient de s'enlacer. Elle ne voyait plus la petite tache bleue qu'il avait auparavant sur sa dent de devant. Il avait dû la faire remplacer. Le grisonnement s'était propagé dans sa chevelure. Et lui, se questionnait-elle, a-t-il remarqué que j'ai pris un peu de poids et que mes joues se sont légèrement affaissées ? La vie était formidable, rien ne venait en troubler la quiétude. Elle s'était abandonnée entre ses bras sincères, tout en se demandant au passage comment on faisait la différence entre des bras sincères et des bras feignant la sincérité.

La question vola en éclats tant la force de son désir pour elle était manifeste dans son étreinte. "Ça nous a manqué, Yasmine, insista-t-il, je te jure que ça nous a manqué." Et quand il lui demanda, tout en lui embrassant les yeux : "Où étais-tu passée, Yasmine, sans même te soucier de me laisser seul ?" Elle faillit fondre en larmes car, de son côté, elle voulait lui demander : "Où étais-tu passé, Rami, me laisser seule ainsi t'a si peu gêné que ça ?"

Leurs mains recommencèrent à s'entrelacer comme elles s'étaient entrelacées déjà lorsqu'ils s'étaient rencontrés à Beyrouth, du temps où Beyrouth était encore Beyrouth. Ils laissaient leurs corps s'exprimer dans leur propre langue, manifester le désir que chacun avait pour l'autre jusqu'à devenir comme deux cordes d'un luth dont les sons se fondraient harmonieusement pour composer une mélodie triste, tout en priant pour que cette mélodie ne s'arrête jamais.

En voyant la valise de Rami à la porte, Yasmine se demanda si elle oserait lui demander de l'aider à rester une semaine de plus à l'hôtel. De fait, elle l'avait prié de reporter de quelques jours son voyage, mais il avait répondu que c'était impossible, les incidents survenus au Liban, que ce soit l'incendie du port ou la banqueroute du pays, ne lui permettaient pas de rester absent aussi longtemps. Sans compter que s'il restait une semaine de plus, il aurait peur de s'habituer à un rythme de vie très différent et que cela raviverait ses projets de quitter le Liban. Quitter le Liban ? À cette idée, le cœur de Yasmine entonna des youyous, mais elle se contenta de lui demander :

"Pourquoi as-tu si peur de partir de là-bas ?

— Parce que, le Liban, c'est la mère patrie, et moi je me suis habitué à l'instabilité qui règne là-bas ; je ne veux pas tenter de vivre ailleurs et de m'acclimater à un autre pays. Si ça arrivait, je passerais mon temps à penser au Liban, et en plus, j'ai beaucoup moins d'opportunités de travail à l'étranger, à part dans les filiales de la banque où je travaille."

Malgré cela, le cœur de Yasmine poussa un youyou à l'idée que Rami était encore dans sa vie. Elle s'en réjouissait malgré la souffrance que lui avait occasionnée cette relation, même durant le temps où il vivait à Nice – souffrance qui l'avait amenée à refuser de le rejoindre au Liban.

Lorsqu'elle l'avait rencontré à Beyrouth, il y a de cela vingt et un ans, elle avait vingt-neuf ans, soit six années de moins que lui, et travaillait comme seconde dans un restaurant très réputé. Ils s'étaient aimés sans trop prêter attention aux turbulences du cœur et de l'esprit, ni au spectre de la jalousie et de la solitude, sachant qu'il avait déjà une vie avec une femme et des enfants, tandis que Yasmine était pareille à une gare attendant l'arrivée d'un train dont elle aurait fixé elle-même les horaires.

Elle se rappelait encore le jour où Naji lui avait demandé : "Alors Evelyn a enlevé papa, et toi maintenant, tu vas enlever Rami ?"

Elle ressentit un élan vers lui tandis qu'elle lui faisait ses adieux, un élan qu'elle continuerait de ressentir même si les circonstances ne leur permettaient pas d'entrevoir une rencontre de sitôt, même s'il était clair qu'elle ne lirait pas de sitôt ses messages sur son téléphone ni n'entendrait sa voix. Il habitait en elle, au même titre que les autres qui l'habitaient par intermittence : son père, sa mère, ses proches, ses camarades d'école, ses voisins à Beyrouth, ses collègues de travail au restaurant, et même son mari qui l'avait quittée.

L'amour qu'elle vouait à Rami – et que celui-ci lui vouait en retour – était resté tout aussi incandescent après leur départ pour la France, du moins jusqu'à ce que les vents chargés de pluie viennent l'éteindre. Comme s'ils assistaient ensemble à un beau film et que l'écran se mettait soudain à trembler au passage d'un avion dans le ciel. Leurs rencontres étaient devenues fugaces, elles se déroulaient dans des chambres d'hôtel bon marché, près de son bureau à Nice. Il lui palpait les seins par-dessus son chemisier, sans attendre de déboutonner son pantalon pour se jeter sur elle tout habillé après avoir libéré le jeune et fougueux Rami de sa prison pour quelques minutes. De son côté, elle avait essayé de livrer une guerre contre ces vents et ces pluies, elle voulait ressusciter l'ambiance de la période où elle avait fait sa connaissance, lorsqu'il était venu déguster ses plats dans le restaurant où elle officiait à Beyrouth.

Le matin du jour où il repartait pour Beyrouth, ils gravirent ensemble les marches de pierre conduisant au chemin de Nietzsche. “Ces escaliers me rappellent les rochers dans les villages libanais, tout scintillants malgré leurs bosses et leurs irrégularités”, remarqua Yasmine tout en lui tenant la main. Elle se remémora les pierres qui avaient accompagné chaque étape de sa vie, son adolescence, sa jeunesse, puis l'amour et ensuite le mariage, le jour où elle avait glissé sa main dans celle de son mari tandis qu'il mangeait des cerises cueillies sur l'arbre du jardin familial, une goutte de jus de cerise était tombée sur son chemisier et était restée là malgré les nombreux lavages entrepris au cours des années. Elle se rappelait encore comment elle avait béni par la suite les infidélités de son mari et son départ, car cela lui avait offert la possibilité de tomber amoureuse de Rami. La meilleure chose, vois-tu, c'est que tu sois parti, ma belle vie a commencé après toi, toutes ces années avec toi je les ai vécues comme si j'étais vierge. Rami m'aimait et me faisait l'amour, tandis que, toi, tu te contentais de baiser.

“Tu sais, Rami, je crois que tu as raison, tu vas avoir du mal à quitter Beyrouth ; moi par exemple je sursaute chaque fois que je vois des volées de pigeons ici, car elles me font penser à celles de Beyrouth. Le soleil d'ici me transporte jusqu'au soleil de là-bas, et quelquefois j'ai la nostalgie des coups de klaxon, des cris des enfants du quartier, des clients du restaurant, des propriétaires des boutiques, même des mendiants dont le visage m'est familier.

— J'ai du mal à te croire, ma Yasmine, quand tu me dis que tu n'as pas d'ami. Est-ce possible ?

— Non, vraiment, je t'assure.”

Et de fait, elle ne mentait pas, elle n'avait pas d'ami.

Il lui vint à l'esprit que même s'ils continuaient à éprouver de l'attirance l'un pour l'autre, un peu comme le fil et l'aiguille, cela n'empêchait pas chacun d'entre eux de rester solitaire. Les journées d'amour fou étaient restées prisonnières des rochers traversés de fissures qui ne disparaissaient pas ni ne s'élargissaient.

Lorsqu'elle retournerait à la cité, à Naji et à son travail, elle reverrait ce client, un Français de soixante-dix ans qui venait au restaurant chaque midi, et qui un jour l'avait invitée à la brasserie de l'hôtel Negresco.

À Nice, elle avait aimé les palais style rococo, les statues équestres et les lustres étincelants. La joie l'avait envahie comme une gamine, joie décuplée par la promesse de cet homme de lui faire visiter de beaux endroits au passé splendide. Elle était prête à le suivre là où il déciderait de l'emmener.

Il lui avait avoué en toute franchise qu'il aimait fréquenter ces endroits parce qu'ils lui rappelaient son épouse décédée quelques années plus tôt, qu'il avait aimée d'un amour indescriptible. Yasmine lui avait attrapé la main et l'avait attirée vers elle avant de se pencher pour y déposer un baiser. Peut-être n'avait-il pas compris son geste sur le moment, car il lui avait demandé si, de son côté, elle aimait quelqu'un. Elle lui avait répondu qu'en effet elle aimait quelqu'un, puisque l'amour naît à l'intérieur de nous en même temps que s'éveille notre conscience, et y demeure invisible. Quand on tombe amoureux, ce qu'on aime en vérité c'est cet amour invisible né en même temps que nous.

Naji essaya plusieurs fois de joindre Maggie au téléphone. À la dernière tentative, il lui laissa un message vocal : “Maggie, je suis désolé de t’avoir appelée autant de fois, mais je souffre d’indigestion. En tout cas, te téléphoner me réconforte, nos conversations sont pareilles à des baisers de chocolat et d’amour que je t’adresse.”

L’absence de sa mère, la peur qu’il éprouvait à l’idée qu’il allait bientôt manquer de cachets, et le fait que Maggie ne lui parle plus, tout cela le poussa à se rendormir. Il remit le couvre-lit au-dessus de sa tête et se laissa bercer par la pénombre.

Ce n’est qu’une fois l’obscurité tombée qu’il se décida à sortir de son lit. Rica était ravi que Naji ait enfin retrouvé toute son énergie. Ils se faufilèrent hors de l’appartement comme des rats attendant que les chats tombent de sommeil pour se précipiter vers les locaux à poubelles, à la recherche de quelque chose à manger et d’un peu de réconfort.

Ils s’installèrent dans un café où les gens se pressaient autour de tables de jeux, jouant au trictrac. Naji commanda un café ; Rica, quant à lui, ne voulut rien commander. On devinait la présence d’informateurs déguisés en clients ou en serveurs, qui surveillaient les opérations de vente et d'achat de drogue, les joints de haschich et les piqûres d'héroïne, mais ils ne s'intéressèrent pas longtemps à Rica et Naji, qui ne faisaient manifestement rien sinon montrer des signes d'ennui.

Plus tard, ils quittèrent le café pour aller déambuler dans les ruelles où un groupe de jeunes se tenaient entre les flippers, tandis qu'un autre groupe avait transformé les allées en bars à ciel ouvert, riant et balançant des bouteilles d'alcool vides avant de cracher par terre. Naji s'arrêta près d'une boutique qui vendait des sous-vêtements féminins, les mannequins de bois dans la vitrine avaient le visage couvert d'un voile.

Ils pénétrèrent dans l'établissement. Comme Naji demandait au propriétaire des nouvelles de son fils Ziad, l'homme se saisit aussitôt d'un épais gourdin et se rua sur lui, lui ordonnant de quitter les lieux sans quoi il se ferait un plaisir de lui administrer une dérouillée mémorable. Naji attrapa un mannequin par la taille et l'entraîna dans une danse tout en chantant en libanais et en français. L'homme ne comprenait pas les paroles dont l'arabe différait grandement de son parler maghrébin.

"Tu ne pourras jamais me rattraper, lança Naji, tu vas te prendre les pieds dans tes couilles qui traînent par terre."

Rica essayait de tirer Naji hors du magasin, s'excusant auprès du père de Ziad, mais Naji reprit la parole :

"Je suis un garçon sérieux, avec une situation stable, je viens seulement demander la main de cette femme de bois, là, c'est que je suis tombé amoureux de son voile !"

Une fois qu'ils se furent éloignés de la boutique, Rica lui demanda :

"Pourquoi le père de Ziad a pété un plomb comme ça ?

— Il a sûrement appris que son fils était devenu dealer. L'affaire a commencé par les comprimés qu'il prenait pour soigner ses problèmes de ciboulot, il avait une ordonnance du médecin qui lui permettait de les obtenir gratuitement par le système de santé.

— Que Dieu lui vienne en aide, ça a dû être terrible pour lui de découvrir que son fils dealait.

— Oh Rica, laisse-nous un peu respirer, tu veux, que vaut la vie sans la fête, les cotillons et les pétards ?"

Ils se rendirent dans un autre café mais, au bout de quelques minutes, Naji se leva pour partir, sachant qu'il n'était pas prêt à acheter à des petits revendeurs dont l'âge ne dépassait pas treize ans : même s'il avait de la compassion pour eux, il n'était pas prêt à avaler n'importe quoi. Il n'osait pas non plus se rendre au bassin abandonné, après les menaces terribles qu'ils avaient formulées. Quant à Rica, il bénissait Dieu, quoique dans son for intérieur, que Naji n'ait pas réussi à se procurer de la drogue.

À leur retour à l'appartement, Naji s'écria : "Je suis fou de joie : Mme Yasmine, la plus grande flic du monde et l'espionne numéro un, est actuellement en congé !" Il lui envoya dans la foulée un message vocal depuis son téléphone : "Ben alors, notre reine à tous, on a oublié de me laisser de l'argent pour recharger mon téléphone ? Et comment veux-tu que j'arrive à dormir si je n'ai aucun moyen de me rassurer sur ton sort ?" Puis il se tourna vers son compagnon.

"Laisse-moi te dire, Rica, que, sans ta tante, l'appartement est beaucoup plus confortable. Tu ne trouves pas ?

— C'est vrai, mais je prie pour que Dieu l'aide à te supporter, et à me supporter moi aussi !"

Yasmine avait l'habitude de faire des commentaires chaque fois qu'elle les voyait sortir pour la soirée : "Où vous allez comme ça ? Vous travaillez même le soir ? Ah ben courage alors, pas facile de travailler jour et nuit ! Allez, le monde entier dépend de votre diligence !" Quelquefois, elle ajoutait : "Oh, Dieu magnanime, sois donc magnanime avec moi, ramène-moi quelqu'un comme Casanova ou Omar Sharif !" Voyant Naji se ruer sur son clavier pour chercher ces deux noms dans Google, Yasmine avait ajouté : "Tiens, pendant que tu y es, demande donc à Google des infos sur Charafantah et Qassabgui* !" En voyant leurs images apparaître sur l'écran, il avait trouvé que Charafantah ressemblait un peu à Dracula mais avec des moustaches. Quant à Qassabgui, il était très bronzé et avait des sourcils épais comme des buissons de la forêt amazonienne.

Ils rirent beaucoup aux extraits de films qui mettaient en scène ces deux personnages. Naji s'exclama : "Oh mon Dieu, Rica, j'ai oublié que ma mère avait été jeune, qu'elle allait au cinéma et voyait des films arabes, qu'elle rigolait et s'amusait ! Comment mon père a-t-il pu lui faire ça ? C'est un salaud, un vrai salaud !"

Rica cachait combien il était déçu de l'attitude de sa tante, qui, malgré le passage des ans, n'avait jamais varié dans sa façon de le percevoir : à ses yeux, il n'était qu'un type noir de peau et rien de plus, et elle le traitait de "grand diable".

Est-ce que pour elle toutes les personnes de grande taille étaient de grands diables, ou bien le mot désignait-il dans son esprit un esclave noir à la carrure de géant ?

---

* Célèbres humoristes du cinéma égyptien classique.

De fait, elle ironisait souvent sur leur appétit insatiable à tous les deux : "Y en a un qui est géant comme un diable, et l'autre qui a mille et un estomacs."

En ne trouvant pas sa mère à son retour à la maison, Naji eut des remords d'être sorti. Il avait tout de suite compris que sa mère n'était pas véritablement partie en voyage, qu'elle avait seulement voulu leur faire peur afin qu'ils se prennent en charge et deviennent des hommes, ce dont elle rêvait depuis toujours. Maggie non plus n'était pas là à l'attendre avec sa chienne comme il l'avait espéré, sachant qu'il lui avait laissé les clés de son appartement.

Le téléphone, dans la maison que baignait l'obscurité, restait désespérément muet, et même le répondeur n'affichait aucun signal lumineux annonçant un message.

Une fois de plus, Naji entraîna Rica au-dehors, aussi précipitamment que si le feu s'était déclaré dans la maison. Ils pénétrèrent dans un bar, puis dans un deuxième. Ensuite, Naji frappa de toutes ses forces à la vitre d'un café, semant un vent de panique parmi les clients qui le voyaient lever les bras en l'air puis s'effondrer au sol en riant.

Il ne semblait pas dérangé que Rica se tienne un peu à l'écart ; au contraire, cela lui convenait plutôt bien qu'il soit là sans le coller de trop près. Tout le monde s'était habitué à voir Rica avec lui, c'est pourquoi ils risquaient de trouver cela bizarre s'ils le voyaient arriver seul. Naji voulu se comporter ce soir-là comme s'il était un caïd d'un nouveau genre, cherchant celui qui pourrait lui exécuter son plan en échange d'argent, c'est pourquoi il faisait la tournée du quartier à la recherche du profil adapté.

À son retour, Rica, qui l'avait attendu près du café, l'interpella :

"Après quoi est-ce que tu cours, mon Najnouj, est-ce que je peux t'aider ? Pourquoi est-ce que t'as pris des euros si c'est pour pas payer ce que t'es venu acheter ? Tu sais, c'est peut-être parce que Dieu t'a à la bonne que ma tante est partie. Allez, encore un jour ou deux, trois au plus, et tu auras oublié les comprimés et le haschich.

— Te fais pas de souci, je sais ce que j'ai à faire. Je me demande juste pourquoi j'arrête pas de tourner en passant d'un magasin à l'autre, tout en n'étant même pas capable de répondre à mon moi quand il me demande : « Alors, t'as trouvé ce que tu cherchais ? »"

Là-dessus il pénétra dans une échoppe, souleva sa chemise pour montrer son ventre tatoué.

"Alors, demanda-t-il, qu'est-ce que vous en dites ?

— Très joli, magnifique ! répliqua le tatoueur en voyant l'image de paon tatouée sur le torse et l'abdomen de Naji.

— Tant mieux. Dites, ça vous dirait de l'acheter ? Je suis prêt à vous le vendre.

— Euh, je ne comprends pas trop ce que vous êtes en train de me dire, vous pourriez reformuler ?

— Et moi, je ne comprends ni ce que je vous ai dit ni ce que vous m'avez répondu."

Naji avait toujours été amusé par les malentendus entre les gens, que ce soit en paroles ou en points de vue.

Il se rappelait encore le jour où sa mère l'avait emmené chez l'ophtalmologue, qui lui avait versé dans les yeux un collyre pour lui dilater les pupilles avant d'examiner son œil sain. Sur le chemin du retour, Yasmine lui avait pris la main et il s'était senti rassuré, et même égayé, car tout ce qu'il avait devant lui semblait embrumé et trouble, comme si son œil était composé de fils de barbe à papa. Il prenait plaisir à observer les gens dans la rue, sautillant comme des singes, leurs têtes ressemblaient à des pastèques en train de rouler et leurs corps évoquaient des tonneaux de différentes tailles.

Une femme originaire du Maroc, appelée Amina, vint aborder Naji et Rica, encore secoués de rires face à la réaction du tatoueur. Elle demanda à Naji comment allait sa mère et si elle était en bonne santé, et le pria de dire à Yasmine qu'elle lui manquait et qu'elle avait envie de la voir.

"Tante Amina, répondit Naji, je sais pourquoi ma mère ne te rend plus visite, c'est parce que tu ne lui donnes plus son joint de haschich."

La femme secoua la tête.

"Dieu te vienne en aide, mon garçon, répliqua-t-elle ; je prie pour qu'Il te vienne en aide et qu'Il soit pour toi un soutien et qu'Il t'arme de patience."

Cette nuit-là, Naji ne dormit pas avant la survenue de l'aube, car ses dents s'entrechoquaient ; quant à ses mains, elles étaient pareilles à des chevaux fous qu'il n'arrivait pas à maîtriser. Il avait du mal à avaler l'attitude de sa mère, et sa pomme d'Adam était écrasée par ses dents. Dans ses rêves, Maggie lui jetait des regards à la dérobée, mais dès qu'il posait la main sur elle, elle se désintégrait entre ses bras, pulvérisée telle de la poussière.

Il adressa un message à Maggie dans lequel il répéta son nom cent fois, et envoya également à sa mère une note vocale : "Maman, ma Yasmina chérie, je vais bien. Ne te fais aucun souci pour moi, je vais prendre soin de moi du mieux que je peux. Bien sûr que j'ai arrêté les cachets, grâce à Dieu, d'autant que tu as omis de me laisser un peu d'argent. Bon, en définitive, c'est pas plus mal, vu que je me suis injecté aujourd'hui une énorme dose d'héroïne. Tu veux savoir où j'ai trouvé l'argent ? J'ai réuni toutes les photos de toi qu'il y avait la maison et je les ai vendues aux jeunes pour qu'ils s'excitent dessus. Tu vois, je peux toujours compter sur toi, que tu sois là ou que tu ne sois pas là. Allez, surtout ne t'inquiète pas pour moi, amuse-toi bien au Portugal. Tu me manques, tu me manques énormément, je te jure que tu me manques !"

À son réveil le matin suivant, il se précipita pour traquer la colonne de fourmis et les papillons. Ne les trouvant nulle part, il retourna se coucher et se releva quelques heures plus tard pour déclamer immédiatement un morceau de rap.

Moi je dis, moi je dis
Tandis que rampent près de moi les fourmis
Vous les fourmis, vous les fourmis
Gardez votre espoir brandi
Je sais que votre petit nid
N'en peut plus tant il est envahi
Par vos souffles
Tout comme mon chez-moi est saturé
Parce que toute la place est prise par mon corps
Par ma respiration, par mes foulées
Mais la différence entre nous
C'est que vous avez découpé le papillon
L'avez emporté dans votre maison
Et vous êtes délectées de ses boyaux et de son estomac
Avez décoré vos murs avec les rognures de ses ailes

Alors que, moi, ma maison est ma prison
Elle s'est refermée sur moi en comprimant mon souffle
Vous les fourmis, vous les fourmis
Ne désespérez pas, je vous prêterai mes dents
Pour que vous sortiez le cœur du papillon
Et le dévoriez pendant qu'il est encore frais
Un soir je viendrai regarder chez vous la télé
Surtout ne me dites pas qu'on sera trop serrés
Vous ne savez pas que je ne suis qu'un point, un point rien d'autre
Je me fiche pas mal de savoir si j'en suis un seul ou plus
Pour moi, la lettre fâ *surmontée d'un seul point*
Et la lettre qâf, *surmontée de deux, ne font qu'un*
Peu m'importe quelle chaîne vous brancherez
Du moment qu'on la regarde ensemble.

Des chansons et des airs d'inspiration russe résonnaient dans l'appartement tôt le matin. Mélancolie, entrain, fanfare, balalaïka et Kalinka ; une voix triste s'éleva en même temps que la musique et scanda : *"Nourcha, nourcha, oy nana, oy nana, ruskaïa, ruskaïa."*

Le chanteur russe chantait tout seul, comme si sa bien-aimée était en train d'agoniser dans ses bras.

Après s'être concertés à voix basse, les membres de la fanfare décidèrent de hausser le ton pour se donner du courage.

Se levant précipitamment, Naji se drapa dans le couvre-lit pour se rendre sur le palier. Le bruit provenait de chez les voisins. Il appliqua son téléphone portable contre leur porte, laissant l'application lui révéler ce qu'on était en train d'écouter. C'étaient les Chœurs de l'Armée rouge. Il revint précipitamment à son appartement et chercha le morceau sur internet pour le lancer depuis son téléphone, après quoi il se mit à danser dessus, abaissant graduellement son corps jusqu'à presque toucher le sol, tout en chantonnant : *"Kalinka, Kalinka, Nourcha, Nourcha !"* Ensuite il se redressa progressivement et se mit à hurler : "J'ai faim, j'ai faim !", à quoi Rica répliqua : "Alors comme ça, vous avez faim, cher monsieur ? Si vous voulez bien vous donner la peine de venir à la cuisine, à moins que le chef d'orchestre vous ait interdit de manger ?"

Génial, pensa Naji, le test a réussi, il a réussi comme jamais. Je vais chuchoter et soupirer comme ça dans mon nouveau morceau de rap, et je conclurai par un énorme "*Nourcha*" !

"Bon mais ça veut dire quoi exactement, *Nourcha*, lui demanda Rica, ça veut dire « j'ai faim » ?

— Qu'est-ce que j'en sais, moi ? Je vais demander aux voisins. Je ne savais même pas qu'ils étaient russes."

Naji chercha ses vêtements qui étaient éparpillés par terre et sur son lit, et même dans les couvertures, puis les enfila rapidement avant d'aller frapper à la porte des voisins. C'est une femme qui lui ouvrit, celle dont Yasmine lui avait chanté les louanges en disant qu'elle s'occupait bien de son père âgé, lui rendant visite quotidiennement dans l'appartement d'à côté.

Il l'interrogea sur le sens du mot *Nourcha* qui revenait à plusieurs reprises dans le morceau qu'elle avait passé. La femme secoua la tête en signe d'incompréhension, avec un haussement d'épaules pour signifier son indifférence, avant de lui demander si par hasard il apprenait le russe.

"Non, mais comme j'entends ce morceau pour la première fois, j'aurais voulu savoir ce que le mot *Nourcha* signifie."

Elle lui apprit que son père avait adoré ce CD avant d'être atteint de la maladie d'Alzheimer, et jusqu'à maintenant, il lui faisait du bien – d'après les médecins, la musique était très importante pour quelqu'un dans son état.

“Moi-même, je fais du rap, je suis à la fois auteur-compositeur et interprète, c’est ça que je fais dans la vie. Si vous voulez, je peux enregistrer un morceau et vous l’envoyer.

— C’est gentil, mais du rap ? Je ne pense pas que mon père comprendrait ce genre de musique.

— Oh, voilà une odeur qui ouvre l’appétit, quelles sont donc ces épices qui dégagent ces riches arômes ?”

La femme sourit et s’excusa, allant fermer une porte qui donnait sur le couloir.

“C’est de ma faute, s’excusa-t-elle à son retour, j’oublie toujours de fermer la porte de la cuisine.

— Mais non, au contraire, j’aurais préféré que vous laissiez ouvert. Pouvez-vous me dire quelles épices vous mettez là-dedans, ou c’est un secret ?

— Il y a de la coriandre ainsi que des oignons que je fais revenir dans le beurre et que je rajoute ensuite à la viande hachée, avec des oignons nouveaux et des poivrons verts.

— Ah, c’est comme si je l’avais dégusté, ça a l’air délicieux. Je ne sais pas si vous le savez, mais ma mère est cheffe dans un restaurant libanais à Cannes, même si actuellement elle est en vacances au Portugal. Ses bons petits plats me manquent, autant ceux qu’elle nous rapportait du restaurant que ceux qu’elle nous préparait à la maison !”

Elle lui sourit ; voyant qu’elle avait lâché un soupir comme pour annoncer la fin de l’entrevue, il s’administra une petite tape sur le ventre en déclarant qu’il allait se régaler aujourd’hui du meilleur des repas : il comptait en effet se rendre le soir même au restaurant La Petite Maison à Nice. Il cherchait ainsi à la convaincre que par sa question au sujet de l'odeur appétissante de sa cuisine il n'avait nullement cherché à se faire inviter à déjeuner, même si en réalité c'est ce qu'il désirait le plus au monde.

Il rentra dans l'appartement pour manger avec Rica une poignée de riz après avoir ouvert les fenêtres de la cuisine, car il ne voulait pas que la voisine sente l'odeur, d'autant que Rica y avait fait fondre un cube de bouillon de légumes. Ensuite, ils mangèrent les figues séchées suspendues en grappe à un clou sur le balcon face à la cuisine, ainsi qu'une gousse de gombo séché – nul doute que les araignées et les cafards volants s'en étaient délectés aussi.

Il revint à l'écoute de *"Nourcha"* et à la voix triste, le morceau qui passait à présent était plein d'un entrain communicatif et s'appelait *It's a Long Way to Tipperary*. Il était perturbé que cet orchestre russe ait choisi de chanter une chanson anglaise… Il eut la réponse par Google : elle avait fait partie des chants patriotiques de la Première Guerre mondiale.

L'écoute de cet hymne l'avait attiré loin de Maggie, fleur désormais sans parfum, loin du canapé, loin du lit, loin de l'appartement, de Rica, des cachets, de sa mère. Peut-être aurait-il fallu qu'il s'engage dans l'armée, l'enthousiasme qu'il éprouvait était excessif, là-bas il se retrouverait au milieu de la troupe, avec maints compagnons d'armes, il arpenterait la campagne d'un pas martial, ses godillots survoltés en dépit de la boue omniprésente. Il entraîna Rica par la main afin qu'il se joigne à lui pour défiler spectaculairement au son de l'hymne russe.

"Kalinka Kalinka moïa !" s'écria-t-il à tue-tête. Loin de s'arrêter là, il haussa le volume jusqu'à faire trembler les

murs de l'appartement, même le canapé et les fauteuils s'animèrent pour lui faire savoir qu'ils préféraient le voir ainsi debout à marteler le sol plutôt qu'assis à balancer obsessionnellement son pied gauche.

Des coups furent frappés à la porte. C'était la femme de tout à l'heure, elle était désolée de demander ça, mais si on pouvait baisser la musique car son vieux père n'arrêtait pas de pleurer en entendant cette chanson jouée ainsi en boucle. Naji s'empressa d'arrêter la musique et s'excusa auprès d'elle, puis se mit à son tour à pleurer. Il lui confia qu'il était terrifié à l'idée qu'un jour, il serait peut-être frappé lui aussi de démence et de pertes de mémoire, car chaque fois qu'il écoutait cet hymne russe il éclatait en sanglots, exactement comme son père.

Il essaya ensuite de dominer ses nerfs, mais se remit bientôt à pleurer devant elle, il geignait et se frappait le torse avant de fondre de nouveau en larmes et de gémir. Il aurait voulu entendre Maggie frapper à sa porte sur-le-champ, comme il aurait voulu entendre les aboiements de Sophie retentir sur-le-champ. Ah, Maggie, vraiment tu ne comprends pas que j'ai fait tout ça non parce que je t'enviais ta place, mais parce que j'étais jaloux et que j'aspirais à une plus grande place dans ton cœur ? J'aurais voulu être la chanson habitant ta voix, ton cœur et ta mémoire ! Maggie, où es-tu donc ?

Après s'être apitoyée sur le sort de Naji, la voisine eut soudainement peur pour lui, voire peur de lui, aussi battit-elle vivement en retraite dans l'appartement de son père. Naji éclata d'un rire silencieux, et au lieu de le suivre dans sa gaieté, Rica devint de plus en plus sombre. Il baissait la tête avec accablement et paraissait sur le point de l'expédier au sol d'un coup de poing, jusqu'au moment où il proclama qu'il avait bien envie de quitter cet appartement sans retour.

Oui, mais pour aller où ? Pas à Beyrouth, naturellement, ni dans cet endroit où il avait grandi et était venu à la conscience, cet endroit qu'on appelait "la ferme", empli d'êtres étranges qui remuaient et s'agitaient dans l'air, selon un phénomène qui lui était resté mystérieux jusqu'à ce qu'on lui apprenne le mot "arbre".

Il avait vécu avec sa mère et ses deux sœurs dans une petite cabane installée sur le domaine de la ferme. Sa mère farfouillait dans le sol et y cachait des petites graines semblables à celles qu'on disséminait pour les poules, Rica pensait qu'elle les enfouissait ainsi en terre afin que les gens qui venaient leur rendre visite de temps en temps à la ferme ne les prennent pas. Il avait peur que sa mère oublie les emplacements où les graines étaient dissimulées, mais quelques jours plus tard, il avait vu en sortir de petites pousses vertes.

C'est l'odeur de la fumée qui l'aidait à dormir la nuit, cette fumée qui émanait du feu dans lequel ils brûlaient la paille et les branches d'arbre, ainsi que de vieilles hardes, afin d'éloigner les insectes et les animaux rampants de leur cabane en bois. Il se levait tôt le matin, réveillé par l'odeur de cassave, de patate douce, de choux et d'aubergines qu'on faisait bouillir dans une marmite sur le feu, il entendait sa mère et sa sœur fredonner :

Banabooo, Papapapon, Bonaboo, Papopp.

Lorsqu'on l'avait amené pour la première fois à Beyrouth, il avait aussitôt voulu repartir dans leur ferme africaine, désireux d'échapper à ce garçon plus âgé que lui, qui venait à la maison de ses grands-parents, à moins que ce ne soit lui qui soit allé avec ses grands-parents lui rendre visite. Le garçon avait une peau couleur de lait et ses yeux, quant à eux, étaient couleur d'eau ; il s'appelait Naji. Lors des visites suivantes, Rica avait été content de le retrouver, parce qu'il était constamment en action et le faisait rire avec ses drôles de mimiques, jusqu'au jour où il avait jeté dans sa direction un gros insecte verdâtre. Il avait eu très peur, avant de comprendre qu'il ne s'agissait que d'un jouet en caoutchouc. En vérité, Naji avait mis la moitié de l'insecte dans sa bouche et essayé de mastiquer ses yeux noirs, avant de le retirer brusquement pour le jeter en l'air. Mais le plafond n'en avait pas voulu – peut-être en avait-il eu peur lui-même – et l'avait renvoyé non loin de Rica, où l'insecte était resté immobile, fixant Rica dans les yeux.

La mère du petit Naji s'était élancée vers Rica et l'avait serré dans ses bras tout en lui disant qu'elle était sa tante, autrement dit la sœur de son père. Là-dessus, elle l'avait embrassé et, attrapant sa main, s'en était servie pour taper la main de Naji de toutes ses forces. Au lieu de pleurer, Naji avait éclaté d'un rire interminable, et avait fondu sur l'insecte pour le poser sur la poitrine de sa mère. "Maman, s'était-il exclamé, s'il te plaît, sois gentille avec ce pauvre insecte, allaite-le !" Sa mère avait éclaté de rire, elle avait étreint Naji vigoureusement, puis elle avait raconté l'histoire à la grand-mère qui avait bien ri, tout en refusant de répondre à son mari qui lui demandait avec insistance ce qui provoquait ainsi leur hilarité.

Un jour, le grand-père avait passé les bras autour de Rica et l'avait fait asseoir sur ses genoux avant de lui dire : "Écoute-moi bien, mon petit Rica, j'ai l'intention de demander à ton père qu'on te change ton nom." La grand-mère de Naji avait protesté, et sa mère lui avait crié : "Mais Rica, c'est un très joli nom – regarde donc ses yeux noirs, vois comment ce prénom va bien avec ses yeux !" Mais le grand-père ne s'était pas laissé convaincre. "Rica, c'est pas plus joli que Bilal, comme prénom, avait-il objecté. Et lorsqu'il dira *« Allahu akbar »*, il sera fier de porter un nom si bien adapté à sa personne : la peau noire, les cheveux crépus, la taille mince – d'ailleurs on dirait bien qu'il sera grand !"

"Au fait, Najnouj, tu sais que notre grand-père voulait changer mon prénom et m'appeler Bilal, du nom du muezzin du Prophète qui était noir de peau et avait rang d'esclave avant d'être affranchi par le calife euh… zut j'ai oublié son nom.

— Ah vraiment ? répliqua Naji. Pourtant, mon grand-père n'était pas spécialement religieux ?

— C'est vrai, il n'était pas religieux, mais il était raciste, il voulait m'appeler Bilal juste parce que celui-ci était noir et avait les cheveux crépus."

Naji fit tinter son verre contre celui de Rica en disant : "À la tienne, Bilal." Tous deux buvaient de la bière depuis qu'ils avaient lu sur Google que cette boisson possédait des vertus similaires au pain : elle avait la faculté de rassasier. Naji avait essayé de convaincre Rica qu'ils devaient manger leur cérumen, lui jurant que l'une des tantes de sa mère, qui avait de l'embonpoint, s'était habituée à faire ça chaque fois qu'elle ressentait la faim : la cire lui coupait l'envie de manger, et ainsi elle n'avait plus d'appétit pour quoi que ce soit durant les jours suivants.

"Il faut qu'on fouille le réfrigérateur de fond en comble !"

Naji suggérait-il que je chapardais de la nourriture dans le frigo derrière son dos ? Ne vous gênez donc pas, maître Naji, fouillez tout ce que vous voulez, Votre Altesse ! Peut-être que la pizza a mangé les pâtes, lesquelles ont elles-mêmes englouti les hamburgers ! Décidément il faut que je fasse quelque chose, je dois vraiment me trouver un travail. Même si j'ai l'impression d'avoir déjà deux jobs à plein temps, le premier de distraire Naji, le second de veiller à ce que la drogue ne lui abîme pas la santé. Ma main ne s'est-elle pas faufilée plus d'une fois jusqu'aux cachets, en prélevant un certain nombre afin de les mettre à l'abri – pour les cas d'urgence – dans le sac à oignons ? Malgré ça, je n'ai jamais révélé où je les avais cachés, même lorsqu'il s'est mis à sautiller frénétiquement tellement il était en manque !

En constatant que les mégots débordaient partout, dans les assiettes, dans l'unique plante verte de l'appartement, sur le magazine et même le sol, qu'il n'y avait plus dans les bocaux de verre un seul grain de riz ni une seule lentille, que les vieilles boîtes de pizza vides commençaient à exhaler une odeur de pourriture qui flottait au-dessus de leurs têtes avant de venir se loger dans leurs narines d'où elle ne sortait plus, Rica eut une idée. Toutefois, il attendit le lendemain matin pour l'exposer à Naji.

"Najnouj, j'ai eu une idée géniale. On va examiner tous les gamins du quartier jusqu'à ce qu'on en trouve un qui ait des poux dans la tête. Là, on lui retire ses poux et on les vend à la pharmacie ! Qu'est-ce que t'en penses ?"

Naji déglutit, puis avala sa salive, luttant un moment contre son embarras avant de s'écrier :

"Alors si t'es pas à moitié africain et que t'as pas entendu ton grand-père réfléchir à te rebaptiser Bilal, les gens partent du principe que t'es insensible ? Tu sais à quel point j'ai vécu dans la phobie que mes cheveux soient contaminés ? Pas seulement mes cheveux, d'ailleurs, mes poils, mes sourcils, mes cils. C'était au point que j'avais peur d'aller à l'école et de jouer dans le quartier !"

Rica lui présenta vivement ses excuses, le serrant dans ses bras avant de lui déposer des baisers sur le front et sur les épaules. Naji hocha la tête comme pour signifier qu'il acceptait ses excuses, après quoi il se mit à tourner entre le living-room, la chambre à coucher et le balcon pendant environ une heure, puis encore une autre heure, puis une troisième. Les poux et les mots tournaient dans sa gorge. Pour finir il leva la main en l'air et entonna un nouveau morceau de rap.

Cette main est celle qui attrapait les poux, elle veut vous parler, alors écoutez-la, oui c'est ma main qui vous parle, elle raconte, elle crie, pardonnez-moi tous, pardonne-moi ma main, pardonne-moi mon œil, je raconte mon histoire, je suis sa main.

Je jure que tout ce que je vais vous dire est véridique, écoutez, écoutez donc, c'est mon histoire, mesdames messieurs.

Mon histoire débute lorsque les poux ont commencé à foisonner sur mon cuir chevelu et m'ont irrité, je me grattais tellement que je finissais par avoir du sang jusque sur les ongles. Les poux ont pénétré mes organes l'un après l'autre et ont circulé à l'intérieur, ils sont entrés dans mes oreilles comme des voleurs, et une guerre s'est aussitôt déclarée entre mon cerveau et mes oreilles. Ma tête s'est mise à tourner comme une planète que l'univers aurait rejetée et projetée loin de moi. Les poux sont tombés amoureux de ma chevelure lisse et claire, couleur de miel, ils ont voulu s'y promener et s'accoupler dans la jungle de mes cheveux Chaque fois que je détournais mon attention d'eux, ils se rappelaient à mon souvenir par une discrète allusion, par un léger piétinement, et me réveillaient pour jouer avec moi à colin-maillard. Par exemple, quand je me grattais le crâne d'un côté, ils s'enfuyaient de l'autre, descendant jusqu'à mon front. Là je m'écriais : "Ça y est, je vous ai trouvés, je vous ai trouvés !", alors ils s'enfuyaient de nouveau, cette fois-ci pour aller du côté de ma nuque.

Après les avoir attrapés, je criais : "Je vous ai écrasés, je vous ai écrasés ! J'ai gagné la partie contre vous, mes pires ennemis, alors maintenant laissez-moi dormir !" Moi j'essayais de m'assoupir et eux ils se mettaient en tête de faire leurs exercices de gymnastique, ainsi pendant près d'une heure et demie, ils effectuaient leur marche matinale au-dessus de mon cuir chevelu, sept kilomètres en tout. "Pourquoi est-ce que tu as tout le temps l'air endormi ?" me demandait le camarade assis à côté de moi en classe ; il me suppliait aussi d'arrêter de me gratter la tête, sans quoi les relents de nourriture allaient coller à mes cheveux et me donner des poux. Je m'étais abstenu de lui avouer que ma tête était déjà un élevage de poux que ma mère nourrissait à l'aide de graines de sésame, avant de procéder à leur cueillette hebdomadaire tout en récitant des invocations à Dieu – elle avait peur que la jalousie et les âmes malveillantes nous portent l'œil et gâtent son abondante récolte. Elle prélevait huit poux, pas un de plus, qu'elle plaçait dans une boîte en plastique, puis courait chez le pharmacien, comme si elle était Mary Poppins, arborant un sourire triomphal. Le pharmacien recomptait méticuleusement les poux, puis lui versait ses commissions en espèces sonnantes, nettes d'impôts et taxes. Il informait ensuite ses clients, de richissimes Arabes résidant à Nice, Cannes ou Monte-Carlo, qu'il venait de recevoir un nouvel arrivage de poux certifiés authentiques.

Lesdits clients accouraient avant que la marchandise leur soit arrachée par la concurrence, et disséminaient les poux dans les vastes prairies de leurs têtes, où ils paissaient en groupes ou séparément pour aller se délecter de ce sang de millionnaire, non parce que celui-ci débordait de caviar, de gibiers de luxe et de viandes d'oiseaux ou qu'y flottaient des dirhams et des lires, mais parce que leur médecin leur avait prescrit ce remède pour lutter contre les accidents cardiovasculaires…

Allons, Yasmine, stop, ça suffit, je t'en supplie, arrête de décharger ton camion pour en faire descendre des poux venus arpenter la prairie de mes cheveux.

Ça suffit, ça suffit, maman, ça suffit de récolter et de vendre cette graine de poux pour te procurer du rouge à lèvres, du vernis pour ta manucure, ainsi qu'un nouveau pantalon pour toi et un pyjama pour moi.

Mes ongles étaient devenus de vrais bulldozers charriant les débris et le sang, jusqu'au jour où je m'étais proclamé en rébellion à la fois contre les poux et contre ma mère.

Un jour, j'avais plongé les doigts dans le bidon d'essence que ma mère pulvérisait sur les cafards, mais elle a senti l'odeur avant que celle-ci n'ait eu le temps d'asphyxier les poux. Pour autant, je ne m'étais pas laissé décourager. J'avais fabriqué un piège à poux en collant un chewing-gum dans mes cheveux, après l'avoir bien mâché de manière à ce qu'il devienne agréable au goût et à l'odeur et puisse séduire les poux. J'étais même allé plus loin que cela, attendant jusqu'au septième jour que les petits œufs aient achevé leur développement et commencé à éclore, puis que les poux aient commencé à grandir, pour les exterminer. Je ne prêtais pas attention aux lamentations de ma mère, qui me rendait coupable de la crise traversée par son commerce, ainsi que de la catastrophe qui s'était abattue sur mes cheveux, terrain d'une véritable guerre civile conduite par son fils, le chef de la milice. Je m'égosillais en imprécations contre elle et contre le monde entier.

Les poux qui se promenaient sur ma tête ne me laissaient pas réfléchir et me concentrer, ni à l'école, ni à la maison, ni dans mon sommeil, dans mes jeux ou lors de mes repas, suçant les pensées directement dans les artères de mon cerveau.

À part ça, mes chers amis et mes bien-aimés, j'ai découvert que les poux étaient des êtres racistes, et même extrêmement racistes, puisqu'ils ont refusé de pénétrer dans les méandres de la chevelure de Rica, la jugeant trop crépue pour eux. Pourtant, elle ressemblait à une attraction de foire, ce n'était pas une morne plaine comme ma chevelure à moi. Une jungle de cheveux crépus est un lieu d'aventure par excellence, une aire de jeux idéale, et les poux auraient pu prendre leur élan sur la courbe d'un cheveu pour en suivre la boucle dans un fascinant looping.

Nul doute que les poux adorent les cheveux d'Evelyn, la maîtresse de mon père qui par la suite est devenue sa femme. Ma mère aurait dû se mettre d'accord avec eux pour développer sa ferme d'élevage dans sa chevelure douce et lisse, et ils auraient fait moitié-moitié sur les bénéfices.

Pour finir, sachez, mesdames et messieurs, que les poux sont des gymnastes accomplis, capables de sauter de la chevelure jusqu'aux poils des aisselles, puis de pousser une accélération pour s'arrêter net entre les poils de mon aine. Peut-être devrais-je les remercier, car ce sont eux qui, s'immisçant jusqu'à mon cerveau, ont fouillé dans mes cellules jusqu'à dénicher celles qui commandent l'inquiétude, ils s'y sont introduits et y sont encore installés jusqu'à maintenant. Comme je leur suis reconnaissant ! Car oui, l'inquiétude est l'oxygène que je respire, c'est mon élixir vital.

Yasmine appela le restaurant pour prévenir qu'elle prolongeait ses vacances d'une semaine, et cela sans fournir le moindre motif. Sa rencontre avec Rami lui avait redonné foi en elle et dans l'idée qu'elle pouvait vivre sa vie comme elle l'entendait.

Lorsqu'elle lui avait demandé de l'aider matériellement à rester quelques jours de plus à l'hôtel, il l'avait serrée contre son torse. "Bien sûr, ma chérie, avec plaisir, c'est par rapport à Naji, n'est-ce pas ?" Elle avait acquiescé d'un signe de tête. Il avait alors réitéré son conseil : "Naji est un homme à présent, il est temps qu'il vole de ses propres ailes, laisse-le donc un peu se débrouiller. Qu'est-ce que tu dirais de revenir vivre à Beyrouth ? Réfléchis-y, si tu acceptes je m'occupe de tout, ça va sans dire."

Elle n'allait pas laisser son fils la renvoyer en prison – l'appartement était sa prison, sa chambre à elle était son cachot de torture, et la chambre de Naji était la salle des urgences de l'hôpital. Il ne fallait surtout pas qu'elle rentre à la cité. Au contraire, elle devait se trouver un autre travail et vivre ici clandestinement. Elle enverrait chaque mois un virement à Naji, et téléphonerait à son frère pour l'informer que c'était désormais à lui d'assumer la responsabilité de son fils Rica.

Elle avait réussi, durant le temps passé avec Rami, à chasser de son esprit tout ce qui avait trait à Naji, mais à présent, les angoisses avaient repris possession d'elle, et l'avaient mise sous leur emprise : Naji était-il esseulé dans l'appartement, quand bien même Rica était avec lui ? Était-il affamé ? Énervé ?

Elle les avait souvent observés, lui et Maggie, tantôt à se faire des papouilles, tantôt à se disputer, tel un couple de chiens complices où chacun essaierait néanmoins de dominer l'autre. Maggie ne devait plus être autant sous le charme qu'elle l'avait été les premiers temps, peut-être parce qu'elle ne l'admirait plus. Pour aimer l'autre, il faut avant tout l'admirer. Et puis l'ennui avait dû la gagner, car il ne se passait rien de nouveau dans sa vie : pas de surprises, pas de travail, pas d'argent. Sans parler de la drogue. “Ben alors, Yasmine, t'avais oublié la drogue ?”

Maggie n'était pas dépendante aux cachets, elle se contentait d'un petit joint de marijuana de temps en temps. La drogue, elle y était plutôt hostile, à ce qu'il semblait. Quand Yasmine lui avait demandé comment ils pouvaient être encore ensemble après plus de deux ans malgré la toxicomanie de Naji, elle avait répliqué : “Tante Yasmine, toute cette vie qu'on voit tout autour de nous n'est qu'une somme d'expériences.”

Yasmine se dépêcha d'enfiler son maillot sous ses vêtements, se saisit de la serviette de bain et descendit la colline en direction de la mer, tout en fredonnant un couplet de la chanson *Ya Tiour* – “Mes petits oiseaux” –, la complétant d'un ajout de son cru : “Je soussignée, Yasmine Chahar, déclare, mes petits oiseaux, n'être responsable que de moi-même.” Elle se demandait qui avait chanté cette chanson, était-ce Leila Mourad ou

Asmahane ? Elle fit une pause pour interroger Google avec son téléphone, c'est là qu'elle découvrit la dizaine de messages laissés par Naji. Elle replaça le téléphone dans son sac à main. Je n'ai pas envie de m'énerver, ni d'être triste, ni de me poser des questions, se dit-elle, je ne suis responsable que de moi-même.

Elle pressa le pas. Remarquant les mouvements d'un hérisson qui roulait doucement non loin d'elle, elle s'arrêta pour l'observer. Dieu me l'a envoyé pour que j'apprenne de lui, se dit-elle, moi je suis le hérisson qui se mue en épines capables de piquer et de blesser quiconque s'en approche. Tous ceux qui respireront trop près de moi s'exposeront à être ridiculisés, tous ceux qui élèveront la voix en essayant de m'imposer leur idéologie ou leurs exigences seront punis. Si cela avait été en son pouvoir, elle aurait volontiers emporté ce hérisson jusqu'à son appartement pour concentrer ses pensées sur lui, particulièrement la nuit, plutôt que de les occuper avec ce qui se passait dans la chambre de Naji ! Oh, pauvres mères, comme c'était injuste ! À peine tombaient-elles enceintes et mettaient-elles leurs enfants au monde qu'aussitôt des magiciens leur tombaient dessus, pour apposer sur leurs yeux, qui auparavant brillaient de tout leur éclat, des lentilles opaques. Ainsi, leur vitalité et leur jeunesse leur étaient enlevées et elles ne pouvaient plus rien voir d'autre désormais que leurs nourrissons. Les mêmes magiciens leur bouchaient ensuite les oreilles afin qu'elles ne soient plus en mesure d'entendre d'autre son que celui de leur nouveau-né en train de pleurer ou bien, quand il ne braillait pas, de s'agiter.

Elle plongea dans la mer. Un bonheur intense l'envahit au contact de l'eau, elle se mit à nager et à nager encore. Elle ne lirait pas les messages que Naji lui avait envoyés. Elle convoqua le souvenir de Rami, les détails de leur rencontre, les conversations intimes qui s'étaient nouées entre leurs corps. D'ici quelques mois, elle entreprendrait ce voyage à Beyrouth pour lui rendre visite. Les messages de Naji s'insinuaient dans son esprit malgré elle, ils lui occupaient l'esprit et se frayaient un chemin jusqu'à son cœur. "Assez, assez !" s'enjoignait-elle fermement, mettant en garde son âme contre tant de vulnérabilité, mais les messages continuaient obstinément à flotter devant ses yeux. En voyant qu'elle ne parviendrait pas à les chasser, elle prit le parti de s'adresser à eux directement.

"Écoutez, je connais parfaitement les nouvelles : 1. Ton fils a faim. 2. Ton fils a peur parce qu'il a trouvé un briquet sur la bouche d'aération de la salle de bains et l'a pris pour une caméra placée là pour l'espionner. 3. Ton fils a besoin d'argent afin de s'acheter une carte de recharge pour son téléphone. 4. Ton fils a besoin d'argent afin de prendre les transports car il ne veut pas prendre sa bicyclette. 5. Ton fils veut savoir comment il doit faire pour récupérer l'amour de Maggie. 6. Ton fils veut t'engueuler parce que tu as pris des vacances et il pense que tu n'as pas de cœur ni de conscience. 7. Ton fils veut te faire comprendre que tu es obligée de lui donner de l'argent chaque fois qu'il t'en demande même si c'est pour s'acheter sa drogue, car il n'a pas choisi de venir en ce monde. 8. Ton fils veut que tu consultes ses messages et que tu répondes à ses appels sans attendre. 9. Ton fils veut que tu sois comme la grenouille à laquelle on a coupé les quatre pattes avant de lui enjoindre d'une voix suave : « Allez, saute maintenant ! » Voyant qu'elle ne s'exécute pas immédiatement, on lui répète : « Allez, saute ! », et quand elle s'abstient une nouvelle fois de sauter, on s'exclame : « Pauvre grenouille, comme c'est triste, elle est devenue sourde ! »"

Elle s'allongea sur la serviette de bain, et le ciel lui couvrit le visage de baisers, tandis que le soleil lui insufflait de l'énergie ainsi qu'une douce indifférence à tout ce qui l'entourait. Elle ne se releva qu'une heure plus tard environ, peut-être plus, enfila sa robe et longea la corniche pour aller vers Beaulieu-sur-Mer, tout en entonnant la chanson : "Ohé oiseaux, chantez donc mon amour, pépiez donc mon émotion (...), les oiseaux ont chanté, par-dessus les arbres, les plus purs des poèmes (...), les fleurs ont exhalé le parfum des espérances, ils ont accompagné les chansons de leur roucoulement."

Elle s'arrêta quelque part pour manger un pain bagnat : œuf, thon, tomate et oignon vert. Elle jeta un coup d'œil à son téléphone, cette fois pour demander à Google quelle était la distance jusqu'à Villefranche. Apparemment il y avait une demi-heure à pied. Pour son plus grand étonnement, elle parcourut le trajet assez rapidement.

Une fois sur place, elle refit une incursion dans l'eau, effectua une nouvelle sieste puis s'acheta des boissons fraîches avant de se remettre à marcher d'un pas décontracté. Sur le chemin, elle recensait toutes les personnes qui avaient les yeux rivés à leur téléphone portable, et n'arrêta de compter qu'une fois arrivée à cent quatorze. Elle demanda sa route jusqu'à un restaurant marocain dont elle avait entendu parler, où elle parvint alors que tombait le soir.

Elle bavarda avec les serveurs, le gérant et le cuisinier, ils parlèrent du Liban, du Maroc, de l'exil, de la vie en

France. Elle leur révéla qu'elle était elle-même cuisinière dans un restaurant à Cannes. Elle fut heureuse de les entendre dire que la *sayadeyya*, le célèbre plat de poisson qu'elle proposait dans son restaurant, était l'un des plats les plus savoureux et les plus appétissants du monde. Peu après, elle se retrouva à leur écrire la recette, en suite de quoi elle chanta les louanges de la ville d'Èze, proclamant même qu'elle la préférait à Cannes.

Là-dessus, elle soupira et déclara – elle se parlait à elle-même plus qu'elle ne demandait leur avis aux autres – qu'elle devait sans doute venir s'installer ici et y ouvrir un restaurant !

"Vous n'êtes pas un peu folle ? répliqua le restaurateur. Cannes, c'est Cannes, alors qu'ici l'hiver est aussi calme que la surface de la Lune !" Lorsque l'heure fut venue de partir, il refusa absolument qu'elle paye l'addition et lui commanda le taxi à ses frais. Cette nuit-là, elle dormit, rêva, puis dormit encore non sans s'être promis : "Tôt ou tard, je changerai de vie."

Le lendemain, elle se réveilla à huit heures. Elle était déterminée à se rendormir, après tout elle était en vacances, et le lit près d'elle, à la place de Rami, était vide à l'exception de quelques épingles à cheveux.

Il fallait qu'elle change de chambre. Non, ce n'était pas son désir pour lui qui l'avait réveillée, il était trop tôt pour cela, mais plutôt sa solitude. Elle sourit à ce mot qui lui était venu : "La solitude ? Mais il n'y a rien de plus beau, qui ne voudrait pas d'une vie pleine de liberté !"

À la mi-journée, elle se rendrait à Monaco en autocar, c'est cela qu'elle avait envie de faire aujourd'hui, une fois qu'elle aurait dormi une heure de plus. Elle tendit la main vers le bas de son lit pour régler l'application réveil de son portable. Elle tomba alors sur deux messages de la banque : "Yasmine Nargis, merci de bien vouloir nous contacter pour une affaire importante, nous voulons vérifier avec vous que vous nous avez bien donné instruction de virer un certain montant au profit d'une banque basée à Beyrouth."

Elle appuya sur "message suivant", et la voix de son fils Naji, émanant d'une séquence vidéo, retentit à ses oreilles. Elle la réécouta une deuxième fois, puis une troisième, son fils y déclamait un morceau de rap en y mettant toute sa colère, pendant que fourmis, insectes divers et araignées lui couraient sur la tête, le visage et les vêtements.

Là-dessus, elle appela précipitamment sa banque à Cannes ; on lui répondit que la banque ne lui avait envoyé aucun message et ne l'avait pas appelée. Elle se réjouit de la nouvelle et poussa un youyou de joie, après quoi elle revint au message de la banque, et au morceau de rap de Naji. Son fils était au courant que son compte en banque était ouvert au nom de "Yasmine Nargis". Nargis était en fait le prénom qu'elle avait reçu à la naissance et par lequel tout le monde l'avait appelée jusqu'à ses dix ans accomplis, date à laquelle elle avait proclamé s'appeler Yasmine, sachant qu'elle détestait ce prénom de *Nargis* – "narcisse" – et l'idée de narcissisme qui allait avec. Cela ne lui plaisait guère d'être une fleur tournoyant sur elle-même, fascinée par sa propre beauté.

Puis elle éclata de rire à l'idée que Naji lui avait joué un tour juste pour qu'elle voie le morceau de rap qu'il avait créé. Peut-être cherchait-il à la convaincre qu'il travaillait, qu'il était enfin sorti de son lit et avait produit ce morceau de rap avec des animations d'insectes pour l'inciter à lui donner de l'argent.

Non, elle n'allait pas écouter le morceau maintenant pendant qu'elle était seule, pas avant de s'être habillée et d'être descendue dans la vallée pour prendre un croissant et un cappuccino dans ce café qui était presque les pieds dans l'eau. C'est seulement arrivée là qu'elle visionna de nouveau la séquence, luttant pour déchiffrer les paroles qu'elle entendait mal dans le bruit ambiant. Les voilà donc, les poux dont il lui avait souvent parlé, se plaignant de leur présence sur son cuir chevelu. Elle les sentait à présent qui rampaient au-dessus d'elle et qui la piquaient sur toutes les parties de son corps. La sensation s'accrut encore lorsqu'elle entendit la lente royale s'adresser à elle, langue sortie, à la fin du morceau :

Je vous remercie, Yasmine,
Pour m'avoir permis de célébrer Pâques
En organisant une ponte d'œufs régulière tout au long de l'année.

Ce n'était pas la première fois que Naji la morigénait pour lui avoir installé un élevage de poux dans la chevelure. Elle se mordit un doigt, puis un deuxième, puis un troisième, ses doigts avaient besoin d'une douleur supplémentaire ; elle prit sa tête entre ses mains et essaya d'appeler son souffle à la rescousse, dans l'espoir qu'il s'insinue dans son cœur oppressé et le libère avant qu'il chute dans l'abîme et meure.

Elle sortit en courant du café, ses dents s'entrechoquaient tellement qu'elles agissaient comme un couteau de boucher lui tailladant la gencive. Oh, mon Dieu, ses yeux ne voyaient partout qu'obscurité, et le poids de ses mains l'entraînait vers le sol. Elle poussa un cri d'effroi, luttant pour éviter la chute. Elle entendit alors une douce voix qui lui susurrait des mots dans l'oreille, et aperçut un visage poupin, arborant des mèches blondes angéliques, qui lui lançait des regards bienveillants. Cette présence la rassura sur le fait qu'elle n'était pas entièrement seule. L'être s'appliquait à tambouriner sur un petit tam-tam rectangulaire selon un rythme qui s'harmonisait parfaitement avec sa voix et ses vêtements – une tenue orange dont on eût dit qu'il la portait depuis sa naissance. "Puis-je vous aider d'une manière quelconque, chère madame ?"

Ce jeune homme au visage d'ange était la première personne à s'inquiéter de ses besoins depuis qu'elle était née. Elle pleura et pleura encore, jusqu'à perdre toute capacité à parler et à expliquer. De guerre lasse, elle lui tendit son téléphone pour qu'il écoute le poison qui se dégageait du morceau de rap de Naji : "C'est mon fils", lui précisa-t-elle. Elle se demandait s'il avait compris ce qu'elle lui avait dit de sa voix rendue rauque par les sanglots et la sensation de déchirement.

C'était un petit jeune homme peut-être dans la vingtaine, et lui ne saurait jamais tout au long de son existence ce qu'étaient ces poux dont plus d'une fois elle avait eu la visite quand elle était petite à l'école, tout comme beaucoup d'autres de ses camarades. Par la suite, tandis qu'elle atteignait ses dix-huit ans, ils étaient revenus trouver sa tête. Lorsqu'elle était tombée amoureuse d'un gars et avait passé la nuit dans sa chambre, un pou en avait apparemment profité pour sauter dans sa chevelure. Comme elle s'en plaignait à son partenaire, il s'était moqué d'elle, déclarant que la petite bête n'était qu'un indic qu'il avait infiltré auprès d'elle pour l'espionner et chargé de le prévenir au cas où elle fréquenterait d'autres garçons.

Peut-être le jeune homme au visage d'ange n'avait-il pas compris que Naji parlait de poux dans son morceau, confondant ce mot avec "pour", à la prononciation très proche ? Elle essaya en vain de lui expliquer, ses sanglots ne se calmaient pas, on aurait dit un flot de gémissements ininterrompu. Affectant une expression grave, le jeune homme s'absorba dans la vidéo projetée sur le téléphone. Il finit par le lui rendre en lui soufflant de cette même voix pareille à un chuchotement : "Écoutez, madame, ce que j'ai entendu là est magnifique, tout simplement magnifique. Votre fils vous aime, il vous aime beaucoup même, sinon il ne vous aurait pas ainsi fait part de tout ce qui lui traverse l'esprit, de tout ce qu'il vit, et de tout ce qui couve dans sa poitrine. Ce qu'il vous dit, c'est « Viens qu'on se souvienne ensemble du passé pour mieux l'oublier, viens qu'on s'absente loin de lui et qu'il s'absente loin de nous, car à l'instant même où on lui rendra visite, il s'évanouira »."

La sincérité qui transpirait dans la voix de ce jeune homme émut Yasmine et lui fit verser lentement une douce larme, puis une deuxième tout aussi douce, après que le flot de gémissements eut cessé. "Ton fils a un don, reprit-il, c'est un véritable poète, et ce morceau de rap est incroyable. J'espère que vous arriverez à rétablir entre vous toute l'harmonie possible."

Il y eut entre eux un petit moment de gêne, il s'attendait sans doute à ce qu'elle le remercie et reparte, ainsi il pourrait reprendre ses percussions sur son petit tam-tam afin de rythmer son chant à la gloire de Hare Krishna, mais manifestement elle tenait à rester près de lui. Elle aurait voulu qu'il vienne habiter avec elle et Naji. Comment se faisait-il qu'il fût seul et non pas au milieu du groupe d'hindouistes parmi lesquels elle le voyait habituellement, parcourant les rues de place en place en se livrant à des prières et des invocations bruyantes ?

Elle ne lui posa pas la question, et n'osa pas non plus faire de don, se contentant de lui accorder un grand sourire agrémenté d'un regard affectueux ; pour finir, elle pencha la tête vers lui tout en joignant ses mains dans un geste de prière : "Krishna est heureux à présent, car c'est lui qui t'a envoyé à moi pour me procurer le calme et la sérénité."

Elle monta à bord du car pour Monaco, mais ne parvint pas à s'intéresser à ce qu'elle voyait : les boutiques de luxe, le célèbre casino, les restaurants, les riches milliardaires avec leurs villas fastueuses et leurs chiens bien élevés qui n'aboyaient pas. La seule chose qui capta son attention, c'est l'histoire de Grace Kelly qu'avait évoquée le guide touristique du car, leur montrant le virage dans lequel la voiture de la princesse avait fait une sortie de route fatale.

Yasmine se souvenait encore du moment où elle avait entendu la nouvelle de l'accident et du décès de la princesse. Elle était encore à Beyrouth et, à l'époque, ce qui lui avait traversé l'esprit, c'était que "la vie ne distingue pas entre princes et mendiants, entre gentils et méchants". Maintenant que son fils était présent en ce monde, la même réflexion revenait quoique d'une manière différente : "Peu importe si la vie ne distingue pas entre princes et mendiants ni entre gentils et méchants, l'important c'est la chance. La question est : la vie va-t-elle te donner une chance d'être heureux ?"

Quoi qu'il en soit, la chance lui avait souri aujourd'hui en lui faisant rencontrer ce jeune homme plein de délicatesse.

Elle allait téléphoner à Naji aussitôt rentrée à l'hôtel, et lui avouerait la faute grave qu'elle avait commise, plus que ça, son crime. Elle le complimenterait sur son morceau de rap, lui assurerait qu'il était formidable et qu'elle était prête à l'aider matériellement à se faire connaître : les gens apprendraient ainsi à mieux aimer leurs enfants et pour elle, ce serait une façon d'expier sa faute impardonnable.

La première fois que Naji avait mis sur la table cette histoire de poux, lui formulant ses reproches après avoir gardé pour lui son ressentiment pendant des années, elle avait essayé de minimiser la gravité de son comportement détestable. Elle réduisait l'affaire à une anecdote sans importance, et n'avait pas manqué de se rappeler – et de le lui rappeler au passage – comment il attendait près de la porte son retour de la pharmacie. À son arrivée, il lui disait combien ils avaient de la chance de s'être débarrassés des poux, comme ça au moins ils ne réclameraient pas leur part du butin. Elle en profitait pour lui demander s'ils lui manquaient et s'il était disposé à louer sa tête pour démarrer un nouvel élevage, ce à quoi il éclatait de rire. À l'époque il avait treize ans.

Mais les poux l'avaient vengé de l'injustice de Yasmine à son égard, en la prenant elle-même pour cible : un jour elle s'était réveillée avec la paupière de son œil droit irritée. Elle avait dû aller en urgence chez l'ophtalmo, après avoir constaté que les remèdes maison comme l'eau de rose, le collyre ou les compresses de thé n'y faisaient rien. Le médecin avait découvert que les poux avaient pondu leurs œufs dans sa paupière et dans ses cils. Lorsque, de dépit, elle avait crié et pleuré, jurant au médecin qu'elle était très propre, l'ophtalmo avait répliqué : "Certainement, madame, mais les poux ne s'embarrassent guère de ces détails et pondent leurs œufs n'importe où sur le corps des humains ou sur leur tête."

Aussitôt revenue à sa chambre, elle téléphona à Naji. "Écoute, commença-t-elle, mon crime est impardonnable, j'ai été trop avide, égoïste, cruelle, idiote... Je t'en supplie, je t'en conjure..." Il l'interrompit en hurlant, sans égard pour le fait que c'était elle qui lui téléphonait. "Tu m'appelles parce que t'as fini de faire la pute ? T'as fini par t'en lasser, et du coup tu t'es souvenue de moi ! T'es rien qu'une grosse sal... Oh vraiment, t'es mauvaise, je te déteste, je te déteste, je t'ai envoyé plus de vingt messages et ça t'a fait ni chaud ni froid, alors pourquoi maintenant ? Parce que je parle de toi dans mon morceau de rap ? C'est pour ça que tu as daigné me rappeler du haut de ta grandeur ? Oh, mon Dieu ce que tu peux être égoïste. C'est fini ma petite Nargis, terminé ma chérie, va mourir et laisse-moi tranquille !"

Cette fois-ci, elle n'éteignit pas son portable comme elle le faisait auparavant. Au contraire, elle essaya plusieurs fois de le rappeler, en vain. Alors qu'elle adressait à la mer étendue à perte de vue devant elle une supplique, un dernier message de Naji lui parvint : "Je veux que tu te rappelles bien comment t'as bougé ton gros cul pour partir au Portugal exprès pour me laisser mourir de faim."

Un moustique tournoyait autour de sa main et de son visage, essayant de la piquer. Après tout, elle le méritait !

Elle cessa de gigoter afin que la bestiole la pique et tire d'elle ce qu'il voulait – elle avait lu un jour que si les moustiques sont animés d'un désir ardent de piquer les humains, c'est pour prélever sur eux le sang dont ils vont nourrir leurs œufs, sans quoi ces derniers sont condamnés. Ainsi donc, même chez les moustiques, la mère doit faire office de restaurant ambulant pour nourrir ses petits dès qu'ils ont faim !

Le lendemain, elle se leva tôt pour rechercher le disciple de Krishna. Elle arrêta un taxi et demanda au chauffeur de ne pas rouler trop vite car elle cherchait quelque chose. Mais lorsqu'il voulut savoir de quoi il s'agissait, se targuant de pouvoir l'aider à trouver, elle se sentit agacée. Elle le remercia, et le laissa encore rouler quelques minutes, après quoi elle déclara précipitamment : "Arrêtez-vous là, s'il vous plaît, oui, juste ici."

Elle longea la corniche d'Èze-sur-Mer, en quête des habits orange, de l'écharpe mauve et de la masse de cheveux blonds, elle voulait réentendre ses chuchotements et ses percussions qui avaient fait vibrer son cœur.

Un ballet de couleurs se donnait autour d'elle, toutes y étaient à l'exception de l'orange… De même elle entendit d'innombrables échos de voix excepté la sienne, aussi murmurante que son tam-tam. Bon, tant pis, peut-être valait-il mieux qu'elle ne le trouve pas. Et si jamais elle le trouvait, elle allait lui rapporter qu'elle avait suivi son conseil et essayé de parler à son fils, mais que celui-ci, au lieu de l'écouter, l'avait couverte d'injures, de poison et de haine.

Par Dieu, qu'était-il arrivé à ce fils qu'elle avait porté dans ses bras, ce fils à qui elle avait soufflé à l'oreille "Cuicui, je suis l'oiseau", ce fils à qui elle avait chanté "Bip

bip on part pour Beyrouth, ça vous coûtera un sou pour la route", interprétant pour lui le rôle d'un chauffeur de bus, ce fils dont elle avait essuyé les larmes chaque fois qu'une dent lui poussait, et dont elle avait accueilli le premier mot avec un sentiment de légère euphorie, ce fils qui, lorsqu'il avait perdu un œil dans un accident, l'avait rendue folle de douleur, au point de vouloir subir elle-même le même sort.

Était-ce le fait que son père avait disparu de sa vie qui avait laissé une telle blessure dans son âme, ou était-ce plutôt d'avoir vécu cette souffrance abominable de sentir en lui son œil se désintégrer, l'incitant à s'exclamer deux jours plus tard : "Bon maintenant, vous me passez mon œil illico presto pour que je le supplie de reprendre sa place dans mon visage."

Il aurait fallu à l'époque qu'elle fasse quelque chose d'autre que le prendre dans ses bras, l'embrasser, lui faire des cadeaux, et aussi pleurer en racontant à tout le monde ce qu'il avait subi. Il aurait fallu qu'elle demande à un ophtalmologue d'expliquer à son fils de neuf ans ce qui était arrivé à son œil, comme on l'aurait fait à un étudiant en médecine. Mais les proches, et tout particulièrement les mères, ont tendance à penser que l'amour et la tendresse sont des remèdes capables de soigner et de guérir.

Avec le temps, son œil de verre était devenu progressivement son ami intime, il le posait sur la table et se demandait devant tout le monde comment ce petit jouet se débrouillait pour les regarder tous en même temps, idée qu'il avait ensuite élaborée encore en le plaçant dans un petit sachet de nylon qu'il suspendait à une chaîne autour de son cou.

Il se demandait : “Ma mère a-t-elle songé à faire appel à un spécialiste en voyant que le sommeil m’avait déserté de nuit comme de jour pendant des années ?”

Yasmine avait dix ans quand la guerre civile avait éclaté au Liban. Elle avait fui Beyrouth avec sa famille pour aller se réfugier dans le village de son grand-père, dans la montagne. Là, elle avait quand même été hantée par l’écho des sifflements d’armes et par le tonnerre des bombes et des missiles, qui pénétraient ses oreilles pour s’y loger durablement ! Jusqu’à maintenant, elle ignorait combien de temps elle était restée dans l’abri à Beyrouth avant de fuir vers la montagne. Sa mère avait beau insister sur le fait qu’ils n’avaient passé dans l’abri que trois jours, quatre tout au plus, le cœur de Yasmine lui disait que ces journées-là avaient été interminables, et lui avaient fait perdre sa capacité à se concentrer.

Depuis, elle était incapable de rassembler ses pensées dans son cerveau éparpillé, ce même cerveau qui n’avait pas plus tôt entendu une question de la maîtresse qu’il l’oubliait immédiatement. Simultanément, elle avait pris l’habitude de retenir son urine, qu’elle ne relâchait qu’une fois allongée dans son lit, se retournant pour trouver le sommeil. Sa réticence à libérer sa vessie était également liée au temps passé dans l’abri ; elle se souvenait de sa mère la prenant par la main pour la traîner jusqu’aux profondeurs de l’abri, là où régnait une obscurité aussi noire qu’effrayante, Yasmine était alors paniquée à l’idée qu’en s’écoulant, son urine provoquerait un bruit qui la trahirait devant tout le monde. C’est pourquoi elle se retenait, malgré l’insistance de sa mère qui lui demandait de réessayer encore et encore sans se soucier des autres, occupés à guetter avec effroi le sifflement des bombes.

Où donc était le disciple de Krishna ? Peut-être valait-il mieux qu'elle ne le trouve pas afin de ne pas faire peser sur ses épaules ce fardeau que représentaient sa vie et ses tristesses.

"Yasmine, dis la vérité, sois franche ! se harangua-t-elle d'une voix qui résonnait dans son oreille, reconnais que tu cherches ton jeune hindouiste pour pouvoir le contempler à ton aise et bavarder avec lui afin qu'il te mette un peu de baume au cœur."

"Yasmine, maman, sois franche, dis-moi tout !" avait réagi Naji après avoir découvert que les lettres qu'il trouvait dans l'entrée à son retour de l'école ne venaient pas de son père, parti avec sa maîtresse au Canada. Ces lettres où il adressait à son fils des mots tendres et l'assurait qu'il lui manquait, non sans lui promettre qu'il viendrait au Liban spécialement pour le voir, lui recommandant de bien obéir à sa maman s'il voulait qu'il lui envoie des cadeaux et de l'argent, c'était en réalité Yasmine qui les avait écrites. Le stratagème avait bien fonctionné jusqu'au jour où les timbres-poste qu'elle apposait sur les enveloppes l'avaient démasquée – il s'était aperçu que c'étaient des timbres libanais, frappés à l'effigie de Gibran Khalil Gibran.

Elle allait administrer à Naji une bonne leçon. Lui qui aimait bien la torturer et prenait plaisir à se venger d'elle – son visage s'éclairait de joie en voyant la réaction de sa mère chaque fois qu'il lui adressait des injures ou bien faisait mine de ne pas la voir, comme cette fois où il l'avait percutée dans sa course en feignant d'être une voiture lancée à toute vitesse au moment précis où elle rapportait des assiettes à la cuisine.

Le jeune adepte de Krishna réapparut devant elle à l'instant précis où elle ouvrait les yeux pour se détacher du cauchemar des assiettes cassées qui avaient volé en éclats et dont les débris s'étaient éparpillés au sol.

Il était seul et chantait les yeux fermés, la main posée à plat sur son tam-tam, comme s'il voulait le rassurer et lui dire : "Ne t'inquiète pas, celui qui passe la main sur ton visage n'est autre que moi."

Hare Krishna Hare Hare
Krishna Krishna Hare Hare
Hare Rama Hare Rama
Rama Rama Hare Hare

Yasmine se mit à l'écart après avoir tourné le dos au jeune homme, et entreprit de consulter internet pour connaître le sens de son chant religieux. Il s'avéra qu'il s'agissait d'une prière avec des invocations adressées aux dieux Krishna, Rama et Vishnou. Elle recommença à contempler le jeune homme de loin, il était comme un baume capable d'apaiser une blessure. Elle se sourit à elle-même, soulagée. Accepterait-il qu'elle l'emmène à la cité, exactement comme il était, revêtu de sa tenue traditionnelle et équipé de son tam-tam ? Elle tournerait la clé dans la serrure et s'écrirait en entrant : "Eh, Naji, Rica, venez voir qui vient nous rendre visite aujourd'hui !" Comme si le visiteur en question était un ami ou un proche, ou même un jeune homme ordinaire. En voyant qu'ils ne se pressaient pas de venir l'accueillir, elle pénétrerait avec le jeune homme dans la chambre de Naji pour tenter de le réveiller. Lorsque celui-ci ne prendrait même pas la peine d'ouvrir les yeux, ou pire, lui crierait dessus : "Fichez le camp, dehors !", elle prierait le jeune homme de dire quelque chose à son fils, puis demanderait à Naji de montrer un peu d'égard envers ce jeune homme qui n'était venu avec elle que pour lui faire connaître la religion des Hare Krishna.

Aurait-elle le bonheur de voir le nœud au fond de sa gorge se défaire aussitôt que Naji serait devenu un disciple des Hare Krishna, arpentant les rues de la ville et le monde entier ? Ou bien lui faudrait-il encore et toujours déplorer qu'il gaspille ainsi sa vie à courir après des chimères, en essayant de trouver la source du bonheur et de s'approprier la connaissance des secrets de l'univers, de l'être humain et de la vie ?

"Je vous cherchais, et comme vous voyez je vous ai trouvé !" s'exclama Yasmine à l'intention du jeune homme avec un empressement non dissimulé. Curieusement, il était resté planté devant elle, immobile comme une statue. Se pouvait-il qu'il n'ait pas compris ce qu'elle lui avait dit ? Ou peut-être était-ce tout simplement qu'il n'avait pas bien entendu, à moins qu'il n'ait déduit de ses propos qu'elle était déséquilibrée.

"Est-ce que je pourrais vous inviter pour un verre de thé ou un café, reprit-elle, ou même un déjeuner ? J'aimerais vous parler de mon fils, je veux absolument que vous le rencontriez. Oh, c'est une assez longue histoire !

— C'est pour que je persuade votre fils de ne pas nous rallier ?"

Sa question la prit un peu par surprise, d'autant qu'il avait d'abord marqué un temps d'arrêt, visiblement dérouté. Avait-il donc oublié qu'elle lui avait fait lire le message reçu de son fils, et qu'il avait réagi en l'assurant que celui-ci l'aimait profondément ?

"Oh non, mon fils n'est pas l'un des vôtres. C'est le contraire, je voudrais qu'il le soit.

— Désolé mais je ne comprends pas. Est-ce qu'il a déjà essayé de nous rejoindre ?

— Non, mais allons plutôt nous asseoir quelque part afin que je vous explique comment vous pouvez l'aider.

— Désolé, mais je ne comprends pas pourquoi vous ne l'aidez pas vous-même, plutôt que de me montrer à moi comment je peux l'aider. Désolé si je vous réponds par une question, mais c'est parce que vous me demandez d'aider votre fils.

— Oh, ce n'est pas si simple, asseyons-nous d'abord un instant.

— Ça va, on peut parler en restant debout.

— J'ai dit ça pour qu'on s'asseye un peu et qu'on prenne un café ou bien un thé, peut-être au gingembre ou à la menthe.

— À vrai dire, je ne fréquente pas les cafés et les restaurants.

— Je suis désolé de vous causer du désagrément, merci encore en tout cas."

Si Naji l'avait vue en train de parler avec un jeune homme des Krishna, il aurait sûrement explosé de rire ou bien se serait senti embarrassé vis-à-vis du jeune homme.

La veille, elle avait voulu se passer du vernis noir sur les ongles de pied, mais aussitôt le flacon ouvert, elle avait eu un mouvement de recul, effrayée par la couleur. Mais quoi ? Quel était donc ce mauvais présage ? Oh mon Dieu, est-il arrivé quelque chose de grave à Naji ?! Est-ce qu'il est en danger ? Pourquoi est-ce que je voudrais me peindre les ongles avec cette couleur noire ? Mais parce que la couleur noire est à la mode, s'était-elle dit dans son for intérieur, d'ailleurs elle te plaisait bien quand tu la voyais sur les ongles des jeunes filles et sur leurs orteils !"

Elle obliqua vers l'une des boutiques et leva les yeux au ciel : "Mon Dieu, mon Dieu, je t'ai remis la destinée de mon fils Naji, c'est Ton fils à Toi, oh non, pardonne-moi, j'invoque la puissance divine contre Satan le lapidé. Ce n'est pas ce que j'ai voulu dire, je le sais bien, que Tu n'as ni fils ni associé ! Naji est mon fils à moi, et Toi Tu es celui qui l'a créé. Ce que je veux dire, c'est qu'il T'appartient de faire de lui ce que Tu veux."

Elle se mit à pleurer.

Le jeune homme des Krishna était toujours en train de tapoter son tam-tam en y mettant toute la douceur dont il était capable. Elle le surprit qui lui jetait des regards à la dérobée, mais cela n'eut d'autre effet que de la faire redoubler de sanglots. Elle leva de nouveau les yeux vers le ciel.

Ce jeune homme, là, jouait-il la comédie pour faire croire qu'il était ailleurs et qu'il ne voyait ni n'entendait rien autour de lui ? Elle supplia ses pensées de se taire un moment. Le jeune homme était en méditation, il priait, et quand les gens prient, ils ferment les yeux. Un joli souvenir la ramena soudain aux journées d'antan, lorsque l'époque la choyait et l'enveloppait de sa stabilité rassurante : c'était comme si elle voyait sa mère debout devant elle, en train de prier sur son tapis à Beyrouth, les yeux fermés, dans un soliloque avec Dieu. Elle semblait concentrée, mais cela ne l'avait jamais empêchée, si elle entendait quelqu'un déclarer qu'il était à la recherche de telle ou telle chose, de lui désigner son emplacement d'un geste discret ou d'une petite tape sur ses cuisses. Il lui arrivait même d'interrompre sa prière pour leur rappeler brièvement de bien penser à éteindre le feu sous les casseroles.

Cette anecdote amena Yasmine à serrer les dents : pourquoi est-ce qu'elle n'avait pas suivi dans sa vie le même chemin que sa mère ? Mais il y avait une différence : sa mère n'avait connu qu'un unique ciel, celui du Liban, alors qu'elle-même avait gravité sous divers cieux.

Le jeune homme des Krishna ouvrit ses beaux yeux. Il était vraiment ailleurs, l'aider n'était pas dans ses capacités. C'est la méditation qui l'aidait à vivre avec foi et sérénité, tout comme les cachets aidaient son fils à vivre paisiblement, quoique leur effet durât beaucoup moins longtemps. Le jeune homme déclamait un mantra, exactement comme son fils déclamait son morceau de rap, exhalant soupir après soupir.

Ce jeune homme devait savoir pertinemment que son intervention auprès du fils de Yasmine était vouée à l'échec, car ledit fils, poursuivant une existence sans but, n'était même pas en mesure de se protéger contre lui-même.

La sérénité qui se lisait sur le visage du jeune homme lorsqu'il avait déclamé son mantra ressemblait à celle qui s'affichait sur le visage de Naji lorsqu'il avait avalé son cachet, avant qu'il ne soit gagné de nouveau par l'inquiétude lorsque l'envie d'en prendre un autre se ferait sentir.

Elle s'approcha pour lui faire ses adieux en silence, à lui et à son fils, car après tout ils ne faisaient qu'un, tous deux cherchaient à fuir la réalité qui les entourait plutôt que d'arpenter le monde à la recherche d'un gagne-pain. D'ailleurs, elle aussi voulait échapper à la réalité de sa vie, d'où sa présence ici, sauf qu'elle retournerait à son travail pour pouvoir gagner sa croûte, justement. Que lui était-il donc arrivé, à ce jeune homme, pour qu'il embrasse le culte de Hare Krishna ? Et qu'était-il arrivé à son fils pour qu'il s'entiche de ses longues heures au lit et de ses cachets rapidement avalés ?

Une femme blonde lui fit un sourire, un beau et large sourire, les lèvres écartées, comme si elle avait vu en Yasmine quelque chose d'admirable, ou bien qu'elle la connaissait déjà d'avant ou avait soudainement retrouvé en elle une camarade d'enfance. Ce n'est qu'en voyant le petit panonceau brandi par la blonde – "Donnez-moi un sourire" – que Yasmine comprit. Elle se surprit à la noyer sous les sourires et à lui adresser des applaudissements, après quoi elle tourna les talons et s'enfuit afin de ne pas fondre en larmes. La femme n'était pas seule, elle était avec ses deux enfants, un garçon et une fille, et tous deux portaient le même panonceau : "Donnez-moi un sourire", à la différence que les leurs étaient rédigés dans une écriture enfantine, avec des petits dessins représentant des bouches en train de sourire.

L'être humain doit garder à l'esprit que le moment qu'il est en train de vivre, il le revivra une seconde fois quand celui-ci lui reviendra plus tard en mémoire, aussi doit-il en agrémenter l'amertume et la tristesse au moyen d'un peu de tendresse et de charme, exactement comme on rajoute du sucre à un café. Ainsi, quand ce souvenir viendra le visiter par la suite, il y trouvera de quoi l'apaiser, le rendre heureux et le faire rire en dépit de l'amertume et de la tristesse qu'il avait ressenties sur le moment. C'est cela que Rami avait fait sans le savoir, il avait apposé pour toujours sa belle empreinte personnelle sur le corps et l'âme de Yasmine. Lorsque tous deux, êtres perdus parmi des milliers de gens, s'étaient retrouvés dans le lit, il avait entrepris tel un petit garçon de lui caresser le corps, ou plutôt non, pas tel un petit garçon, plutôt tel un homme désireux de saluer tour à tour chacun des fragments du corps de sa bien-aimée. Elle avait ainsi senti ses doigts longer les déclivités de ses oreilles et pénétrer ses labyrinthes. Il lui avait expliqué que son doigt s'efforçait d'accéder à la grotte de son oreille afin que l'écho de sa voix quand il l'appelait "Yasmine, Yasmine !" parte de là pour se diffuser à tout son corps jusqu'aux extrémités. Il lui avait aussi murmuré, alors qu'il caressait les deux monticules charnus, qu'il ignorait la présence de petits poils à cet endroit-là. Il avait passé sur eux un doigt attentionné, avec la légèreté d'une brise. Ah, si seulement elle avait eu avec son fils des souvenirs capables de la faire pareillement sourire ! Oh, pas beaucoup, un seul aurait suffi, en lieu et place de ces nuits épuisantes passées à prier, au point d'en perdre la mémoire ! Mais ses souvenirs avec lui étaient terribles, ils lui inspiraient des émotions conflictuelles qui semblaient s'affronter en de violents duels comme si elles étaient armées de sabres, et cela à tout coup : quels que soient leur nature, le goût qu'elles lui avaient laissé, le prix qu'elles lui avaient coûté ou encore la réaction qu'elles avaient provoquée chez elle.

Elle se retrouva à se dire, d'une voix assez forte pour qu'elle-même l'entende : "Je jure par Dieu que s'il arrivait quelque chose à Naji, je me suiciderais et je m'allongerais à côté de lui dans sa tombe !"

C'était comme ça, elle rentrerait seule à la cité, sans être accompagnée par le jeune homme des Hare Krishna, et s'emploierait à sourire comme le lui demandaient les panonceaux de la femme bonde et de ses enfants.

Soudain remonta à sa mémoire un souvenir qui flotta au-dessus de ses yeux et de sa tête comme un oiseau guilleret, celui du jour où Naji n'était pas rentré de l'école. Ce n'est que trois heures plus tard qu'il était réapparu… Malgré sa joie de le retrouver indemne, en le voyant surgir, elle s'était mise à hurler et à se frapper le visage et à le menacer qu'elle le lui ferait payer d'une manière ou d'une autre. C'est alors qu'elle avait remarqué le petit bouchon métallique du lavabo de la salle de bains – qu'elle avait cherché partout, sans jamais le trouver – suspendu à l'une des nombreuses chaînes qu'il portait autour de son cou. Pointant le bouchon du doigt, elle avait été prise d'une crise de fou rire interminable.

Naji essayait de se figurer à quoi ressemblait physiquement la faim, il imaginait son estomac sous la forme d'un poisson ouvrant la bouche et nageant à l'intérieur de son corps, en quête de la moindre nourriture à avaler. Il tapait à la porte de son foie et se frayait un chemin jusqu'aux intestins, aux reins, au pancréas. La faim lui avait fait oublier Maggie.

"Dis, tu crois qu'on devrait frapper chez les voisins ?"

Naji alla se poster devant leur porte. "*Pajalousta !* – S'il vous plaît !" –, cria-t-il en russe. Les portes sont préparées à accueillir les nouveaux venus en toute neutralité, sachant qu'elles ne font pas la différence entre les cris joyeux et les gémissements accablés.

Il inspecta son téléphone à la recherche d'un son reproduisant un couinement de rat et posa le combiné contre la porte des voisins. Rica l'entraîna à l'écart jusqu'à l'ascenseur et lui dit : "Il t'arrive quoi, nos voisins ne sont pas russes, tu perds la tête ou quoi ? Viens, allons au supermarché et essayons de chaparder des morceaux de poulet surgelé !"

Ils mirent son idée à exécution mais sans succès, il y avait là-bas quatre vigiles au moins qui surveillaient l'extérieur et l'intérieur du magasin, sans parler des autres qui arpentaient les allées du supermarché.

L'un d'entre eux s'approcha pour leur demander s'ils avaient besoin d'aide. "Je cherche une pommade contre les irritations de la peau, dit Naji.

— C'est pour un enfant de quel âge ?

— Un enfant ? Mais je n'ai pas encore eu la chance d'en avoir. La pommade, c'est pour moi, j'ai une éruption de boutons là où vous savez, peut-être parce que j'ai employé du papier de verre à la place du papier-toilette – y en avait plus, à cause de ma mère qui en consomme un rouleau complet par jour."

Rica prit de nouveau Naji par le bras, après s'être pointé un doigt sur la tempe comme pour faire comprendre à l'employé que son ami était dérangé.

"Dis, lui demanda-t-il quand ils furent dehors, c'est normal qu'on crève de faim pendant que ta tante distinguée est en train de humer l'air frais du Portugal ?"

Rica parcourut tout le chemin en traînant Naji derrière lui, jusqu'à ce qu'ils parviennent devant une petite échoppe face au supermarché. Il inspecta les caisses de fruits et de légumes avant de se servir, attrapant discrètement quelques cerises, une carotte et un concombre, tout en faisant mine de parler au téléphone. Naji adopta la méthode de Rica, et continua ainsi jusqu'au moment où ils virent sortir de l'échoppe un homme assez âgé, qui les avait sûrement vus de derrière la vitre. L'homme se pencha pour remettre les fruits et les légumes en place. "Dis-moi, Naji, demanda ostensiblement Rica, ta mère t'a fait la liste de ce qu'on devait acheter ?"

"Je comprends mieux maintenant, fit l'homme en arabe, pourquoi vous vous êtes servis : c'était pour goûter la marchandise avant d'acheter, comme on faisait autrefois dans nos pays. Vous avez tout à fait raison, les fruits doivent être bons au goût et pas seulement à l'apparence !" Là-dessus, il les laissa pour retourner à l'intérieur du magasin. Rica se saisit vivement d'une banane, et Naji en fit de même. L'homme ressortit brusquement pour s'adresser à eux d'une voix bienveillante : "Dieu, qu'Il soit fortifié et honoré, est généreux et conciliant. Vous avez l'air d'avoir vraiment faim, mes enfants."

Naji lui présenta vivement ses excuses en français : "Dommage que tu ne connaisses pas l'arabe comme ton ami", répliqua le commerçant. Là-dessus, il s'adressa à Rica : "Et toi, fiston, de quel pays viens-tu ?" Avant même que Rica ne lui réponde, Naji prit la parole : "Mon père vient du Liban, il m'a enlevé à ma mère quand j'étais petit et j'ai vécu avec lui et sa femme française qui me frappait chaque fois que je parlais en arabe – elle croyait que j'étais en train de la dénoncer à mon père." Il rendit la banane au maraîcher, et Rica en fit de même. Mais l'homme refusa de les reprendre. "Voler, expliqua-t-il, ça peut être haram dans certains cas et halal dans d'autres – particulièrement quand l'estomac aboie comme un chien affamé." Puis il se reprit. "Désolé mes enfants, loin de moi l'idée de vous comparer à des chiens. Mais c'est vrai que, dans mon village, on dit d'un ventre qui crie famine qu'il pousse des aboiements de chien affamé. Il faut dire que, dans nos pays, les chiens meurent pratiquement de faim, pas comme ici où ils sont rassasiés, dorlotés, chouchoutés et soignés."

Naji le remercia, et Rica hocha la tête plusieurs fois en mettant sa main sur son cœur, comme faisait son grand-père lorsqu'il voulait s'excuser, poser une question délicate ou témoigner son respect à autrui.

"Les remerciements sont destinés à Dieu, mes enfants, que Dieu vous garde et vous protège et qu'Il vous accorde le succès en vous gratifiant d'un bon emploi. Croyez-moi, vous devriez tenter de vous trouver un travail, il y a plein de jobs de journalier disponibles. Il faut qu'on donne tort aux Français qui nous accusent d'être des feignants. Tout ce que vous avez à faire, c'est aller vous poster sur la deuxième ceinture, près du grand dispensaire. Il y a un recruteur qui vient là toutes les deux heures proposer les jobs disponibles à ceux qui sont sur place, à la journée ou à la semaine. Dites-lui que c'est votre oncle Abbas l'Algérien qui vous envoie, et que je vous connais depuis longtemps. En vérité, on est tous frères en tant qu'enfants de notre père Adam et de notre mère Ève."

Rica s'inclina pour déposer un baiser sur la main de l'oncle Abbas, pendant que Naji le remerciait, proclamant qu'il devait être l'ange envoyé par Dieu pour modifier le cours de leur vie. Il expliqua toutefois qu'ils allaient devoir attendre demain avant d'y aller, "Là, on a faim, l'oncle, et travailler l'estomac vide, c'est trop dur pour moi !"

Il hésita un moment avant d'ajouter :

"Je te promets, oncle Abbas, de te rembourser très bientôt de tout ce que tu voudras bien nous donner pour combler le gouffre de notre faim, je te fais la promesse véridique que, dès demain, j'entame le travail.

— Entendu, voulez-vous que je vous ramène des cuisses de poulet grillées ?"

Leurs deux estomacs s'écrièrent en chœur : "Oh oui, s'il vous plaît !"

L'homme rentra dans son échoppe et revint chargé d'un sachet en papier débordant de nourriture chaude. "Allez, à bientôt, les salua-t-il. Et rappelez-vous le proverbe de la tradition arabe : « Qui cherche trouve et qui sème récolte. »" Sans même attendre que l'homme soit retourné à l'intérieur, ils se ruèrent sur le sachet et l'ouvrirent avant de dévorer le poulet tout en marchant d'un pas rapide ; ils allèrent jusqu'à mastiquer les petits os.

Dès qu'ils furent arrivés à la maison, Rica entreprit de faire bouillir les os de poulet pour qu'ils en boivent le potage. "Naji, tu fais ce que tu veux, mais moi je vais chercher du travail demain matin, n'importe quel travail, par respect pour ce brave Algérien. Je lui achèterai des cuisses de poulet ou l'équivalent en argent. Tu vois, la mendicité, ça paye ! En tout cas, ça te permet de manger du poulet chaud. Tu sais, chez mon père, j'avais parfois l'impression d'être un mendiant, et je ne dis pas ça seulement par rapport à la nourriture. Je n'exagère pas si je te dis que lui et sa femme branchaient la climatisation dans la buanderie juste parce que leur chien y dormait, et laissaient le réduit où je dormais sans même un ventilateur !

— Mon oncle maternel est un vrai « frère de pute » ; à ta place, je lui aurais défoncé les dents d'un bon coup de poing dans la gueule."

Naji se leva et pressa Rica contre lui. Sa tête arrivait au niveau du torse de son cousin. Ses yeux entendirent les sanglots de Rica, tandis que la poitrine de Rica entendit les pas égarés de Naji, son désarroi envers la vie et envers le monde.

"Tu ne peux pas savoir à quel point je suis content qu'on ait pu te récupérer, s'exclama Naji.

— Mais j'ai toujours été l'un des vôtres ! répliqua Rica. Ma tante voulait que je reçoive une éducation *high-life* ! Je me rappelle comment elle devenait folle en entendant la comptine que ma grand-mère me répétait à tout bout de champ : « Dis-moi, ton popotin il est comment ? » et moi je répondais comme elle m'avait appris à le faire : « Mon popotin, il est charmant. » Alors elle passait à la question suivante : « Et ce popotin, qu'est-ce qu'il contient ? », à quoi je répondais : « Il contient un diamant ! »

— Elle me l'a apprise à moi aussi ! s'écria Naji. Une fois, je l'ai traduite en français et l'ai lue à la classe, ici en France. La maîtresse n'arrivait pas à croire que c'était une comptine qu'on récitait au Liban."

Ensuite, sans rien dire à Rica, Naji s'isola dans sa chambre. Rica crut qu'il essayait de nouveau de joindre Maggie comme il l'avait fait sans arrêt tout au long de la journée. De toute façon, lui-même devait se reposer et se mettre au lit suffisamment tôt car demain il allait commencer à se chercher du travail. Cette fois-ci il était bien décidé à ne pas se laisser exploiter comme cela avait été le cas dans le passé à Dakar…

Il n'avait pas voulu le dire à Oum Naji, sa tante, mais aucun des employeurs pour lesquels il avait travaillé au Sénégal ne lui avait jamais payé son dû. En particulier, on ne lui avait jamais versé son salaire à la fabrique de perruques, où sa mission consistait à passer de longues heures dans un endroit faiblement éclairé à nouer ensemble cheveux artificiels et cheveux naturels. Quand l'heure était venue de toucher sa paye, on lui avait rétorqué, à lui et à tous ceux qui travaillaient avec lui, que toutes ces perruques étaient restées invendues car les marchés islamiques les boycottaient depuis qu'un prédicateur les avait déclarées illicites au motif qu'elles empêchaient l'eau des ablutions rituelles d'atteindre le cuir chevelu. C'est probablement pour cela qu'il s'était abstenu de chercher du travail pendant les huit ans de son séjour en Allemagne, arguant – sans y croire lui-même – qu'il attendait les papiers pour sa demande d'asile.

En vérité, il aurait très bien pu travailler dans n'importe quoi, même comme éboueur, le dicton ne disait-il pas "Il n'y a pas de vils métiers, seulement de viles personnes" ?

Alors qu'il était sur le point de s'enfoncer dans le sommeil, Naji vint le réveiller : "Ben alors, Rica, tu dors ? Écoute plutôt ça, écoute !" et là il se mit à improviser un rap accompagné de musique :

> *Mère tu m'as chanté la comptine "Ton popotin est charmant, il contient un diamant", c'est peut-être elle qui a inspiré les berceuses appelées* lullabies *avec lesquelles on endort les enfants. En tout cas, ça m'a appris le surréalisme. La rosée s'accroche-t-elle à la pointe des herbes jusqu'à les étouffer, ou est-ce que ce sont les touffes d'herbes qui l'expulsent pour respirer ? Un jour que je souffrais de diarrhée, ma mère m'a dit : ton ventre part en balade ; mais enfin, mère, le ventre ne marche pas, ai-je rétorqué, il n'y a que mes pieds qui marchent !*
>
> *Mon popotin n'abrite aucun diamant, mère, le popotin est fait pour quelque chose de dégoûtant, si un éclat de diamant vivait véritablement dans mon popotin, alors pourquoi quand je fais caca, il n'en sort qu'une matière aussi dure que la pierre, aussi massive qu'une colline, aussi*

liquide qu'une rivière. Tu crois qu'un tel paysage peut abriter ton diamant ?

Pourquoi le diamant vivrait-il dans mon popotin plutôt que dans mon œil ou dans ma joue ?

Pourquoi se cacherait-il alors qu'on a besoin de lui pour s'acheter un fer à repasser, un nouveau ballon de foot, payer le coiffeur, régler les biscuits, le chocolat, les cahiers et les livres, pourquoi on sortirait pas le diamant de mon popotin, comme ça, on pourrait le vendre.

Alors je te demande, pourquoi le popotin a-t-il autant d'importance que l'œil ?

Pourquoi s'exclamer, ton œil me fascine, ton popotin me fascine ?

Et vas-y donc, ton popotin est charmant, il contient un diamant !

Le diamant aurait-il fondu, se serait-il désintégré au moment de sortir de moi et de tomber dans les chiottes, et de là dans les égouts ? Ou est-ce qu'il est encore caché, attendant que son prix augmente toujours plus en Bourse ?

Rica éclata de rire, mais en même temps, il était au bord des larmes, ces souvenirs d'une grand-mère le berçant avec des histoires de diamant étaient aux antipodes de son expérience. Si seulement il avait eu une voix comme ça à se remémorer quand il était en Allemagne, elle l'aurait porté et l'aurait projeté hors de sa chambre, hors de la solitude et de l'attente.

Demain, il allait commencer une nouvelle vie, sans se soucier de ce que Naji voulait faire. Fort de cette idée, il s'étreignit et ferma les yeux.

Quant à Naji, il se retrouva sans y avoir trop réfléchi à expédier son morceau de rap à Maggie. Il était persuadé qu'il n'entendrait plus parler d'elle, mais à sa grande surprise, elle le contacta aussitôt et se mit à pleurer et à rire, puis à pleurer encore, lui affirmant qu'elle avait compris chaque mot de son morceau, et que ça faisait comme si la grand-mère de Naji lui avait chanté la berceuse du popotin charmant à elle aussi. Pour blaguer, elle l'assura qu'elle était prête à se remettre avec lui sur-le-champ s'il lui offrait le diamant en question. Il se dit véritablement ravi de constater qu'elle le pardonnait. Elle lui proposa qu'ils se revoient le surlendemain. Avant même qu'il ait eu l'occasion de s'enquérir ou de protester – mais pourquoi pas demain matin ? –, elle lui expliqua que demain elle devait aller à la maison de la radio pour participer à une émission consacrée aux artistes de rue. Il faillit lui proposer de s'y rendre avec elle et de l'attendre à l'extérieur, mais il ne réussit à émettre qu'un éternuement débordant d'amour, et à murmurer : "Entendu, je prendrai mon mal en patience le temps qu'arrive la journée d'après-demain ; je t'aime, je t'aime."

La voix du vieil Algérien Abbas tira Rica de son sommeil, l'encourageant à se lever pour aller au travail. Elle avait retenti alors qu'il rêvait de ce qui lui était arrivé lorsque les autorités allemandes avaient voulu le renvoyer à Dakar. Il s'était rendu au consulat du Liban pour obtenir un visa d'entrée dans ce pays sur son passeport africain, mais il s'était vu répondre qu'il n'y avait pas droit, n'étant pas le fils légitime de son père ; pour finir de le convaincre, le préposé lui avait montré la mention inscrite dans les registres à côté de son nom : "Enfant illégitime."

Rica avait poussé un cri scandalisé, maudissant son père et toutes ces funestes circonstances. Le cri avait retenti non seulement à la face du préposé, mais dans tout le bureau abritant les registres d'état civil, ce qui avait alerté l'ambassadeur. Celui-ci était venu prendre Rica par la main et lui avait tapoté l'épaule avant de l'emmener jusqu'à son bureau où il avait signé lui-même son visa d'entrée au Liban. Pour sa plus grande surprise, le diplomate lui avait confié dans l'oreille que beaucoup d'enfants nés de pères libanais et de concubines ou d'épouses africaines recouraient aux services de l'ambassade pour rechercher le père.

“Salut mon Najnouj, daigne donc ouvrir les yeux et mets-toi en condition, on doit se lancer à la recherche d’un travail comme on s’était mis d’accord. Allez, hop hop hop !

— Yasmine t’a désigné comme son représentant ou quoi ?”

À peine avaient-ils posé le pied dans la rue que Naji s’écria : “J’ai l’impression que tous les objets et les êtres qu’on croise nous tournent autour, tu le sens aussi ou c’est moi qui deviens fou, Rica ? Regarde, la fumée, les chiens, les vieillards, les indics et même les antennes paraboliques des balcons et des terrasses, tout ça tourne autour de nous.

— Évidemment, vu que Ton Excellence chante à tue-tête !” répliqua Rica avec une certaine animosité.

Mais Naji ne se démonta pas et se remit à chanter :

> *Allez, au boulot, au boulot tout le monde, écartez-vous tous de notre chemin car on va au boulot, avec la force d’une tempête, avec la célérité d’un avion. Voyez comment Superman est parti se planquer de peur de nous croiser, il se frotte les yeux sans croire à ce qu’il voit, nos bras sont des épaules de djinns, et nos jambes, des jambes de cyclope ! Allez allez allez, ôtez-vous de notre chemin, c’est que, nous, on va au boulot, compris ? On va au boulot !*

Mais à peine étaient-ils arrivés à la deuxième ceinture, suivant les indications de leur vieil ami Abbas, que Naji eut une crise de panique :

“Ils vont nous traquer en pensant qu’on est des délinquants. Viens, s’écria-t-il, rentrons à la maison !

— Najnouj, arrête ton cinéma, t'es juste paresseux, rien de plus. Contente-toi de me suivre et n'aie pas peur, de toute façon je travaillerai pour deux."

Ils attendirent un peu moins de sept minutes avant qu'on ne vienne les réclamer pour un travail, ils étaient comme de la marchandise exposée, la douleur, la nervosité, la préoccupation et la peur se lisaient sur leur visage. Voilà ce que la faim fait aux humains, pensa Naji ; même lorsqu'elle s'efface un temps, elle ne tarde pas à revenir te rappeler les tourments de l'affamé, que ce soit la colère, la vulnérabilité, ou pire encore les douleurs à l'estomac et les maux de tête.

Leurs prunelles s'agitaient dans tous les sens, comme pour détecter une nourriture dont elles auraient senti le fumet. Chaque fois qu'un visage inconnu se présentait, Naji l'observait droit dans les yeux afin de se donner un air sérieux et motivé. Alors que le visage de Rica, à l'inverse, exprimait plutôt le désarroi et l'incertitude quant à ses chances de se trouver un travail.

Un recruteur s'approcha de Naji et lui détailla la tâche attendue : "Il faudra prendre soin d'un jardin, couper l'herbe à la tondeuse et arroser." Naji donna son accord à la condition que le recruteur prenne également son cousin Rica : "Mon cousin, là, est encore meilleur que moi, et en plus c'est un bourreau de travail !

— Parfait, dix euros de l'heure, multiplié par huit heures, ça fait quatre-vingts euros chacun."

Rica pressa le pas et monta dans le minibus qui était apparu là comme par miracle, rempli d'autres ouvriers philippins et arabes. Au lieu de grimper, Naji s'immobilisa à sa place et se contenta de faire un signe d'adieu en direction du véhicule qui démarrait en trombe,

Rica hurla de toutes ses forces au chauffeur de s'arrêter, puis sauta à terre et courut derrière Naji qui s'était déjà éloigné. Il parvint à le rattraper et le traîna de force jusqu'au bus.

Un peu plus tard, la mer apparut, et cela fit complètement oublier à Naji la présence d'autres passagers dans le bus, il était littéralement subjugué par le paysage marin. Pourquoi ne suis-je jamais venu jusqu'au bord de la mer ? se demandait-il. Pour moi, c'était une simple ligne d'horizon bleue, alors que j'aurais dû la contempler de près, et puis admirer les nuages qui s'abaissent comme pour jouer avec les vagues. Il ne voulait pas croire que, malgré ses vingt-huit ans accomplis, il n'avait nagé dans la mer qu'à quelques reprises, qui se comptaient sur les doigts de la main.

Le minibus prit la direction d'Antibes – on apercevait de larges avenues et une vaste esplanade où des gens jouaient à la pétanque – avant d'obliquer en direction du cap d'Antibes. Il y avait là de la verdure, ainsi que de spacieuses demeures, certaines bien en vue, d'autres plutôt dissimulées aux regards. Lorsque leur véhicule s'immobilisa enfin, Naji lut, près du feu de circulation, la plaque qui désignait une petite propriété, elle s'appelait "Oubli". Il se demanda qui avait bien pu songer à donner ce nom-là à sa maison. Et qu'était-ce donc que son propriétaire cherchait à oublier ?

Avant que le minibus ne passe le portail de la grande maison, qu'on appelait une "villa", le gardien de celle-ci monta à bord et passa en revue les ouvriers un par un, demandant à chacun ce qu'il apportait dans ses affaires et en inspectant le contenu. Lorsqu'ils pénétrèrent tous ensemble dans le jardin, Rica poussa un cri stupéfaction : la maison ressemblait à un palais comme on en voyait seulement dans les contes. Naji comprit, en découvrant les deux sculptures de cygne en marbre qui trônaient sur les premières marches de l'escalier, que ce que le gardien avait cherché à vérifier en procédant à son inspection, c'était qu'ils ne comptaient pas dans leurs rangs des brigands venus faire un cambriolage à main armée.

Le travail débuta au moment où un jeune homme parmi eux, après s'être enroulé une corde autour de la taille, entreprit de grimper aux palmiers l'un après l'autre, aussi facilement que s'il était un singe gravissant un simple escalier.

Après que le jeune homme eut procédé à la coupe des branches, les mortes à la couleur jaunâtre, mais aussi les vertes encore en bonne santé, on aurait dit que le branchage avait pris la forme des bronches d'un individu. Pourquoi fallait-il que l'homme modifie la physionomie des arbres ? Il faillit poser la question à l'un d'eux.

Même s'il avait le visage et le corps en sueur après avoir effectué avec les autres le ramassage des débris de palmiers accumulés pour les mettre dans des sacs, Naji mit toute son énergie à couper l'herbe à l'aide d'une tondeuse électrique. Il était joyeux et content de lui comme si c'était un jouet avec lequel il s'amusait. Une fois sa tâche accomplie, il sentit une euphorie le gagner : il avait découvert un fait nouveau, à savoir que l'homme ne travaille pas seulement pour gagner sa croûte, se procurer un toit au-dessus de la tête et payer les mensualités de l'école, mais aussi pour se tester soi-même et savoir s'il a la capacité de venir à bout d'un travail et de remplir ses objectifs.

Je soussigné, Naji, atteste être apte au travail, à n'importe quel travail même, et pour le prouver je m'en vais de ce pas œuvrer dans le bavardage et le rap.

À la fin de la journée, Rica palpa l'argent que l'homme lui avait donné. Qu'y avait-il de plus beau que ces billets fastueux, la somme qu'ils avaient maintenant dans sa poche et dans celle de Naji était sans commune mesure avec les pauvres billets que sa tante jetait à la figure de Naji – et dernièrement aussi à sa figure à lui –, l'obligeant à plonger au sol pour les ramasser comme un chien qui se nourrit de ce que lui jettent les humains.

"Il faut pas qu'on oublie d'acheter des cuisses de poulet pour Abbas l'Algérien.

— On aurait dû se faire photographier en train de travailler et envoyer les photos au Portugal, comme ça, quand madame ta tante sera de retour, elle pourra enlever les citations de Gibran Khalil Gibran qu'elle a accrochées dans sa chambre, notamment celle qui dit « Est-ce vraiment pour avoir une vie pareille que j'ai donné des coups de pied dans le ventre de ma mère ? » Et elle pourra accrocher à la place notre photographie en train de nous démener à la tâche.

— On n'aura qu'à prendre les photos demain, répliqua Rica.

— Demain ? Mais tu n'y penses pas ? Demain, je m'envole pour la Lune avec Maggie, j'ai quatre-vingts euros, et je peux te dire qu'elles vont s'envoyer en l'air, elle et sa chienne !"

Il allait acheter des pilules grises pour lui et des joints de marijuana pour eux deux. Il lui envoya des notes vocales pour lui faire savoir qu'il avait les poches pleines d'euros et qu'il les mettait entièrement à sa disposition, puis pour lui demander où elle voulait qu'ils se rencontrent le lendemain. Pour sa part il était prêt à la voir dès le matin, ou bien le midi, l'après-midi, le soir ; il voulait qu'elle et Sophie s'endorment dans ses bras pour l'éternité une fois qu'ils se seraient régalés de poulet et de dessert. Vraiment, il était impatient !

Rica s'était promis d'acheter des cuisses de poulet pour Abbas l'Algérien, ainsi qu'un cadeau pour sa tante. Mais ne valait-il pas mieux qu'il lui écrive une lettre et qu'il glisse dans l'enveloppe quarante euros ! Il lui parlerait dans son message de l'Africain presque centenaire qu'il avait rencontré et qui lui avait demandé ce qui l'avait conduit à rentrer d'Allemagne. Quand Rica lui avait expliqué que c'était l'Allemagne qui l'avait renvoyé en Afrique contre son gré, l'homme lui avait donné ce conseil : "Mon fils, ne va jamais vivre dans un endroit où personne ne t'aime." Rica ajouterait en conclusion de son mot : "Je te remercie pour tout, ma tante. Cette petite somme est bien peu à côté de tout ce que tu m'as donné d'affection et d'amour."

Plutôt que de rentrer à la cité en même temps que le reste des ouvriers, ils leur dirent au revoir et partirent se promener pour profiter de leur liberté nouvelle au milieu de toute cette beauté – ces vastes propriétés, ces balcons, ces tuiles rouges… Naji s'imaginait être ce jeune homme qui roulait à vélo en sifflotant, ou bien celui-là qui marchait auprès d'une jeune fille, devant un chien qui tenait dans sa gueule une baguette de pain, sans se soucier des passants interloqués à la vue de l'animal qui non seulement s'abstenait de manger le pain mais aidait sa maîtresse à le porter par-dessus le marché.

Ils s'arrêtèrent en arrivant devant trois établissements – une boulangerie, une boutique et un café – qui tous donnaient sur la mer. Ils achetèrent des sandwichs et burent de la bière. Ensuite ils avalèrent encore d'autres sandwichs, ainsi que des glaces et des confiseries. Naji fuma plus de dix cigarettes avant de lancer à son compagnon :

"Bon, on rentre ?

— On rentre", approuva Rica.

Cela lui était assez égal qu'ils reviennent à la maison ou bien qu'ils continuent d'errer sans but, du moment qu'il était en compagnie de Naji. Il était satisfait de son sort ainsi, non parce qu'il était docile et sans personnalité, comme le pensait Naji (il lui avait dit un jour : "Eh, Rica, t'es pas un cafard qui est sorti de la bouche d'égout pour entrer dans notre vie, t'es mon cousin, d'accord ? Alors arrête de me dire « Comme tu veux » chaque fois que je te pose une question. Dis-moi plutôt ce que, toi, tu voudrais").

Rica n'avoua pas à Naji qu'il aurait voulu prendre son courage à deux mains et aborder la jeune fille qui travaillait à la poste. Dès la première fois qu'il avait pénétré dans le bureau, il avait remarqué qu'elle ne cessait de lui décocher des regards. Sur le moment, il s'était dit qu'il lui rappelait peut-être quelqu'un. Ensuite on était passé aux sourires, puis elle lui avait demandé s'il venait du Liban. C'était à une période où sa tante avait pris l'habitude de l'envoyer au bureau de poste en laissant Naji dormir à poings fermés ; elle n'avait pas confiance en son fils, et ce d'autant moins qu'elle n'envoyait pas que des lettres au Liban, mais aussi des petits colis contenant du chocolat, de la teinture pour les cheveux, ainsi que des médicaments pour ses parents et ses proches.

Ils arrivèrent à la station de bus en s'aidant de Google Maps. La mer avait disparu et ils passaient d'une ruelle à l'autre, puis de là à une vaste esplanade en plein air. Il se dit qu'il devait absolument proposer à Maggie de s'y produire. Il admira les tables qui exposaient des travaux d'artisanat en terre cuite, en bois et en métal, c'était un joli quartier avec beaucoup de pizzerias et de cafés. Il prit un grand nombre de photos et les lui envoya.

Naji eut soudain envie de boire un café, mais lorsque celui-ci eut été posé devant lui il ne le but pas immédiatement, car il tentait de téléphoner à Maggie. Apparemment elle avait vu ses messages. Il sortit lentement son œil de verre, et le glissa dans sa poche, puis se leva en faisant signe à Rica de ne pas bouger de sa place. Il alla droit vers un couple, s'excusa pour le dérangement, et leur demanda s'ils pouvaient l'aider à appeler son épouse car il avait perdu son téléphone portable. Un regard à son orbite béante convainquit l'homme de lui tendre son téléphone, mais Naji insista pour lui dicter le numéro de Maggie et que ce soit lui qui le compose. À peine avait-il entendu la voix de Maggie qu'il lui cria "Je t'aime, je t'aime !", à quoi elle répondit "Je te hais, je te hais ! Demain je passe te voir à la maison, tu as changé de numéro de téléphone ou quoi ? – Non mais en appelant depuis mon numéro, je n'obtenais jamais de réponse de ta part, c'est pour ça que j'ai dû m'en remettre au téléphone d'un homme respectable. Sur ce, à demain, bye."

Il rendit le téléphone à son propriétaire, tirant de sa poche un billet de cinq euros, mais l'homme et son épouse s'écrièrent d'une seule voix : "Non, non !"

Étrange qu'elle ait répondu, et à un numéro inconnu de surcroît. Ça voulait dire qu'elle n'était pas allée chanter cette nuit-là – pourquoi ? Peut-être avait-elle fait la connaissance de quelqu'un et en était tombée amoureuse, elle avait sûrement assez d'argent pour s'accorder une pause, ou peut-être le type en question était-il si content de ne pas me voir avec elle ou si satisfait de sa prestation qu'il lui avait mis dans le seau accroché au cou de sa chienne cent euros d'un coup ?

Il partit après avoir fait signe à Rica de le rejoindre. Celui-ci en profita pour siroter le café de Naji. Une fois que les deux compères se furent éloignés du café, Naji repartit faire quelque chose à l'écart ; lorsqu'il vint retrouver Rica, celui-ci lui demanda ce qu'il avait fabriqué. Il répondit : "J'ai hissé ma paupière droite en direction de mon front et tiré ma paupière du bas avec mon pouce avant d'invoquer Dieu : « Mon Seigneur bien-aimé, gratifie-moi d'un œil aussi bleu que mon œil gauche ! » Et là, le miracle est arrivé."

Il revint à son téléphone, écrivit des messages, appela un numéro plus de cinq fois, et lorsque l'appareil sonna en retour, il décrocha précipitamment. "OK, répondit-il, la grande roue, dans le vieil Antibes, OK. Je te vois là-bas demain." Naji demanda au serveur où ça se trouvait, puis se leva d'un coup. Rica lui emboîta le pas, tout en lui demandant où se trouvait l'attraction par rapport à la station de bus qui devait les ramener à la cité, et qui donc était cette personne qu'il allait retrouver demain.

Ils arrivèrent à la grande roue. La musique était assourdissante, les lumières scintillaient tout autour d'eux, et les rires des passagers retentissaient. Rica observait la scène avec bonheur, cette roue le ramenait à celle de Beyrouth et à l'époque où il y montait faire des tours.

"Najnouj, viens on monte là-haut, j'aime ces attractions depuis toujours, depuis le temps où j'étais tout petit à Beyrouth. Maintenant qu'on en a l'occasion, faisons-le !"

"Eh, pas si vite, mon ami, vas-y doucement."

Soudain, un jeune Français s'approcha de Naji, il avait les cheveux roux. "On se voit ? – On se voit demain, répondit Naji. – Entendu, on se voit demain", répéta l'autre. En un clin d'œil, les deux jeunes gens s'étaient échangé les euros, une boîte de médicaments et une petite bouteille d'eau. Naji s'empressa d'ouvrir la boîte afin d'en prendre un cachet qu'il avala avec un peu d'eau.

"C'est bon, dit-il à Rica, allons à l'arrêt de bus maintenant.

— Najnouj, viens, montons sur la roue. Qui nous attend à la maison ? Pour ce qui est de manger, on a mangé, et pour ce qui est de boire, on a bu. Et même : pour ce qui est de travailler, on a travaillé. Allez Najnouj, si tu veux m'attendre au café, je vais juste monter cinq minutes et après on pourra rentrer à la maison."

Naji ne lui dit pas qu'il aimait être allongé dans son lit lorsque le cachet arrivait à son estomac, et encore plus à sa tête, il était tellement efficace qu'en un éclair il l'atteignait en plein cœur, équipé de deux ailes capables de le propulser loin du globe terrestre.

Il céda au souhait de Rica, après tout celui-ci ne demandait que rarement quelque chose pour lui-même. “Vos désirs sont des ordres, monseigneur !” lui lança-t-il.

Lorsqu'ils grimpèrent dans la nacelle qu'on leur avait assignée, Naji prit un selfie et l'envoya à Maggie, accompagné d'une note vocale : “Maggie ma chérie, je suis au comble du bonheur à l'idée qu'on va se revoir bientôt ! Je t'aime.”

La musique tonitruante insufflait un esprit d'aventure dans la tête des passagers. La mer scintillait sous les lumières des bateaux.

La lueur du phare jouait quant à elle à cache-cache, apparaissant et disparaissant alternativement. Le ciel était criblé d'étoiles et la pleine lune ressemblait à un agent de circulation dans le ciel. La roue commença à s'élever, les emportant toujours plus haut. Un léger effroi s'empara de Naji, le faisant frissonner jusqu'aux extrémités, mais la peur disparut bien vite lorsqu'il aperçut en contrebas le vendeur de glace dans sa boutique en train de tendre un cornet à un client. Des jeunes jouaient au ballon. II vit des enfants à vélo, les murailles de la ville, les ponts. Ensuite il y eut un tintamarre dans leur nacelle comme si des pieds trépignaient avant de s'arrêter au plus haut de la roue, Allez, ça suffit, se dit-il à lui-même, faites-nous descendre, je vous assure, j'en ai eu assez.

Il se retrouva en train d'avaler un autre cachet, sans eau, tout en faisant mine de rêver. Il resserra les lacets de ses baskets et but de l'eau après avoir tendu la bouteille à Rica, qui répliqua qu'il n'avait pas soif. Le cachet avait toujours le même effet euphorisant sur Naji, comme s'il lui transmettait de l'air pur dans tout son organisme. "Je suis l'un des leurs à présent !" dit-il en désignant les autres d'un geste. Rica ne comprenait pas ce que Naji voulait dire, jusqu'à ce que ce dernier finisse par lui donner un cachet tout en lui en disant :

"Tiens, prends donc un petit cachet pour devenir toi aussi comme tout le monde.

— Merci mon petit Najnouj, pas de cachet ni de demi-cachet, je suis content comme ça, tout va pour le mieux."

Pourquoi notre nacelle s'est-elle arrêtée comme ça ? se dit Rica. Je n'aime pas quand elle s'arrête tout en haut. À Beyrouth quand on montait à bord de la roue, elle s'élevait très vite avant de redescendre tout aussi vite, et nous, on regardait le monde d'en haut : les voitures illuminées comme des autos tamponneuses dans un parc d'attractions, et ce encore plus au moment des fêtes. Et puis je ne veux pas voir Naji ingurgiter des cachets pendant que je parle avec lui. Je veux juste m'amuser à crier chaque fois qu'on monte et qu'on descend, exactement comme on fait là, je ne veux pas entendre la philosophie de Naji, il ne cherche qu'à lancer un débat sur chaque idée, chaque mot, chaque pensée.

"Rica, on est des jumeaux, lança Naji, l'un blanc l'autre noir, on a nos têtes collées comme des siamois. Ta tante nous a allongés par terre à notre naissance pour que chacun puisse voir l'autre, mais ça n'a pas marché, jusqu'au jour où les médecins ont enfin réussi à séparer nos crânes l'un de l'autre." Rica hocha la tête en signe d'acquiescement, même s'il ne comprenait pas où Naji voulait en venir, et lâcha un rire forcé.

Naji croqua un troisième cachet comme s'il mordait dans un biscuit frais. Il en tendit un à Rica qui repoussa sa main.

"J'invoque la puissance divine contre Satan le lapidé ! lui lança Rica. Je n'en veux pas, de ton cachet, tu peux te le garder pour tes journées noires.

— Rica, quelqu'un t'a déjà dit que t'étais raciste ? Comment peux-tu dénigrer les journées en les qualifiant de « noires » ?"

Ils rirent de la blague, et Naji se pencha vers Rica pour l'étreindre. Puis, d'un mouvement vif, il tenta de lui glisser malgré lui un cachet dans la bouche. Rica finit par le prendre et se l'introduisit au fond de la gorge, "Allez je l'avale sans eau".

Naji éclata de rire, il rigolait et se tapait les cuisses à voir la bouille de Rica comme substituée aux poulies métalliques au milieu des colonnes d'acier qui soutenaient la roue. "À présent, déclara Rica en haussant la voix pour que Naji l'entende, je suis convaincu qu'on est des jumeaux – l'un blanc, l'autre noir – vu ta générosité envers moi, puisque tu m'as fait cadeau d'un cachet qui vaut très cher !"

Rica avait quinze ans lorsqu'il avait décidé qu'il voulait devenir pilote. C'est ce qu'il avait dit à un de ses vagues cousins nommé Mustapha, à Beyrouth, qu'il aimait bien parce qu'il était comme lui. Non, pas dans le sens où il aurait été à moitié africain, mais dans la mesure où il avait lui aussi une infirmité – il était boiteux.

Les autres membres de sa famille à Beyrouth n'interrompaient même pas leurs activités lorsque le cousin Mustapha frappait à la porte de ses grands-parents, ils le laissaient assis tout seul dans le living-room, à fumer ses cigarettes et à exhaler ses préoccupations. La grand-mère de Rica lui apportait ce qui lui restait de nourriture sans même lui souhaiter bon appétit selon sa formule coutumière : “Prends donc, puissent ton estomac et ton cœur se régaler.” Son cousin avait expliqué un jour à Rica que si la famille ne s'intéressait pas à lui, c'était non seulement parce qu'il était boiteux, mais aussi parce que la police l'avait un jour attrapé en train de fumer un joint, elle l'avait arrêté et jeté en prison un mois entier pour consommation de haschich. Ses proches avaient songé à le renier définitivement, et il avait dû se justifier en expliquant que s'il avait pris du haschich, c'était uniquement pour se consoler des tourments de son existence et des douleurs qu'il avait à la jambe et au pied.

Lorsque Rica s'était ouvert à lui de son envie d'apprendre à piloter, Mustapha était parti dans un rire interminable, et il avait ri encore plus gaiement lorsque Rica avait ajouté qu'une fois pilote, il viendrait prendre Mustapha avec lui dans l'avion, il n'y avait que là, très haut dans les airs, qu'ils échapperaient à l'emprise de la famille et se sentiraient enfin libres.

Rica avait demandé à son cousin de surtout garder cette conversation pour lui. “Ce sera un secret entre toi et moi. Je sais que ma grand-mère et mon grand-père m'aiment beaucoup, mais ce qu'ils ressentent pour moi et aussi pour toi, c'est de la pitié J'ai entendu ma grand-mère déclarer un jour : « Oh, le pauvre Rica, oh le pauvre Mustapha ! » C'est parce qu'on leur ressemble pas, tu comprends. En revanche, quand je saurai piloter un avion et qu'ils me verront voler dans les airs, tous m'applaudiront.”

Ce jour-là, Mustapha devait être sous l'emprise du haschich, car il éclata de rire sans aucune raison à la tirade de son cousin. "Allons, Rica, oublie un peu l'aviation, et souviens-toi que les mouches et les puces aussi passent leur vie en vol."

Étrange, pensa Naji, on dirait que notre nacelle est immobilisée depuis une éternité. Un peu plus tard, il poussa un soupir de soulagement en voyant qu'elle s'était mise à redescendre très lentement, jusqu'à les déposer sur des arcs-en-ciel qui les faisaient grimper le long de leur courbe avant de les jeter d'en haut dans un rire sardonique.

Il vit la cité, avec ses jardins suspendus, se replier comme les pages d'un livre, les appartements appelaient au secours avant de s'écraser tous au sol, entièrement détruits ; dans leur ascension, ils déposaient leurs passagers sur un tapis volant bleu foncé. Il vit le réfrigérateur vide de la maison voler dans les airs grâce aux deux ailes dont il était pourvu, et les vêtements de sa mère, qu'il avait découpés la veille avec ses dents, aller se suspendre eux-mêmes sur la corde à linge tendue au milieu du ciel. Et lui, Naji, qui avait acquis une réputation mondiale avec le succès de ses clips de rap sur les poux et sur le diamant dans le popotin, répondait comme suit à ceux qui lui demandaient comment il avait réussi à s'enfuir de la cité de Vallauris :

Je me suis échappé grâce à un fruit de grenadier
Il m'a laissé entrer dans son cœur
Et je suis devenu l'un de ses grains.

Comme une personne de l'assistance lui demandait de lui faire entendre son morceau de rap sur la grenade,

Naji se mit à le déclamer en hurlant, sans prêter attention à Rica qui le priait de baisser un peu le volume :

Je suis une succulente grenade
À la peau fripée comme celle des vieillards
Les yeux de la grenade, son nez
Et son cœur sont enveloppés d'une membrane brune. Les doigts des gens s'enfoncent
Au fond de moi et plongent dans mes tripes afin de m'ouvrir le cœur
Ils dévorent mes couleurs, le rouge, le rose et même le blanc
Puis me laissent prêter l'oreille aux lamentations des chouettes et des pigeons, et puis aux sanglots des vieillards
Et ma voix qui hurle que je suis lugubre, très lugubre
Car ceux qui me mangent et se délectent de moi m'arrachent à mes frères et sœurs,
Et parce que mon destin est de me transformer en merde, que notre destin à tous est de nous transformer en merde
Que l'eau d'égout balayera loin et jettera dans des décharges et des mers inconnues
Je suis un fruit de grenadier lugubre, lugubre
Car je suis né de mon père, la branche, et de ma mère, la rose.
Et malgré tout si je croise mon père par hasard, je ne saurai pas le reconnaître
Et lorsque ma mère me verra, elle invoquera le Seigneur pour se protéger du diable.

“Rica mon bon ami, lui dit-il après en avoir fini, je n'avais pas vu que la muraille devant nous était faite en pizza, tu penses qu'on peut en commander une part ?”

Puis, s'adressant à la cantonade : "Deux pizzas s'il vous plaît !" Sa commande se perdit toutefois au milieu du vacarme ambiant.

La roue avait dû connaître une avarie, de sorte qu'elle s'était entièrement immobilisée avec nous dedans, mais à présent elle était en train de s'affaisser sur les rues.

La nacelle chuta jusqu'à presque toucher le sol. Naji sentit son cœur bondir hors de son corps. Les bras géants de la roue enserraient tout le décor en contrebas : le village, le port. Les doigts au bout de ces bras étaient épais et grossiers, ils étaient faits de briques multicolores – tout ce qu'il voyait était en pierres de mosaïque – et rampaient sur le sol comme des enfants, puis glissaient jusqu'à la mer faite elle aussi de mosaïque.

Il essaya de soulever les lunettes de mosaïque qui sûrement étaient responsables de cette vision, mais contre toute attente, il n'en trouva pas. De toute façon, la roue ne lui en laissa pas le temps, elle le souleva en hauteur, lui et la mer ambrée qui l'environnait, et les haussa tous deux jusqu'aux cieux.

Les vaisseaux de son œil valide se faufilaient de l'autre côté, vers son œil de verre. L'un d'eux voulut jouer avec, mais Naji protesta : "Ça, c'est mon œil, OK, mon œil à moi !" Soudain le silence lui boucha les oreilles, non pas en les remplissant de colle mais en les aveuglant de lumière. Était-ce la main de Rica, là-bas près du bar surmonté d'une enseigne clignotante ? Il se vit en train de pénétrer dans le bar et de dire à Rica et à lui-même qu'ils étaient toujours sur la roue, quand bien même les deux qui venaient de pénétrer dans le bar leur ressemblaient et avaient humé comme eux l'odeur de bougie fondue qui envahissait le bar. Ils aperçurent leur reflet dans le miroir des toilettes et entendirent des coups frappés à la porte avec une voix qui leur enjoignait de se dépêcher. “Mais enfin, une minute !” protestèrent-ils.

Naji essaya de faire taire l’agitation en lui mais n’y parvint pas, il se frappa la tête contre le mur qui se dressait dans son imagination. Rica tira la main de Naji, qui tenta de l’interroger : “Qu’est-ce qui t’arrive, mon bon ami ?” mais sa voix résonna comme un coup de tonnerre, comme un son remonté de l’intérieur pour exploser telle une bombe. Rica tira une deuxième fois sur la main de Naji, puis une troisième. Manifestement il avait envie de le serrer dans ses bras. “Mais qu’est-ce qu’il y a, mon petit Rica ?” s’enquit Naji. Sa voix résonnait tout autour de lui, comme la clochette que sa maîtresse d’école trimballait partout : “Je t’en supplie, mon Rica adoré, écoute-moi, tiens-toi à ma jambe, cramponne-toi à ma main, et attends un peu que je finisse de pisser, sinon je vais en mettre partout, non, Rica, calme-toi, calme-toi !”

Cependant, les cris ininterrompus de Rica, et puis ses mains au-dessus des siennes qui l’empêchaient de se cramponner à la rambarde de leur nacelle, laquelle s’était mise à projeter sur eux une pluie de leur pop-corn devenu dur comme de la pierre, l’empêchèrent d’attraper un seul cachet. Soudain, il aperçut le blanc des yeux de Rica, leurs iris noirs, et entendit un homme qui criait : “Surtout, pas de panique, pas de panique !”

Rica par terre. Les chaînes de la nacelle se balançant un moment avant de disparaître, puis Naji debout avec tous ceux qui s’étaient rassemblés autour du corps de Rica. Un homme avec un gros nez évoquant une tour Eiffel qui agitait un bras monumental pour écarter les gens – comme on disperserait des poules – loin de Rica qui gisait au sol, sourd à l'appel désespéré de Naji le suppliant de se relever.

Des voix s'élevèrent de partout, criant : "Il est mort, il est mort !" au moment où Naji essayait de s'accrocher au brancard sur lequel deux hommes l'emmenaient jusqu'à l'ambulance.

La roue était arrêtée. Naji suivait des yeux les deux hommes et l'ambulance en hurlant, tandis que son corps était toujours debout à attendre le retour de Rica. Il geignait et s'époumonait au milieu des gens qui le dévisageaient en silence. Personne ne lui répondit lorsqu'il cria dans un sanglot : "Rica, Rica !" Il revint jusqu'à la grande roue, peut-être trouverait-il Rica encore dans la nacelle. Les mouettes le suivaient. "Qu'est-il arrivé à Rica ?" demanda Naji à un homme qui vendait du pain, mais celui-ci l'interrogea en retour : "C'est qui, ce Rica ?"

Une chaîne montagneuse qui le surplombait, noire et lointaine, l'interpella pour lui dire de se dépêcher de venir à elle, car il avait donné à Rica deux cachets d'un coup, ce qui l'avait tué. Il s'y rendit au plus vite, mais ces montagnes étaient trop lointaines, surmontées d'une étoile lumineuse dont l'éclat se diffusait sur les pics alentour, sur la mer et sur les bateaux. Ses yeux pesaient plus lourd encore que les montagnes, et ses pieds ne lui témoignaient aucune compassion, refusant de lui obéir dans sa volonté d'avancer : de la compassion ils n'en avaient que pour eux-mêmes, déplorant cette fatigue qui les paralysait.

Il désigna l'éclat de l'étoile au-dessus de la montagne, une lumière fluctuante qui disparaissait et réapparaissait. Il ne savait plus très bien ce qu'il avait demandé au jeune couple en train de s'embrasser sur la bouche, après s'être immobilisé et avoir longuement attendu à quelques pas de là que leur baiser se termine. "On peut accéder au phare par cet escalier", lui répondit le jeune homme tout en lui désignant des marches situées à leur gauche.

Naji grimpa l'escalier. Le bosquet autour grouillait d'animation, il y avait des bruits d'insectes variés, d'oiseaux et d'animaux inconnus de lui, de la musique, des rires provenant de l'autre côté du parc, ainsi que de petites arcades sous lesquelles évoluaient des gens de taille réduite. Une fois parvenu en haut des dernières marches de pierre, il se retrouva au milieu d'une esplanade de cailloux et de sable, au milieu de laquelle se dressait un bâtiment sombre. Tout à coup, une lumière intense l'éblouit et il entendit quelqu'un crier "Le phare, le phare !" Les gens semblaient s'être massés à l'autre bout de l'esplanade, ils se tenaient sur une petite colline et désignaient la mer en contrebas.

Naji était en sanglots, les mêmes larmes qui l'avaient emporté jusqu'à la grande roue le ramenèrent à son point de départ, c'est alors qu'il aperçut le phare qu'une petite fille était en train de désigner.

La colonne du phare abritait une lumière aussi incandescente que s'il s'agissait d'un four, il eut peur d'être happé dans cette direction, et s'éloigna pour aller s'asseoir sur une chaise où il s'immobilisa, telle une statue ou une idole. Un groupe de personnes longèrent le bâtiment sombre, et il les entendit parler d'"or". Il ignorait si c'était l'effet de ce mot, mais il se retrouva propulsé en pensée jusqu'à Rica, l'ambulance et la grande roue.

Il éclata en sanglots. Rica venait ainsi de lui faire savoir qu'il était mort, il était tombé de la roue parce qu'il n'avait pas l'habitude de prendre des cachets. Naji s'échappa hors de lui-même pour se rendre à l'endroit où les gens étaient rassemblés, près du portail en verre de l'église. Une lumière diffuse filtrait à travers celui-ci, c'était la Vierge Marie portant son enfant tout d'or scintillant. La Madone tendit l'enfant à Naji pour qu'il le porte. Dès qu'il l'eut soulevé dans ses bras, la silhouette maternelle se pencha pour essuyer ses larmes. Elle s'efforça de l'apaiser pour qu'il cesse de pleurer, mais lui s'envola vers la mer, vers la grande roue, en quête de Rica.

Comme la première fois, on l'installa dans une nacelle, mais cette fois-ci, il vomit presque aussitôt. Il entendit des voix à côté de lui qui disaient : "Il doit être ivre, ou défoncé." Il essaya de répondre à ces allégations qui se mêlaient au tintamarre de la musique et au bruissement des gens qui se parlaient à voix basse, mais ses mots se perdirent au milieu des sucs de tout ce qu'il avait ingurgité, aliments et cachets confondus.

Une lumière vint l'éblouir, c'était la lumière du phare, et il fit une rotation sur lui-même, comme si son corps s'était enflammé. Il s'assit, adossé à la façade du bâtiment sombre non loin du portail de verre. Il n'aurait su dire s'il s'était assoupi longtemps ou seulement l'espace d'un instant, était-ce déjà le matin qui pointait ? Il apostropha les forces de la nature, qu'elles cessent de le happer en elles, qu'elles rendent muets les moineaux et les oiseaux, qu'elles retiennent la brise qui agitait les feuilles, qu'elles mettent fin aux soupirs des arbres et aux complaintes des dunes et des cailloux !

Il avait besoin d'un peu de sérénité pour réfléchir à la façon dont il pouvait entrer en contact avec Rica, désormais décédé. Il devait l'informer de ce qui s'était passé aujourd'hui, non pas hier mais aujourd'hui, plus précisément ce soir. Il mordit son doigt avec l'intention de le sectionner.

"Rica, Rica !" Incroyable, comment avait-il pu se laisser distraire ainsi, laissant la vie s'arrêter, se transformer, puis s'arrêter de nouveau. Quand se situait cette matinée, la veille ou le lendemain ? Il porta la main à sa poche et se mit à courir en direction du parc. Là, il entreprit de gratter la terre avec ses doigts et ses ongles, puis enfouit son téléphone dans la fosse ainsi creusée, près du tronc de l'olivier. Il n'avait pas téléphoné à Maggie pour l'informer de ce qui s'était passé. Pas grave, pas grave. À présent, il lui fallait disparaître lui ainsi que son téléphone, qui à défaut allait trahir sa localisation !

Il ouvrit sa braguette ; l'urine qu'il retenait avait à peine touché le sol qu'un lézard survint, se passant la langue sur les yeux. Il aurait voulu être ce lézard. Rica à présent n'était plus rien, lui qui pourtant avait été tout : la nourriture, la boisson, le grincement du lit, le plaid sur le sofa, la salle de bains, les toilettes, les rues, la société, l'angoisse, le sommeil mais aussi les cachets.

Il avait les larmes aux yeux. Comme la vie avait paru belle lorsqu'ils avaient achevé leur journée de travail avec la sensation que leurs poches étaient remplies de billets. Ses larmes se muèrent en un long gémissement, puis il se calma d'un seul coup. Il se saisit des cachets restants et leur cria dessus : “Alors les putes, vous êtes contentes de vous ? Au lieu d’emporter Rica vers le haut, en direction des sommets, vous l’avez abattu et coulé par le fond !”

Là-dessus, il jeta les cachets au loin, mais ne tarda pas à se raviser, les ramassant un par un : il ne voulait quand même pas que les oiseaux les prennent pour de la nourriture – cette bienveillance qu’il manifestait envers les oiseaux l’étonnait lui-même. Il gratta la terre et y enfouit les cachets. Mais peut-être que les fourmis elles aussi les prendraient pour de la nourriture et que cela les rendrait folles. Pour finir, il remit les comprimés dans sa poche, décidé à les jeter dans la première poubelle qu’il apercevrait.

“Oh, Naji, pitié, pitié !” Il entendit sa voix avant même de le découvrir, gisant au sol. Lorsqu’il l’avait vu sur la roue, le corps à moitié sorti de la nacelle, avec les gens qui hurlaient autour d’eux, il avait bien essayé de le ramener vers lui, il l’avait même attrapé par le cou, mais en vain : Rica était trop lourd pour qu’il puisse le retenir avec ses mains, tout comme la gravité était trop forte, elle l’avait entraîné irrémédiablement, comme un aimant.

Une femme sortit de l’église, portant un grand vase qu’elle laissa à la porte, puis elle retourna à l’intérieur et rapporta un deuxième vase, avant de jeter tout ce qu’il contenait dans une benne à ordures qui se trouvait sur la place. Ensuite elle disparut derrière le mur en portant le vase. Après avoir entendu le son de l’eau qui s’écoulait, il se précipita à son tour derrière le mur et s’inclina sur le robinet pour boire en même temps l’eau de la fontaine et celle de ses larmes.

Que faire ? Où aller ? Il ne savait même pas quel chemin il avait emprunté pour venir jusque-là. Il redescendit vers le parc, avant de se souvenir qu'il n'avait pas encore jeté les cachets. Ce silence qui régnait dans les bosquets n'était qu'un piège destiné à mieux le capturer. Des policiers allaient sans doute surgir de derrière les arbres. Le mieux pour lui était de se cacher dans la cité, mais le caïd le livrerait sans état d'âme à la police s'il n'était pas en mesure de le faire taire avec de l'argent.

L'effroi s'empara de son cœur, exacerbé par l'obscurité des arbres et du parc, aussi remonta-t-il vers la place où se dressait l'église. Un minibus rempli de touristes japonais ou chinois s'était arrêté sur l'esplanade. Tous poussaient des exclamations admiratives face au spectacle de la mer et de la vieille muraille d'Antibes. Il les rattrapa au moment où ils pénétraient dans l'église. Les murs de la chapelle bondée essayèrent de le séduire comme ils venaient de séduire les touristes et leur guide, mais son émotion siégeait en un lieu introuvable. Des bougies qui s'allumaient et s'éteignaient, une odeur de savon qui embaumait l'atmosphère. Il aperçut la femme de tout à l'heure en train d'arroser des fleurs réunies dans un vase, près de l'autel. Peut-être fallait-il qu'il exhume son téléphone de la fosse où il l'avait enterré dans le parc pour le dissimuler plutôt dans la couronne de la Vierge Marie, ou bien sous la nappe couvrant l'autel, ou encore dans la benne à ordures.

D'ailleurs, qu'est-ce que c'est que cette benne ? se demanda-t-il. Les chuchotements des visiteurs s'étaient transformés en souffles retenus lorsqu'ils se furent arrêtés devant une fresque qui représentait un homme aux mains enchaînées, le torse couvert d'une armure équipée de cadenas et les pieds entravés par une chaîne épaisse. À un bord du tableau apparaissait un bateau, tandis que de l'autre côté, on voyait un homme qui essayait de fuir par une fenêtre en se suspendant à des draps ou des vêtements noués entre eux.

Les touristes se bousculaient pour s'approcher du tableau et le contempler, tandis que la voix du guide s'élevait en japonais et aussi en français, expliquant non sans ferveur que le prisonnier ainsi entravé avait réussi à s'enfuir de la prison après s'être libéré de ses chaînes. Celle qui l'avait aidé à fuir et à embarquer sur ce bateau en partance pour la France n'était autre que la sainte de cette église, qui intercédait en faveur des opprimés dans le monde entier.

"Par où est passé le bateau ? lança l'un des touristes.

— Il s'est faufilé derrière l'une des îles", lui répondit le guide.

Naji s'installa sur le banc en bois de l'église, faisant mine de prier dans une attitude déférente. Subitement, il ouvrit les yeux avec l'impression que quelqu'un le regardait fixement ou lui expirait au visage, mais il ne vit personne.

Il se leva péniblement pour sortir de l'église, retournant vers le point d'eau. Il repensa à Maggie. Comment allait-il la contacter ? La gorgée d'eau retenue un moment dans sa bouche lui rappela qu'il avait faim, et cette faim lui rappela à son tour le visage de Rica. Il s'enfuit en direction du grand arbre, puis là-bas se prit la tête entre les mains et la frappa contre le tronc. Il recommença une deuxième fois, puis une troisième mais, effrayé de s'en prendre ainsi à lui-même, il s'enfuit pour retourner à l'église. Là, il se joignit à un groupe de touristes qui s'étaient rassemblés autour d'un gigantesque poisson sculpté dans le bois. On l'avait suspendu au mur sous une peinture à l'huile représentant la Vierge Marie, comme pour signifier qu'il lui témoignait son respect.

Son attention fut attirée par une sorte de mezzanine qui le surplombait, lui et les autres personnes présentes dans l'église. Une rangée de vitraux et des murs couverts de miniatures de navires et de voiliers. On y accédait par des marches tapissées de tissu rouge. Une corde rouge était placée en travers de l'escalier pour en interdire l'accès.

En arrivant à proximité il fit mine de contempler les tableaux exposés, choisissant le moment propice pour se faufiler vers les marches après avoir contourné la corde. Il tendit la main pour toucher la tête de la statue d'un saint quelconque qui montait la garde au milieu de l'escalier ; ce n'est qu'une fois en sécurité dans la mezzanine qu'il poussa un soupir de soulagement.

Il fléchit les genoux de peur que quelqu'un ne l'aperçoive. Des caisses et des sacs occupaient presque tout l'espace ; en fait, ce n'était pas vraiment une mezzanine mais plutôt un entrepôt où l'on stockait tout ce dont l'église n'avait pas besoin. D'ailleurs, lui-même comptait bien s'y entreposer également.

Il s'assit précautionneusement face à un vitrail représentant une scène d'église. Les battements de son cœur, qui s'étaient apaisés et reposés, venaient de se réveiller malgré lui et sans raison apparente, en dépit de la sérénité procurée par le hublot multicolore face à lui.

Il ignorait combien de temps s'était écoulé car aucun rayon de soleil ne pénétrait à travers le vitrail, qui à présent avait pris la couleur du vin. Il entendit une voix qui disait : "Je suis désolée, je dois fermer les portes de l'église d'ici un quart d'heure, treize minutes pour être précise."

Il n'avait pas rêvé, c'est juste qu'il s'était assoupi. Il rampa à genoux, mobilisa ce qu'il lui restait de courage et, poussant son visage entre les modèles réduits de bateaux, parvint à distinguer une femme derrière une table près de l'entrée de l'église. "Oh mon Dieu, s'exclama-t-elle à l'intention de la gardienne, je n'ai pas vu le temps passer, merci de m'avoir prévenue !"

C'était une jeune femme blonde qui était penchée au-dessus de la table comme si elle lisait ou écrivait, tenant son sac à main tout en parlant dans son téléphone : "Je suis désolée, je ne t'entends pas bien, je suis au supermarché."

Est-ce qu'il s'était passé un quart d'heure ? Des bruits de pas, puis l'écho d'autres pas, différents des premiers, puis le son d'une clé tournant dans le portail de l'église, suivi du glissement du loquet.

Il demeura tapi dans sa cachette, n'en sortant que quelques moments plus tard. Il se mit fébrilement à la recherche d'un téléphone, n'importe lequel, ou bien avec un peu de chance il arriverait à mettre la main sur la clé de la pièce située face à lui, dont la porte était verrouillée.

L'armoire de l'allée n'était pas fermée, elle, mais elle ne contenait rien excepté les tenues noires des prêtres, ainsi que quelques sacs vides, un bocal de verre et des chips. Il se jeta dessus goulûment, mais les fines rondelles frites étaient comme des petites lunes sans goût ni arôme et elles lui collaient au palais.

Il entendit un brouhaha à l'extérieur ; le bruit se rapprochait, il se jeta par terre et se mit à ramper. Cela venait du côté de la porte de verre à l'entrée de l'église, quant à lui, il était séparé par une grille de métal ajourée de la nef d'où émanaient des cris admiratifs s'extasiant sur la beauté de l'église, et tout particulièrement la statue dorée de Notre-Dame de Bon Port. De la musique techno, des cris, des aboiements et le crissement des freins d'une voiture.

Il se redressa et se remit à la recherche de la clé de la pièce verrouillée, qu'il finit par trouver, suspendue à un clou non loin de là. Son enthousiasme retomba cependant lorsqu'il découvrit que la pièce n'abritait ni téléphone portable ni ordinateur, seulement une armoire contenant d'autres tenues d'église, des habits d'ornement et d'apparat, en velours ou en soie, avec des couleurs scintillantes et criardes. Quant à la petite cuisine, il n'y trouva même pas de bocal à thé ou à café. Lorsqu'il passa à côté de la table où avait été installée la jeune femme blonde qui avait menti à son interlocuteur, il examina tout ce qui se trouvait dessus, des prospectus, les horaires des rituels célébrés dans cette église et dans les églises avoisinantes, des programmes de musique, des annonces d'offres d'emploi, ainsi qu'un épais volume à la couverture noire dont les pages blanches étaient couvertes de lignes regorgeant de mots. Il en lut une qui disait : “Je vous en supplie, Notre-Dame de Bon Port, guidez mon fils dans le droit chemin”, mais referma bien vite le volume, pris d'une envie soudaine de mettre le feu à l'église et d'en profiter pour s'enfuir.

Il se demanda : si le feu prenait et que les flammes chatouillaient le plafond, l'alarme allait-elle se déclencher ?

Il entreprit de monter les marches puis de les redescendre, il voulait que la fatigue ait raison de lui, il n'y avait qu'ainsi qu'il arriverait à dormir, sachant qu'il avait déjà dormi toute la journée. Il retournerait demain à la grande roue et se renseignerait pour savoir ce qui était arrivé à Rica, car il voulait être près de lui où qu'il soit. Il se boucha les oreilles, il ne voulait pas entendre la voix de Rica, et particulièrement son rire ! Il sortit de la poche de son pantalon un cachet souillé de terre et l'avala sans eau. Il allait essayer de récupérer son téléphone enfoui dans la fosse, puis il appellerait Maggie et l'informerait de ce qui s'était passé. Si elle acceptait de le rencontrer, elle allait assurément pleurer toutes les larmes de son corps pour Rica. Quant à lui, elle lui presserait la main avant de le serrer fort contre elle, même si ensuite elle ne tarderait pas à retourner à sa vie et à ses occupations. Il téléphonerait également au coiffeur de la cité qui lui procurait ses cachets, afin de lui demander son avis sur ce qui était arrivé à Rica. Pour finir, il essaierait d'appeler sa mère au Portugal.

Il était tellement actif désormais qu'on aurait dit un chien courant après sa propre queue. Il arpentait les lieux, fonçant vers les murs et les colonnes de pierre, longeant l'épée apposée au mur, près de laquelle était accroché un gilet d'officier de marine, filant vers les icônes, vers les aquarelles représentant des anges ailés suspendus dans le ciel, ou bien des soldats se livrant à la guerre, ou encore un capitaine tenant la barre d'un navire – à son décès, sa famille avait offert son portrait à l'église –, vers les effets qui avaient appartenu à un enfant – un tablier, des souliers et un col – et qu'on avait accrochés au mur. Il s'approcha des vers de poésie reproduits dans des inscriptions calligraphiées, ainsi que des tableaux dédiés à la mémoire des disparus en mer.

Il aperçut une roue de bois jaune et bleue posée sur une étagère, il l'attrapa et la serra contre lui, puis la fit tourner en donnant de rapides impulsions de ses doigts sur les nacelles miniatures, chacune d'entre elles décorée à l'effigie de la Vierge Marie et de l'Enfant Jésus. La roue se mit à grandir sous ses yeux, puis à s'élever dans les airs, puis à grossir, tandis que Rica et lui, à l'intérieur, écoutaient la musique assourdissante. Elle avait irradié ses yeux et les artères de son cerveau, lesquelles s'étaient effondrées à leur tour au fond de sa gorge, pour finir les canaux de son œil unique avaient débordé en larmes torrentielles, noyant du même coup la grande roue et Rica.

Il reflua précipitamment vers son terrier. Peut-être le sommeil aurait-il pitié de lui et lui permettrait-il de trouver l'apaisement jusqu'au matin. Le lendemain, il retrouverait Rica à la morgue où il attendait certainement qu'il vienne l'identifier. Sa mère était loin, à Dakar, tout comme sa tante était loin, au Portugal. Quant à moi, le fils de sa tante, j'étais prisonnier de cette église.

Il appelait Rica, étendu sur le banc devant lui, et ce dernier se montrait d'abord enthousiaste de recevoir un appel – pensant que c'était la postière qui l'appelait sur son numéro qu'il avait pris soin de lui noter sur un petit papier. Il le lui avait remis en même temps qu'il lui rendait le récépissé qu'elle lui avait tendu, accompagné d'un stylo à bille bon marché. Son enthousiasme retombait toutefois lorsqu'il découvrait que l'appel émanait de mon numéro. À l'heure qu'il est, le téléphone de Rica devait être en mille morceaux. Son cœur tressaillit à cette idée qui se prit en selfie avant de venir s'immobiliser devant ses yeux.

Il essaya de déplacer un peu la grosse caisse en carton, sans y parvenir. Pour y arriver, il dut d'abord la vider de son contenu – des livres en grand nombre, des câbles électriques, un fer à repasser, des chemises et des cahiers. Une fois tout cela extrait de la caisse, il réussit enfin à la faire glisser et à s'allonger par terre, mais le froid lui envoya une décharge douloureuse qui le fit aussitôt se remettre debout. Il dévala l'escalier à toutes jambes pour aller prendre dans l'armoire une soutane ainsi qu'une chasuble d'apparat, choisie pour son épaisseur, après quoi il retourna se terrer dans sa cachette. Il étendit les vêtements sur le plancher et s'allongea dessus. Dès qu'il eut fermé les yeux, il eut l'impression que ceux-ci baignaient dans le sel et le citron, effet de la frustration et de la peur qui y avaient élu domicile.

Il entendit non loin la stridulation d'un grillon, interrompue par le hululement d'une chouette. Des papillons de vers blancs tournoyaient en nombre sur le verre du vitrail, sans craindre les bougies allumées de part et d'autre. Il entendit un grésillement venant du côté des bancs de l'église, est-ce que le bois grinçait d'être peu utilisé, ou bien en raison de la fatigue extrême des fidèles, du poids de leur corps et de leurs motifs d'accablement ?

Oh mon cerveau, je t'en supplie tais-toi, tais-toi donc ! Dès que l'envie de dormir se fut insinuée en lui, son cerveau convoqua de nouveau le souvenir de Rica, il se rappela la fois où ils s'étaient jetés sur la nourriture que sa mère avait déposée devant eux en prononçant sa phrase de prédilection, sa voix d'abord triste se chargeant d'intensité : "Le chameau transporte le sucre, mais il mange les épines." Or, voilà qu'un chameau venait justement baraquer devant lui ! Naji éclata de rire à la vue de l'animal, qui, malgré son gabarit et sa puissance, était parvenu à monter l'escalier jusqu'à cette église. Ah, si seulement Rica était resté en Afrique au lieu de venir connaître ce sort funeste chez nous ! J'étais plus vieux que lui de deux ans. Cela m'énervait d'être responsable de lui, comme cela m'énervait d'avoir à le tenir par la main quand on allait à l'école à Beyrouth. J'avais honte d'admettre qu'il était mon cousin.

Naji laissa à leur sort le chameau et Rica, et redescendit vers le fond de l'église. Il marchait et marchait encore, essayant de s'échapper hors de lui-même. Il marcha ainsi jusqu'à ce qu'un rayon de soleil traverse enfin le vitrail : si incroyable que cela puisse paraître, c'était seulement le deuxième lever de soleil auquel il lui ait été donné d'assister en quinze ans…

“Cette chapelle a été construite au xe siècle pour honorer la patronne des marins, résonna la voix du guide touristique, la Vierge Marie, afin qu'elle protège les pêcheurs et leur barque partis en mer et les ramène à bon port. On y prie aussi pour l'âme de ceux que les vagues ont avalés ou rejetés sur le rivage.” Lorsque le vacarme des voitures lui parvint depuis l'esplanade de l'église ainsi que les bruits de pas à l'intérieur, il se faufila hors de sa cachette, tenant sous le bras l'habit de prêtre noir qu'il avait utilisé comme paillasse pour dormir.

Il se joignit à un groupe qui était debout devant le fameux tableau du prisonnier dans ses chaînes, avec le bateau qui l'attendait, puis sortit et s'empressa de dévaler la colline jusqu'au parc. Il se dissimula derrière un arbre et enfila la soutane par-dessus ses vêtements, sans se soucier de l'odeur particulière, inconnue de lui, qui s'en dégageait.

Il arpentait les pavés. Autour de lui, la vie suivait son cours naturel, comme elle l'avait toujours fait avant qu'il ne la fuie. Il déambulait en examinant chaque réverbère, chaque façade, chacun des arbres sur lesquels étaient apposées des affiches. Chaque fois que pénétrait dans son système respiratoire une affiche portant les photos de disparus ou de disparues, qu'il s'agisse de chiens, de chats ou d'humains, ses poumons exhalaient un soupir de soulagement, il se sentait tranquillisé pour un moment ou deux, avant que la vision de Rica gisant par terre ne le ramène au tourbillon de ses pensées.

La vieille ville d'Antibes lui apparut derrière ses remparts. Les battements accélérés de son cœur le poussaient en direction de la grande roue, mais il restait figé à son emplacement. Allait-il vraiment y aller ? Il sentit qu'il voulait revenir sur ses pas car il n'était pas prêt, mais sa soutane de prêtre le rassurait et lui donnait confiance en lui. Certes, c'était un spectacle étrange que cet homme de religion marchant non loin du rivage, se réjouissant à la vue des boutiques et des cafés établis tout près de la mer qui promettaient au promeneur joies et plaisirs, alors que le prêtre, lui, ne commençait véritablement à vivre qu'après sa mort.

Bêtises que tout cela : les hommes de religion étaient les vrais hippies d'aujourd'hui, avec leurs vêtements amples qui les incitaient à débarrasser leur corps de tout ce qui l'encombrait afin de pouvoir se concentrer exclusivement sur Jésus. Ils buvaient le vin uniquement pour imiter le Messie, sachant qu'ils n'avaient ni tristesses à oublier, ni désarroi à juguler, ni problèmes familiaux ou économiques à surmonter.

Il pressa le pas au milieu de la foule dense et des étals de légumes et de viande, sans parvenir à trouver la grande roue. Sans doute l'enquête sur l'incident dans lequel Rica avait trouvé la mort avait-elle poussé les responsables à lancer une inspection complète de l'infrastructure, de sa conception et de son montage, particulièrement les nacelles ouvertes aux quatre vents, et que ne protégeait, à mi-hauteur, qu'une chaîne métallique aussi fine qu'une ceinture pour robe dont on aurait assemblé les maillons un à un.

Quand Naji demanda au vendeur de barbe à papa où était passée l'attraction, celui-ci éclata de rire tout en faisant un signe vers la gauche : "Ma foi, elle va être bien contente d'accueillir un homme d'Église comme vous, en revanche, il vous faudra revenir ce soir, mon père." Il alla jusqu'à l'esplanade et découvrit enfin la grande roue. Elle était à l'arrêt, se prélassant sous les rayons du soleil. Il n'y avait aucun dessin à la craie marquant le lieu où on aurait retrouvé le cadavre comme dans les films, ni personne à proximité qu'il aurait pu interroger sur ce qui était arrivé à Rica. Il n'y avait que quelques gamins en train de jouer sous les yeux de leurs parents qui les attendaient sur des bancs en bois, pianotant sur leur téléphone portable ou fumant des cigarettes.

La roue avait l'air d'un géant effrayant sans ses lumières et sa musique, sans le vacarme des spectateurs et des passagers. Il s'approcha et examina la nacelle la plus proche. Comment Rica avait-il réussi à s'asseoir sur ce petit siège alors que ses jambes étaient longues comme les pattes d'une girafe ? Était-il passé à travers les chaînes, ou est-ce que ses pieds avaient glissé, le faisant basculer dans le vide ? Il compta les nacelles et mesura l'espace qui les séparait, calcula combien de temps il leur fallait pour descendre jusqu'à terre et combien pour remonter en direction du ciel, raisonnement à l'issue duquel il conclut que ce devait être la chaîne qui avait causé la chute de Rica hors de la nacelle. Il devait retourner à la cité et commencer à enquêter sur Rica depuis là-bas, après quoi il appellerait sa mère avec le téléphone de la maison. En voyant que ses pensées le ramenaient à l'appartement, plus précisément au canapé où avait dormi Rica et à la fiole de médicaments qu'il plaçait sur la petite table adjacente au canapé – il en prenait souvent pour soigner ses migraines chroniques –, il lutta pour les chasser de son esprit.

Il s'arrêta dans un magasin pour acheter un sandwich et tendit cinq euros à la vendeuse, avant de lui demander s'il pouvait appeler un numéro en France. La vendeuse le complimenta pour son accent français méridional et lui demanda à quelle église il appartenait. Il répliqua qu'il venait de Syrie, mais qu'il avait appris la langue grâce à un prêtre français qu'il avait côtoyé là-bas.

La vendeuse composa pour lui le numéro de Maggie. À peine avait-il entendu sa voix qu'il s'écria, oubliant qu'il était un prêtre : "Maggie, si tu savais ce qui est arrivé !" Mais aussitôt il entendit le petit clic indiquant qu'on avait raccroché à l'autre bout de la ligne. La vendeuse ne voulut pas encaisser le prix de la communication, expliquant que celle-ci n'avait presque pas eu lieu – ou peut-être était-ce parce qu'elle avait détecté de la tristesse sur son visage.

Il fallait qu'il rappelle Maggie et qu'il l'informe sans tarder de ce qui s'était passé. Les regards apitoyés de la boulangère l'alertèrent sur le fait qu'il ne pourrait pas parler librement devant elle et qu'il devait plutôt utiliser une cabine publique – sauf si les conversations sur ces appareils-là étaient elles aussi enregistrées, auquel cas il serait démasqué.

Sur le chemin du retour vers l'église, il se retrouva sans y avoir réfléchi devant l'arrêt de bus. Il demanda à une vieille dame si elle pouvait lui donner trois euros car il avait égaré son porte-monnaie. La dame ouvrit son portefeuille d'un geste lent – si lent qu'il faillit lui demander de se dépêcher un peu – mais se retint en découvrant qu'elle était en train de lui donner dix euros. Il interrogea ensuite un homme accompagné de son épouse, mais cette dernière manifesta sa réprobation et la colère se lut sur son visage tandis qu'elle lui demandait quelle était son église, comme si elle menaçait d'aller s'y renseigner à son sujet. "Mon église est en Syrie", répondit-il. À ces mots, la femme scruta son orbite vide et se persuada qu'il était un vrai prêtre, après quoi quatre personnes qui attendaient à l'arrêt de bus rivalisèrent pour lui faire la charité.

Il grimpa la colline en haletant. Le temps qu'il arrive au niveau de l'église, son cerveau avait conçu un nouveau plan. Il dévala de nouveau la colline jusqu'au parc, ôta son habit de prêtre et se mit à le malmener, le frottant énergiquement contre le tronc d'arbre, le traînant sur les orties, puis tirant sur les coutures. Pour finir, il le jeta au sol et se mit à le piétiner. Il repensait ce faisant à son cousin Mustapha dont les pellicules blanches couvraient entièrement le col de son manteau, au point que Naji prenait ça pour la fameuse "neige" qu'il ne connaissait que par ouï-dire et à travers les livres. Quand Naji repensait à cette histoire, il avait les larmes aux yeux, car le cousin Mustapha en question adorait Rica et avait pitié de lui. Il se saisit de la soutane et se mit à la frotter sur son cuir chevelu avant de la revêtir à nouveau. Ensuite, il remonta la colline et pénétra dans l'église.

Les tableaux qui s'y trouvaient dissipèrent sa solitude douloureuse. Il gravit l'escalier, puis s'étendit dans sa cachette. Il comptait demander à la gardienne qui ouvrait chaque jour les portes de l'église le matin et les refermait le soir quels étaient les horaires pour parler au curé de la paroisse. Il se présenterait comme un curé venu de Syrie, de la ville d'Alep, dont l'église avait été touchée par des missiles et des bombes, et qui avait perdu un œil. Un curé français là-bas l'avait aidé à venir en France pour y subir une opération destinée à sauver son œil, mais celle-ci n'avait pas été couronnée de succès.

Par la suite il avait fait la connaissance d'un jeune Libanais dont la mère était africaine, puis… Naji s'interrompit dans la mise au point de ce récit. Une fois l'obscurité tombée, il se rendrait à la grande roue pour se renseigner sur ce qui était arrivé à Rica.

Oui, parfaitement, je suis un lâche ! J'ai cédé à l'effroi et j'ai trouvé mon salut dans la fuite.

Bruits de pas précipités à l'intérieur de l'église. Il essaya d'en savoir plus en scrutant à travers le verre. C'était la même jeune blonde hypocrite, celle qui avait quitté l'église hier après dix-huit heures. Elle était maintenant de retour, avançant en direction de l'autel. Elle s'agenouilla et murmura une prière en se tenant la tête entre les mains, après quoi elle se pencha vers la droite puis vers la gauche sans s'arrêter de gémir et de pleurer. Ensuite elle s'élança vers la statue de la Vierge Marie et se jeta à ses pieds, tandis que ses sanglots redoublaient.

Sa jambe se mit à trembler malgré lui, comme si c'était elle qui réfléchissait à sa place, et il ne parvint à l'arrêter qu'en se levant pour aller à la grande roue. Il s'y présenterait comme Naji Chahar, venu s'enquérir de ce qui était arrivé à Rica. Cette fois-ci, il descendit résolument et non sur la pointe des pieds. Son regard croisa celui de la jeune femme blonde, qui, à ce moment-là, était penchée au-dessus de la table. Lui avait-elle accordé un regard en retour, voire un demi-sourire ? Il se joignit à des touristes italiens, lui lançant de temps en temps des regards à la dérobée, jusqu'au moment où il la vit quitter la table pour se diriger vers le portail. Il compta ensuite jusqu'à cinquante avant de se diriger lui-même vers la table pour lire ce qu'elle avait écrit dans le cahier de prières :

"Demain, je mobiliserai tout mon courage et avouerai mon péché impardonnable, afin de livrer ma confession à votre cœur aussi vaste que tout l'univers.

"Je suis désolée, vraiment désolée, ô sainte. Je sais que j'abuse de votre générosité, je sais que je vous sollicite énormément, je sais que mes demandes n'ont pas de limite, mais vous êtes la seule en ce monde à m'écouter et à me tendre la main pour me secourir. J'ai essayé aujourd'hui de me confesser à vous en face à face, je ne voulais pas coucher par écrit la prière que je vous adressais, mais plutôt entendre mon âme vous confesser de vive voix le péché que j'ai commis."

Il lut un peu plus loin :

"J'ai essayé de me confesser comme je vous l'avais promis hier, mais je me suis trouvée incapable d'ouvrir la bouche alors que j'étais à vos pieds, mon cœur sur le point de rompre tant j'avais peur que vous ressentiez du dégoût à mon égard en m'entendant avouer mes forfaits. Pardonnez-moi, pardonnez-moi, accordez-moi votre pardon car vous êtes bien au-dessus de toutes ces contingences, vous ne faites pas partie des humains, ô vous, ma céleste sainte."

Il tourna la page et lut ensuite :

"Je m'en vais mobiliser tout mon courage demain et revenir m'agenouiller à vos pieds immaculés, afin de vous confesser mon crime impardonnable. Sachez, ma sainte, vous qui êtes la mère de Jésus, ma mère et la mère de toute l'humanité, que je ne sentirai d'apaisement que lorsque vous m'aurez écoutée."

Relire ainsi ce qu'avait écrit la jeune femme blonde lui inspirait un plan, il revint aux pages du cahier pour rechercher fiévreusement cette Pascale. Il la trouva finalement dans d'autres lignes où elle se disait en quête d'un mari, d'un compagnon de route pour elle qui avait travaillé comme aide-soignante auprès de personnes âgées afin de mieux expier son immense culpabilité. Apparemment Pascale allait trouver les démunis à travers les chemins et leur distribuait de la nourriture. Eh bien sa prochaine mission serait d'aider Naji, le vagabond, l'affligé, le pauvre hère à qui son ami Rica manquait terriblement.

Il retourna vivement vers l'escalier pour enfiler la soutane et sortit marcher en direction de la boulangerie et des autres boutiques ; il mendiait et mangeait, à chaque bouchée de pain, il murmurait "Rica, mon bon ami" afin d'avaler plus facilement la nourriture, "Rica, Rica, mon bon ami, mon si cher ami".

Eh bien, Rica, et ta promesse ? Tu te rappelles quand on a fait un pacte comme quoi si l'un d'entre nous mourait avant l'autre, le survivant ferait l'impossible pour entrer en contact avec son camarade défunt ? Qu'as-tu fait Rica de ta promesse où tu disais : "Je saurai établir le contact avec toi, Naji, quand bien même tu serais six pieds sous terre, quand bien même tu serais complètement saoul, enivré par l'élixir bu à même le fleuve paradisiaque du Kawthar, comme le racontait ma grand-mère, ou au contraire te consumant sur les charbons ardents de l'enfer" ?

“Il faut que tu restes attentif, Naji ! m’avais-tu mis en garde un jour, au moindre détail, à la moindre turbulence. Peut-être que je te ferai porter un baiser par une abeille vêtue d’un manteau jaune, ou bien par un moucheron enveloppé dans un habit sombre qui te réveillera avant l’aube, déposant sur ton cou un baiser qui y laissera des traces de son rouge à lèvres. Et rappelle-toi, Naji, rappelle-toi bien que, cette fois-là, je ne pourrai pas te contacter via WhatsApp.”

Dès que les martèlements de son cerveau l'eurent réveillé, il se leva pour enfiler précipitamment ses vêtements. Il attendit d'entendre le claquement marquant l'ouverture du portail de l'église et les bruits de pas de la jeune femme sur le sol, puis qu'eurent afflué à ses oreilles les sonorités indiquant l'arrivée des visiteurs, pour descendre très prudemment de sa cachette. Il alla s'asseoir sur un petit muret au milieu de l'esplanade. Tandis qu'il patientait là, il aperçut une colonne de fourmis qui se dirigeait vers lui, elles pénétrèrent par un petit trou pour ressortir par un autre. Un jour, il avait dessiné une fourmi en train de bâiller, cela avait bien fait rire sa maîtresse qui lui avait dit : "Toi tu es vraiment un drôle de gamin !"

Pascale ne viendrait peut-être pas à l'église ce matin, ni même cet après-midi. Dans ce cas-là, il filerait jusqu'à la grande roue pour s'enquérir du sort de Rica. Mais il la vit finalement qui était sortie de sa voiture et s'approchait à grands pas de l'édifice. Génial, vraiment génial, j'ai vraiment de la chance qu'elle ait en plus une voiture ! Il se mit à compter de un à mille, tout en gardant les yeux braqués sur le portail de l'église. Arrivé à mille, il en eut assez de compter et se força à attendre sans plus rien faire sinon s'armer de patience. Ses jambes qui ne cessaient de trembler avaient fait fuir les insectes ; il les aperçut soudain et s'empressa de descendre de son muret pour s'engager derrière eux, empruntant un sentier d'où il rejoignit la route principale. Il marcha au milieu de l'axe sans dévier, jusqu'au moment où il entendit le klaxon d'une voiture. Il se retourna pour regarder derrière lui et dès qu'il vit que c'était elle, il se planta au milieu de la route, agitant les mains pour lui faire signe de s'arrêter.

"Je suis vraiment désolé mais je voudrais aller à Antibes et je ne sais pas s'il y a des taxis ou des cars qui partent de devant l'église. En fait, un ami devait venir me chercher il y a une heure et demie, mais apparemment il m'a oublié." La jeune femme blonde eut un moment d'hésitation. Désemparée, elle ne savait pas si elle devait sourire ou non tandis qu'il se répandait en excuses pour l'importuner ainsi. Finalement elle lui sourit. "Les cars de transport public ne viennent pas jusqu'ici, lui expliqua-t-elle, et vous ne trouverez pas de taxi sauf si vous en commandez un par téléphone."

Il poussa un soupir embarrassé, lui demanda s'il y avait un téléphone public à proximité, puis s'excusa encore une fois de l'importuner. C'est alors qu'elle lança : "Je vais moi-même à Antibes, je peux vous emmener si vous voulez.

— Oh, mille mercis, je ne voudrais pas abuser de votre gentillesse, répondit-il en ouvrant la portière et en s'asseyant à côté d'elle. Je m'appelle Naji, mon ami m'a encouragé à visiter cette église mais après, il m'a oublié, hélas.

— En fait, c'est une chapelle, pas une église. Oh, désolée de vous avoir interrompu. En tout cas, votre ami a eu tout à fait raison de vous inciter à la visiter, car moi aussi je suis fascinée par sa beauté. Enchantée, monsieur Naji, je suis Pascale.

— C'est moi qui suis enchanté, madame Pascale. J'ai une question à vous poser : ceux qui vivent à Antibes ont-ils l'impression de vivre à l'écart du monde ? Moi en tout cas, depuis que je suis arrivé ici il y a quelques jours, je perçois tout au ralenti, les couleurs, les lumières. Ce que j'essaie de dire, c'est que la lumière m'a fait voir les couleurs comme elles sont réellement, oui, le vert, et aussi le bleu de la mer et du ciel. Même mon odorat s'est remis à fonctionner, il a retrouvé de sa vigueur. Je suis désolé de parler autant de moi.

— Oh non, ne soyez pas désolé, c'est une question importante ! Ceux qui vivent ici hiver comme été suivent les informations comme s'ils vivaient dans une grande ville ! En revanche ceux qui ne viennent que pour la détente et la relaxation, et plus encore l'été, se sentent véritablement en vacances. Je voudrais vous demander à mon tour : comment se fait-il que vous ayez l'accent du Sud de la France ?

— Ma mère est une Française du Sud, et mon père est syrien.

— Dieu du ciel, vous êtes venu ici depuis la Syrie ?

— Non, depuis Paris."

Il poussa un soupir et reprit :

"Je voudrais vous demander si vous connaissez des fleuristes ou des pépiniéristes, j'aimerais acheter cette plante à fleurs qu'on appelle « galant de nuit » : j'en ai humé l'odeur hier tandis que je marchais près du jardin d'une maison, son odeur est capiteuse, quelque chose entre le musc et le girofle. Je me suis retourné dans mon lit toute la nuit comme si j'avais bu une bouteille de vin entière !

— On doit pouvoir la trouver chez la plupart des fleuristes et des pépiniéristes."

Elle n'a pas l'air d'avoir compris que j'essaie de lui faire du charme, songea Naji.

Lorsqu'ils arrivèrent à Antibes, il lui demanda de s'arrêter à l'entrée d'une étroite ruelle, près de la gare routière, où elle ne pouvait pas pénétrer avec sa voiture. Il la remercia plus d'une fois, ouvrit la portière et, au moment où il allait poser le pied au sol, interrompit son geste pour se tourner entièrement vers elle, plein de timidité et d'embarras. Il lui demanda en bégayant s'il pouvait la recontacter, sachant qu'il n'oublierait jamais le service qu'elle lui avait rendu.

"J'accepte avec plaisir", répondit-elle.

Comme elle marquait un temps d'arrêt pour lui laisser le temps de sortir son portable, il lui sourit.

"Désolé, murmura-t-il, mais je ne possède pas de téléphone.

— Oh non, c'est moi qui aurais dû y penser – vous m'avez demandé tout à l'heure si je connaissais l'emplacement d'une cabine publique.

— Je sais que je ne suis pas en harmonie avec cette époque, mais je ne veux pas être l'esclave de ce petit objet qui essaie de me donner des ordres sans interruption : réveille-toi pour voir qui t'a appelé hier, rappelle la personne ou réponds-lui par message, quand bien même tu serais en train de marcher au milieu de la rue. Vous savez, madame Pascale, Albert avait vu juste lorsqu'il a dit avoir peur de la technologie, car c'est elle qui un jour contrôlera l'humanité et remplira le monde d'une génération d'abrutis. Oh, je suis désolé de parler comme ça sans interruption !

— Oh non, vos propos sont passionnants, mais qui est donc cet Albert ?

— Albert Einstein, c'est un ami à moi très connu !

— Oh, Einstein ! C'est que comme vous aviez juste dit Albert..."

Elle rit sans retenue, ce qui le persuada qu'il avait réussi à la charmer. Les choses se passaient ainsi chaque fois, au début elles tombaient en admiration devant lui, mais par la suite elles le fuyaient.

"Alors mon numéro est le..."

Comme elle n'avait rien pour noter, ni papier ni crayon, il apprit son numéro par cœur et le lui répéta.

"Bravo, c'est bien ça !" s'écria-t-elle.

Il attendit un peu avant de bifurquer, se demandant quel était donc ce péché impardonnable qu'elle avait bien pu commettre.

Il avait hâte de préparer leur rencontre du lendemain, celle où il ferait sa connaissance de plus près, où il pourrait s'assurer que le sourire qu'elle lui avait adressé aujourd'hui était sincère, que ce n'était pas de la simple politesse, et voir s'il serait capable de lui avouer son secret. Il faut dire que son impatience ainsi que l'envie qui le taraudait de savoir véritablement ce qu'il était advenu de Rica l'avaient transformé en bombe à retardement susceptible d'exploser à tout instant.

Il pressa le pas, ou peut-être était-ce la route qui le propulsait pour s'alléger de ses pas trop pesants. En pénétrant dans l'église, il se répéta en lui-même : Je te signale que tu n'es pas une église mais une chapelle. Il y avait là deux personnes âgées qui s'appuyaient l'une sur l'autre.

Il s'installa derrière la table, à la place où s'était assise Pascale, et se mit à tourner les pages du cahier noir une par une, cherchant son nom jusqu'à ce qu'il tombe dessus.

"Ma sainte, Je ne veux rien de vous sinon que vous vous portiez bien, là-haut dans les cieux, vous et votre enfant le Messie. Je sais que j'ai demandé et que je continue à vous demander beaucoup, voire l'impossible. Mais tout ce que je demande aujourd'hui c'est votre bonheur. Votre adoratrice, Pascale."

À côté de son message, elle avait dessiné la silhouette de la Vierge Marie portant l'Enfant, un long chapelet pendant de son poignet, tandis que les doigts délicats de l'Enfant tenaient un bouquet de roses.

Sur une autre page, Il découvrit qu'elle avait noté : "Me voilà, ma sainte, je vous écris le cœur chargé d'amour. Je vais tout vous dire, afin que vous m'insuffliez force et détermination et que vous m'accordiez votre pardon, mais pour l'heure, il y a quelqu'un qui attend derrière moi, et qui souhaite lui aussi vous appeler au secours. C'est un homme qui n'a aucune patience, il me presse sans faire preuve d'aucun tact, donnant nerveusement des coups au sol avec sa canne, et son haleine est terrible. À bientôt, ma sainte."

En parcourant le cahier à la recherche d'autres contributions de Pascale, il tomba sur celle d'une mère éplorée.

"Je vous supplie, Notre-Dame de Bon Port, de guider mon fils et d'apaiser son cœur pour qu'il arrête de me faire des reproches et de me considérer comme la principale cause l'ayant poussé à s'adonner à la drogue, après que je l'ai brûlé avec une cigarette quand il était enfant. Bon, je reconnais qu'il m'est arrivé à quelques reprises d'agir ainsi, pour qu'il arrête de grimper sur le lit afin de se jeter ensuite au sol, car je craignais pour lui qu'il ne se casse un bras ou une jambe."

Quoi ? Se pouvait-il que la mère éplorée en question soit sa propre maman, Yasmine ? À un détail près, se dit-il : ma mère ne fréquente pas les églises.

Il se remit à tourner les pages à la recherche d'une contribution de Pascale. En même temps, il était extrêmement curieux de découvrir les états d'âme des gens, il passait ainsi le cahier en revue tel un jardinier arpentant son terrain avec sa tondeuse électrique, ne s'interrompant que lorsqu'il tombait sur une pierre, auquel cas il prenait le temps de lire les mots rédigés par telle ou telle âme coupable qui implorait le pardon.

Il y avait ainsi ce père de famille plein de rancœur à l'égard des propriétaires d'une villa. Ceux-ci, désireux d'organiser une fête chez eux, avaient fait appel à une paysagiste florale pour leur organiser le décor. Celle-ci avait malencontreusement percuté le fils de cet homme, le tuant sur le coup. Malgré cela, ils avaient jugé bon de maintenir les festivités envers et contre tout, suscitant chez lui une pulsion de vengeance.

Il y avait aussi cette femme (ou cette jeune fille) qui avait rédigé sa missive dans une très belle écriture – on aurait dit l'écriture calligraphiée d'un faire-part de mariage : "Absous-moi, toi la dame des dames, la maîtresse de l'univers et des cieux, car j'ai pris l'habitude de cueillir des roses dans un jardin abandonné avec la conviction que ces roses appartiennent à tout le monde. Jusqu'au jour où ma grande sœur m'a alertée sur le fait que cette idée était inspirée de celles que prônent les socialistes et les communistes, qui sont athées et ne croient ni en Dieu ni en ses prophètes."

Il y avait également la bonne sœur qui avait versé de l'eau et du savon sur un plant de "galant de nuit". "Non ? Pas possible !" Il s'esclaffa face à cette coïncidence incroyable et poursuivit sa lecture, pour découvrir qu'elle avait versé de l'eau savonneuse sur le plant qui poussait dans le jardin voisin du couvent parce que son odeur agréable et enivrante lui faisait tourner la tête et menaçait de la faire tomber dans le piège de l'amour.

Il retrouva enfin Pascale : "C'est vrai, j'ai été malveillante et j'ai commis un péché impardonnable. Je vous promets que je n'hésiterai pas à vous faire part de tout ce qui m'arrivera. Priez pour moi que je tombe dans l'amour, que je rencontre un homme et que je l'épouse pour avoir avec lui une fille que j'appellerai Marie, ainsi qu'un garçon que j'appellerai Christian ; priez pour moi afin que ne s'interrompent j'aimais les allocations que je reçois de l'État – je n'ai que vous dans cette vie."

Il relut une autre de ses prières mais découvrit que celle relative à la poursuite des allocations versée par l'État émanait en réalité d'un jeune homme qui, découvrant des clés oubliées sur la serrure des toilettes publiques avait eu l'idée de fermer les portes à double tour. Ensuite, il avait surveillé la scène de loin pour le seul plaisir de s'esclaffer en voyant le désespoir sur le visage des hommes taraudés par une envie pressante, un désespoir tel que certains allaient même jusqu'à tenter d'arracher la porte. Toutefois il avait préféré se défaire définitivement des clés après avoir entendu l'un d'eux déclarer qu'il y avait des caméras partout et que les autorités ne manqueraient pas de démasquer celui qui se livrait à ce gag lourd et sadique.

Au détour des pages, il remarqua soudain des lignes écrites en arabe. Si elles n'avaient pas été écrites également en français à la suite, il n'aurait pas compris que le quémandeur demandait à son maître Jésus, le faiseur de miracles, de l'aider à ossifier son poignet brisé sans qu'il faille en passer par une opération chirurgicale : "Tendez donc votre main pour secourir la mienne blessée, et faites que votre cœur vienne en aide au mien. Votre fils, Joseph."

Ah, Joseph ! se prit à penser Naji, tu as bien fait de rédiger cette prière également en français, pour le cas où Jésus ne connaîtrait pas l'arabe !

"Je suis désolé, prunelle de mes yeux, avait écrit Pascale, je ne voulais pas vous tromper. Car oui, j'ai accepté d'accompagner mon amie auprès de Notre-Dame de Lourdes, non parce que j'aurais davantage foi en sainte Bernadette Soubirous que j'ai foi en vous, mais parce que j'ai voulu être à la place où vous-même lui êtes apparue lorsqu'elle a eu quatorze ans et que vous vous êtes adressée à elle. De fait, j'ai senti que mon âme volait tant je me sentais heureuse, rassérénée et emplie de foi. Votre enfant qui continue de voler tellement elle est en amour de vous, Pascale."

La page était remplie de cœurs rouges et bleus dessinés entre les lignes. À la page suivante, il lut une prière rédigée par une femme :

"Je n'arrive pas à croire tout le soutien que vous m'avez prodigué dans mon épreuve de santé, vous avez même contribué à ma guérison malgré le fait que j'aie été menteuse et hypocrite envers mon mari, puisque je lui ai fait croire que je rendais visite à ma sœur installée dans une autre ville pour la convaincre de ne pas divorcer de son mari ; je me suis ainsi posée en colombe de la paix quand la vérité était que je partais me faire hospitaliser pour soigner une tumeur cancéreuse au sein. J'ai caché la vérité à mon mari de peur qu'en l'apprenant, il ne me trouve plus aussi attirante, voire qu'il n'ait plus pour moi que de la pitié."

Naji reposa le cahier après avoir lu des lignes d'une autre prière, et s'empressa d'aller retrouver le tableau exposé dans l'église où étaient représentés un chien, un homme et un chemisier de femme jeté au sol. Il finit par le trouver enfin : on y voyait un homme à l'allure élégante, avec de beaux cheveux ondulés, qui s'arcboutait tant bien que mal pour se défendre contre un chien qui tenait entre ses crocs effrayants une boîte de laquelle était tombé un chemisier déchiré, couleur pistache. Dans le coin supérieur du tableau, on voyait la sainte, avec sa tiare d'apparat, elle observait l'homme tout en priant Dieu, les yeux emplis d'affection, de le sauver de l'assaut du chien enragé.

Ce tableau était l'œuvre d'une femme qui avait présenté ses excuses à la sainte pour avoir voulu le récupérer, alors qu'elle l'avait donné en offrande à la chapelle quinze ans plus tôt. Par ce don, elle entendait à l'époque remercier la sainte d'être intervenue pour sauver son fiancé, que le chien menaçait de mordre, en inspirant au jeune homme de jeter au sol la boîte qu'il s'apprêtait à lui offrir à l'occasion de leurs fiançailles. Quelques mois après, ils s'étaient mariés dans cette même chapelle et avaient donné naissance à des enfants. Ensuite, les affaires de son mari avaient prospéré, de sorte que leur vie avait baigné de longues années durant dans un bonheur infini. Jusqu'au jour où elle avait découvert qu'il avait une maîtresse depuis plusieurs années. Accablée, elle avait envisagé un temps de récupérer son tableau désormais associé à un mauvais souvenir, mais avait finalement changé d'avis et présenté ses excuses à la sainte dans les termes suivants :

"Ma chère sainte, je vous dédie tout mon amour et toute ma reconnaissance, et vous demande de m'absoudre, espérant que vous me pardonnerez ma faute – d'avoir seulement songé à récupérer ce tableau pour le lacérer. Comment pourrais-je faire une chose pareille alors qu'il porte en lui votre image, laquelle y est gravée au même titre qu'un tatouage serait gravé sur ma main, depuis que je vous y ai peinte. Absolvez-moi car j'ai fait preuve d'un égoïsme détestable et d'un individualisme extrême, ignorant par là la mansuétude et le secours que vous m'avez témoignés à l'époque, toujours et à jamais."

L'image de Rica revint aux yeux de Naji, frappant son cerveau et son cœur tandis qu'il lisait les lignes rédigées par une nourrice qui, originaire d'Afrique, se faisait surnommer "La Nuit" tandis que la petite fille française dont elle s'occupait était appelée par elle "Le Jour".

"Je ne sais pas, ma chère sainte, pourquoi la nuit doit se mettre au service du jour. Dans mon pays je servais les Français, et lorsque je suis venue en France, je me suis retrouvée à devoir encore et toujours servir les Français. Est-ce parce que l'Afrique est noire et que moi je suis noire et que la France est blanche et que ceux que je sers sont blancs ? Je sais que jamais au cours de ma vie ou celle de mes enfants et même de mes petits-enfants, le jour ne servira la nuit. Où est la justice, où est l'égalité, est-ce qu'on n'est pas, tous autant qu'on est, enfants de Dieu ?"

Naji se surprit à s'exclamer : "Moi, ma mère sert aussi bien le jour que la nuit !"

Rica, mon cousin, est libanais et africain, et ma mère, qui est blanche, sert aussi bien la nuit que le jour. Moi qui suis côté jour, j'essayais d'instiller la peur tant dans son côté nuit que dans son côté jour en lui faisant connaître ces pâtisseries libanaises qui consistent en têtes de Noirs africains présentées dans des papiers scintillants de toutes les couleurs.

Je les caressais des doigts quand je voulais me montrer sensible, aimable et bienveillant, ou au contraire croquais dedans férocement quand je voulais me montrer cruel, égoïste et sadique. J'en proposais à Rica et, décidé à me montrer impitoyable, j'attendais qu'il ait croqué dedans et qu'il ait léché la crème pâtissière qui avait débordé sur sa bouche pour lui crier : "Rica mon bon ami, vas-y doucement, c'est une tête d'esclave que t'es en train de manger, autrement dit la tête de ta mère, de ta grand-mère et de tous tes proches petits et grands." Après cela, Rica passait la soirée et la journée à manger d'autres têtes sans se soucier de mes mises en garde, au contraire il riait sans discontinuer.

Je courais jusqu'à la cuisine et lui rapportais de l'évier une de ces éponges à gratter qu'on utilise pour frotter les casseroles et les faire briller. Je lui montrais la dénomination inscrite dessus : "éponge d'esclave".

Il détournait le regard par dégoût plus que par colère, car les petits filaments entremêlés de l'éponge d'esclave avaient attrapé des restes de nourriture et les retenaient dans leurs rets depuis des jours, voire des semaines.

Naji se leva et se tapa la main sur le front. Il pressa le pas jusqu'aux cierges allumés et tendit la main au-dessus de la flamme ; dès qu'il eut ressenti la brûlure, il poussa un cri, comme les enfants : "Maman, au secours !" Il ne savait pas si c'était à cause du cachet qu'il avait pris, mais l'église paraissait soudain déborder de vie après avoir été comme de l'eau qui dort, sans un bruit ni un mouvement. Peut-être l'épée apposée au mur, même si elle n'avait coupé aucune tête ni embroché aucun ventre, avait-elle réussi à jeter l'effroi dans le cœur des hommes, tout comme ces médailles exposées qui portaient la date de 1800.

Ce devait être la femme du commandant ou bien sa fille qui en avait fait cadeau à la chapelle, non pas pour entretenir le souvenir de leur mari ou père, mais probablement pour ne pas penser à la tristesse des morts et à la misère des guerres.

Le cerveau de Naji était tellement survolté que lui-même en était terrifié. Il tentait de le tranquilliser, mais ses pensées se succédaient au sujet du mystère de la disparition de Rica. Demain, tu sauras tout, se dit-il, essayant de procurer un peu d'apaisement à son âme tourmentée, mais cela n'aboutit qu'à le faire éclater en sanglots. Il se prit la tête entre les mains tout en remarquant les taches de rouille laissées par l'humidité entre les lignes des prières dans le cahier noir. C'était l'impact des coups assenés à l'âme des personnes qui les avaient rédigées. Mais quand on y pensait, est-ce que ces âmes n'étaient pas libres en fin de compte, elles qui avaient vécu et vivaient encore chez elles, en dépit de leurs fautes et de la souffrance endurée par leur conscience inquiète ?

Peut-être fallait-il qu'il rédige une prière lui aussi pour lancer un appel au secours ou faire une confession. Cependant, il ne savait pas ce qu'il devait demander dans cette prière, car à tout péché, il existait un remède : la confession, la prière, la dévotion, les pleurs. Il avait bel et bien commis un crime en donnant à Rica un cachet qui lui avait fait perdre l'équilibre et l'avait propulsé par-dessus la nacelle dans le vide. Il écrivit précipitamment dans le cahier noir : "Je voudrais, chère sainte, que vous ayez pitié de Rica, car il redoute la terre et les vers qui l'infestent, les soupçonnant de vouloir le dévorer. Je voudrais aussi que vous me chassiez de votre chapelle demain matin afin que je vive comme un rat entre les détritus et les ordures."

Il n'allait plus chercher Pascale entre les pages, il n'allait plus se divertir à la lecture de ce qu'avaient écrit les autres, ceux et celles qui se jetaient aux pieds des saints pour demander pardon et miséricorde, afin que leur conscience soit libérée de la culpabilité et qu'ils puissent fermer leurs yeux et leur cerveau dans l'obscurité de la nuit.

Redoutaient-ils le calvaire de l'au-delà ? Ainsi donc ils auraient foi dans le paradis et l'enfer, et malgré cela auraient trompé et volé ? Peut-être est-ce que, parvenu à un certain âge, l'humain abandonne cette illusion que la vie l'a emmené non point là où elle le voulait, mais là où il le voulait lui. Si ce n'est qu'en vérité, lui ne savait pas ce qu'il voulait. Soit parce qu'il avait voulu vivre l'instant présent en sachant que celui-ci allait disparaître qu'il le veuille ou non, soit parce que la vie n'avait pas disparu et qu'au contraire elle attendait de venir le mordre avec toute la férocité dont elle était capable.

Dans ces conditions, il lui fallait tendre humblement la main pour demander pardon, reconnaître ses fautes et prier pour qu'on l'en absolve plutôt qu'essayer de se défendre comme faisaient la plupart des contributeurs du fameux cahier noir. Car après tout l'être humain ne changeait pas, il restait le même quelles que soient les circonstances, et aussi profondément que la vie l'ait transformé.

Naji songea à s'envoyer un message électronique à lui-même, et se mit à tapoter sa cuisse, réfléchissant au texte : “Depuis mon enfance, je n'aime pas cette vie. Je n'ai pas aimé devoir aller à l'école comme tous les enfants de mon âge, ni devoir me battre chaque année pour passer dans la classe supérieure, jusqu'à ce que j'entre à l'université et y tombe amoureux, puis que j'obtienne mon diplôme et tombe de nouveau amoureux, que je décroche un emploi, que je me marie et aie des enfants, que je passe ma vie avec mon épouse ou bien me sépare d'elle, que je la répudie ou bien qu'elle me quitte et divorce. Moi, Naji, je me suis révolté contre cette vie qui s'annonçait être ma vie sans qu'à aucun moment j'aie mon mot à dire ni qu'on me demande si je voulais naître et vivre ainsi.

“Après notre déménagement pour venir nous installer dans la cité, j'ai commencé à voir combien mon existence ressemblait à celle des autres familles résidant dans les appartements autour de moi et que j'observais en train de manger et de faire l'amour. Je redoutais de les voir s'asseoir, particulièrement devant ces écrans de télévision que je voyais de loin diffuser leurs images en silence, raison pour laquelle j'avais décrété qu'ils étaient ennuyeux, ennuyeux comme la vie.

“C'est ainsi que je me suis mis à ne plus sortir de ma chambre, c'est elle qui désormais était ma compagne et partageait ma vie, dialoguant avec moi. Depuis l'abri de ce cocon, je m'étais convaincu que ma décision de claquer la porte de tous les emplois que j'avais occupés était une décision pleine de sagesse, et que, ma foi, je n'étais pas dépourvu d'intelligence. Peut-être même était-ce mon intelligence qui m'avait poussé à vivre dans ma chambre où régnait la tranquillité que je convoitais et chérissais, désireux de voir la sérénité régner sans limite sur mon cœur et sur mon âme. Je pourrais ainsi chanter, écrire, pleurer, penser, rire, et vivre comme bon me semblait, m'envoler dans les hauteurs : j'étais porté par l'affection et le bonheur que j'éprouvais tant à l'intérieur de ma chambre qu'au-dehors.

"Le psychologue m'avait dit que le fait que mon père nous ait abandonnés, ma mère et moi, avait fait de nous deux amandes sur lesquelles les fourmis avaient rampé, se délectant de leur cœur, tout comme notre exil et notre déracinement du Liban pour partir vers un autre pays, vers une autre langue, vers la France tout particulièrement, nous avaient profondément changés. À cela, je lui avais répondu qu'on était encore nous-mêmes, mais seulement juchés sur une balançoire qui oscillait au gré des circonstances."

Naji ne trouvait pas l'apaisement requis pour pouvoir basculer dans le sommeil. Il aurait voulu que cette longue nuit s'écoule rapidement afin que l'aube survienne, puis le matin. Ainsi il pourrait se dépêcher d'aller retrouver Pascale pour que celle-ci l'emmène à son tour jusqu'à Rica, où qu'il soit. Et Maggie, où était-elle ? Hein, où était-elle ?

Cela a-t-il seulement du sens, se disait-il, que ce soit un petit appareil grand comme la paume de la main qui décide soit de me connecter à elle, soit de m'en séparer ?

Nul doute qu'elle a dû frapper à la porte de mon appartement et m'appeler, et que ces vaines tentatives l'ont énervée au point qu'elle a décidé de me haïr. Il prit un demi-cachet, et aussitôt celui-ci le prit dans ses bras et le serra fort dans son étreinte. Naji lui sourit – et le cachet lui rendit son sourire – et le rassura sur le fait qu'il ne le laisserait pas longtemps seul : dès le lendemain, il lui ramènerait ses frères et sœurs.

Il fallait qu'il tienne sa promesse et qu'il rapporte davantage de cachets, sinon son cerveau allait l'obliger à démonter le ventilateur suspendu au plafond, ou bien à descendre la boîte en verre abritant le modèle réduit en acier d'un navire, ou bien à taillader les fils électriques présents à l'intérieur du climatiseur. À défaut de s'absorber dans ces tâches, son cerveau l'amènerait à croire que ces deux pigeons debout sur les fils électriques au-dehors l'espionnaient, et que la voiture garée sur l'une des terrasses le surveillait.

Il fallait qu'il s'éloigne d'ici en pensée, et qu'il concentre son attention sur un autre lieu ou sur d'autres préoccupations. Il s'y employa activement mais sans résultat. Son cerveau le ramenait toujours au doute, au désarroi et à l'angoisse, exactement comme un chat qui aurait essayé en vain de se débarrasser d'un de ses petits. À Beyrouth, en voyant une chatte vagabonde courir à la suite des gamins du quartier, Naji avait eu pitié d'elle et l'avait portée jusqu'à la maison. Mais le tapis persan l'avait rendue folle et elle l'avait griffé sans relâche jusqu'à ce que Yasmine décide de se débarrasser d'elle, la donnant à l'une de ses amies. Cependant, elle n'était pas plus tôt rentrée chez elle qu'elle y avait trouvé la chatte qui l'attendait à la porte de l'immeuble.

“Je suis la Yasmine nouvelle, la pasionaria de la liberté. Je cherche un appartement à louer bon marché pour y loger Naji et Rica – j’ai l’intention de réduire progressivement l’aide financière que je leur accorde.”

Elle s’installa dans un café et se mit à chercher sur Google des appartements pas chers qui soient éloignés de la cité. Ensuite, elle enregistra une note vocale pour son frère, dans laquelle elle le pressait d’aider matériellement son fils pour qu’il puisse aller vivre avec Naji dans l’appartement qu’ils prendraient tous les deux ; elle conclut son message par une blague : “Tu vois, comme ça mon fils et le tien seront comme deux pépins de melon, indissociables, tandis que moi je resterai solitaire comme un pépin de pastèque.”

Presque en même temps lui parvint un message vocal de Naji. Mon Dieu, quelle incroyable coïncidence ! Le sixième sens qu’elle avait développé fonctionnait jour et nuit, nul doute que son fils avait deviné qu’elle s’employait à le mettre à l’écart de sa vie quotidienne et à prendre son indépendance vis-à-vis de lui et de Rica, sans doute était-ce pour cela qu’il l’avait contactée.

Peu désireuse d’entendre sa voix, elle se commanda plutôt une glace appétissante, qu’elle dégusta avec délectation. Elle songea au vieil homme qu'elle avait vu dans cet hospice décrépit de Beyrouth, qui ne pouvait s'empêcher de crier toute la journée : "Oh les gens, venez tous manger avec moi de la *semsemeyya*, moi je veux continuer à vivre malgré la guerre et les bombardements, mais voyez-vous cette douceur de caramel fondant, elle me tue, je ne peux y résister, goûtez-moi ce beurre, ce sucre, ce miel et cette crème, tous ces ingrédients célébrant le sésame ! Pour votre gouverne, sachez que, moi, je n'aime ni l'argent, ni la viande, ni jouer aux cartes, ni fumer le narguilé, ni les Katioucha, ni les missiles Hawn, ni les tanks ni les kalachnikovs. Tout ce qui m'importe, c'est de pouvoir manger ma *semsemeyya*."

Et quant à moi, Yasmine, tout ce qui m'importe, c'est de pouvoir manger ma glace.

Nouveau message vocal de Naji, suivi d'un troisième puis d'un quatrième. Elle n'en ouvrirait aucun, de peur que la lave des volcans ne se déverse sur elle et ne l'emporte en balayant tout sur son passage. Elle avait songé à se rendre à Menton en autocar, mais changea d'avis aussitôt, car les endroits se valaient tous dans le moment présent. Ce n'était pas seulement qu'elle était préoccupée, non, c'était plutôt que sa réflexion était complètement prise en otage. La seule chose qui pouvait la libérer, c'était d'entendre la phrase suivante : "Maman Yasmine, je vais déménager pour aller habiter seul avec Rica, j'ai ma vie et toi tu as la tienne."

Ses pensées avaient été kidnappées, et elles ne seraient pas libérées tant qu'elle ne s'en serait pas remise à un centre de désintoxication, qui soignerait Naji pour qu'il arrête d'avaler ses cachets, à un psychologue, qui testerait sous sa propre responsabilité les méthodes susceptibles de le faire décrocher, enfin à la Providence, qui saurait la secourir elle.

Elle se remémora ce qui était arrivé lorsque la maîtresse de Naji lui avait proposé de l'emmener chez le psychologue, au vu d'une dissertation rédigée alors qu'il avait quatorze ans. "Ainsi donc, avait écrit Naji, contrairement à ce que nous avons lu, les hirondelles mangent non seulement les œufs pondus par les autres oiseaux, mais aussi de petits poussins juste nés. Il est donc grand temps que l'homme s'autorise à manger ses congénères si les circonstances l'imposent. Ce qui m'amène à me demander : quel est dans le corps de l'homme l'organe ou le membre le plus appétissant ?"

"De mon côté, poursuivait Naji dans une autre de ses rédactions, je ne sais pas qui je suis. Je ne me comprends pas moi-même parce que le moi qui m'habite n'est pas un. Je pensais qu'il était toujours au Liban, évoluant au milieu de son environnement sonore familier, mangeant sa nourriture familière, contemplant ses paysages familiers, humant ses odeurs familières. J'ai essayé d'apprendre à rester moi-même après avoir déménagé en France, mais j'ai échoué… Pour quelle raison ? Est-ce parce que la France ne veut ni que je reste comme je suis, ni que je change pour m'adapter à elle car cela irait contre son souci de la liberté individuelle, ou est-ce plutôt mon moi qui refuse de vivre entre deux mondes ?

"Même quand j'essayais de me convaincre moi-même – Eh, Naji, tu es bel et bien ici, en France ! –, je me retrouvais transporté en pensée jusqu'à mon école à Beyrouth, jusqu'à la robe de ma mère, celle que j'avais l'habitude de la voir porter là-bas. Toutefois, avant même que j'aie eu le temps de trouver une compagnie dans leur présence, les souvenirs avaient tous disparu."

Naji avait donc vu un psychologue durant deux mois. À la fin de sa dernière visite, il était sorti du cabinet du médecin hilare. Une fois dans l'ascenseur, il s'était écrié : "Maman, il me fait vraiment de la peine, ce psy, avec sa manière de prendre les choses tellement à cœur et d'accorder de l'importance au moindre détail. En voyant ça, j'ai commencé à lui raconter n'importe quoi, je lui ai menti, je lui ai dit tout et son contraire, et lui hochait la tête en prenant des notes dans son carnet."

À la vue des restes de glace dans l'assiette, Yasmine ressentit un accablement soudain, et se dépêcha de quitter les lieux, elle voulait échapper à elle-même car ce spectacle l'avait ramenée à son fils. C'est alors qu'elle entendit des notes de piano, dont l'air était à la fois étranger et proche à son cœur. Lorsque la voix du chanteur s'éleva au-dessus des notes, elle découvrit avec stupeur qu'il était arabe. Était-ce possible ? Tant la voix que les sonorités étaient différentes des chansons qu'elle avait eu l'habitude d'écouter tout au long de sa vie, elles étaient dépourvues de trilles ou de lamentations. Aussitôt, elle s'agrippa à la voix et aux percussions du clavier, tel un chien qui, ayant humé un fumet de nourriture, se jette dessus pour le dévorer comme si sa vie en dépendait.

La musique émanait d'un kiosque de vente de sandwiches aux falafels. Elle se plaça dans la courte file d'attente, écoutant la chanson qui couvrait entièrement le vacarme des voitures, les rires, les voix des promeneurs. La chanson la transporta à Beyrouth, à son ancien quartier, à ses anciennes amours, aux terrasses des maisons, aux voisins et à leurs histoires. Lorsque son tour fut arrivé, elle fit savoir au jeune vendeur qu'elle n'avait pas faim et qu'elle s'était mise dans la queue uniquement pour la chanson, mais qu'elle allait tout de même lui prendre un sandwich.

Le vendeur insista pour qu'elle goûte d'abord ses falafels pour voir s'ils lui convenaient, et lui en offrit un. Elle lui demanda de qui était cette chanson qu'il avait passée : "C'est Faraj Suleiman, répondit-il, il vient de Palestine mais il est maintenant connu dans le monde entier, il vit à Paris. Tiens, donne-moi donc ton numéro de téléphone je t'enverrai la chanson et comme ça, tu pourras l'écouter tranquillement."

Elle alla sur la plage et, après avoir enlevé ses chaussures pour fouler le sable de ses pieds nus, partit s'installer dans un coin à l'écart. La chanson avait réveillé sa fibre arabe, elle la poussa à repartir rapidement vers son hôtel, vers le balcon de sa chambre où elle pourrait faire connaissance dans l'obscurité de la nuit avec Faraj Suleiman, avec sa veste de survêtement et sa manière bien à lui de jouer sans partition. Elle observa attentivement son pouls qui battait à une veine de son cou, son coude qui ressemblait à celui d'un adolescent. Il était penché sur le piano comme s'il tentait de réanimer une enfant endormie, avec un mélange de grâce et de tristesse. Son cerveau semblait habiter ses doigts lorsqu'il les abattait sur les touches du piano. Il inclinait le torse avec légèreté et douceur. Elle écouta cette chanson-là, puis une deuxième puis une troisième, elle ressentait chaque mot, chaque mélodie.

Les chansons la transportaient vers les questions existentielles et tout ce qu'elles charriaient de sérénité, de désespoir et de pureté, et puis vers le souvenir des récits qu'elle avait entendus ou des gens qu'elle avait connus, souvenir qui s'était gravé dans sa mémoire et dans son cœur, et aussi vers les histoires d'amour de sa jeunesse beyrouthine, quand les regards des voisins la poursuivaient pour le meilleur ou pour le pire, vers un voisin en particulier : plutôt petit de taille, il avait épousé une femme bien plus grande, qui lui faisait goûter à toutes les formes de supplice, mais il s'y soumettait de bon gré, le bonheur visible sur son visage tandis qu'il lui cirait ses chaussures.

Yasmine se leva pour danser au rythme de la musique de jazz. Elle flottait comme une djinna et les paroles de la chanson l'emmenaient jusqu'à "une petite ruelle de Haïfa où chaque garçon rêvait d'élever un chien, où la soif grillait du poisson sur le brasier de la musique, où chaque caisse de bois contenait un jouet déglingué, un portrait de Don Quichotte chevauchant une mouche, la véranda plus proche de la véranda qu'une lèvre d'une autre lèvre, et au bout de la nuit mon cœur enfourche la bicyclette de l'imagination*".

Le cœur de Yasmine avait à présent décollé dans un avion de papier qui l'emportait depuis la France jusqu'à Beyrouth afin qu'elle parachève cette vie qu'elle avait commencée là-bas, avec ses immeubles, ses rues, ses voisins. Si j'avais été à Beyrouth en ce moment, se demandait-elle, est-ce que j'aurais été heureuse de voir ses immeubles, ses rues, ses impasses et ses voisins d'aujourd'hui ? Je ne le pense pas, car ma vie passée s'est gravée en moi plus que je ne l'imagine. La maison de

---

* Paragraphe composé de paroles de chansons du musicien palestinien Faraj Suleiman.

mon enfance vit dans mes souvenirs bien qu'elle ait été démolie, et j'ai gardé en moi les mosaïques qui couvraient le sol de ma chambre à coucher. Même les voisins d'alors reviennent vivre avec moi dès que je pense à eux, y compris ceux que la mort a rattrapés. Il semblerait que ce soit l'écoulement du temps, la vie qui passe et la transformation de notre existence avec l'âge que nous prenons qui nous séparent de ce que nous étions, non l'éloignement géographique.

Peut-être était-ce pour cela du reste que Yasmine trouvait la nostalgie plus belle que la vie. La nostalgie était capable de la transporter vers tout endroit auquel elle aspirait sans qu'elle ait besoin de partir d'un aéroport, de se munir d'un passeport ou de planifier le voyage à l'avance. La nostalgie n'imposait ni conditions ni limites. Elle n'arriverait plus à trouver le sommeil à présent. Ohé, toi le vendeur de barbes à papa qui voulait jouer au papa et à la maman avec ma jolie tante, je te souhaite bonne nuit. Ohé, toi qui, un été, es resté assis deux jours de suite sous ma fenêtre, je te souhaite bonne nuit – à moins que tu veuilles que mon père se saisisse de sa canne et te coure après encore une fois ! Ohé, Rami, je te souhaite une bonne nuit, tu aurais dû avoir le courage de m'intégrer véritablement à votre vie, et non me laisser comme ça à la marge. Ohé, habitants de Beyrouth, je vous souhaite à tous une bonne nuit. Ohé, Faraj Suleiman, je te souhaite une bonne nuit, mais avant de fermer les yeux, je veux juste que tu me fasses une promesse : celle de me communiquer la date de ton prochain concert afin que j'y aille en volant, quand bien même il aurait lieu sur Mars.

Naji redescendit jusqu'au parc, désireux de ressusciter son téléphone portable. Après une fouille minutieuse, il finit par l'apercevoir gisant dans sa tombe, mais au moment de l'en extraire, il fut pris d'un tremblement et s'empressa de le remettre dans la fosse et de le couvrir de terre. Son téléphone lui évoquait la mort.

Tous les êtres proches semblaient être devenus étrangers à sa vie, Rica en premier lieu, ensuite Maggie et puis sa mère. Il se mit à pleurer. Sans doute Maggie l'avait-elle appelé, et le fait qu'il ne réponde pas à ses appels – et pour cause, son téléphone était à deux pieds sous terre – avait dû la rendre folle. Il lui revint en mémoire que ces pensées l'avaient déjà traversé, d'ailleurs il avait essayé de l'appeler depuis un autre numéro, alors si elle avait vraiment eu de l'affection pour lui, elle ne l'aurait pas laissé seul face à cette tonalité de ligne occupée. Elle l'aurait écouté vider son sac de tout ce qu'il avait à dire, quand bien même elle estimerait que ses raisons étaient de purs prétextes, fruits de son imagination débridée.

Il se rendit à Antibes. Il était devenu tout entier un point d'interrogation… Est-ce que je n'entrerais pas dans cette épicerie ? Ou cette teinturerie ? Ou cette confiserie ? Ou bien ce garage automobile ? Ou cette pizzeria ? Ou chez ce coiffeur pour hommes ? Ou ce fleuriste ?

Son esprit marchait devant lui, passant en revue les entrées des boutiques. Il finit par s'arrêter devant une boucherie. Le mot "halal" inscrit sur la façade en français et en arabe l'incita à entrer pour s'entretenir avec le boucher, qu'il salua dans son arabe cabossé. L'homme lui répondit en bégayant. Ils éclatèrent de rire tous les deux avant de poursuivre la discussion en français.

"Pourrais-je utiliser votre téléphone pour appeler un numéro français ? demanda Naji au boucher en lui tendant un billet de cinq euros. J'ai oublié mon portable à la maison."

Dès qu'elle eut décroché, il commença :

"Pascale, bonjour, c'est Naji, vous vous souvenez, vous m'avez accompagné hier à Antibes. Pourrait-on se revoir aujourd'hui ?

— Oh Naji, comme je suis heureuse d'entendre votre voix ! Alors, avez-vous réussi à acheter le galant de nuit ?

— Je me suis rappelé hier qu'en arabe, on l'appelle *malikat al-leil* – « reine de la nuit ». Ainsi donc le chevalier de la nuit va rencontrer la reine de la nuit ! Peut-être devrions-nous aller l'acheter ensemble… Est-ce qu'on pourrait se retrouver vers treize heures à Antibes ?

— Je préférerais vers midi car je commence mon travail à quinze heures.

— C'est d'accord, midi donc.

— Connaissez-vous Le Pralin, sur le boulevard Albert-Ier. Est-ce qu'on peut se donner rendez-vous là-bas ?

— Oh oui, je trouverai. À tout à l'heure."

On lui indiqua l'établissement, c'était un salon de thé assez chic qui exhalait dès l'entrée une bonne odeur de café, dont il s'imprégna les narines. Une fois qu'il eut franchi la porte, les rayonnages encombrés de boîtes de café, de thé et de chocolat le guidèrent jusqu'à une petite salle qui abritait quelques tables.

Pascale entra en coup de vent, cette brusquerie contrastant avec la sérénité que dégageait sa robe d'un vert végétal. Il supplia ses vêtements de figer son odeur de transpiration et de l'emprisonner en eux.

"C'est un très bel endroit, et quelle bonne odeur ! commença-t-il.

— Je suis heureuse que ça vous plaise. En fait, il a la réputation d'être plutôt fréquenté par les femmes."

Ses yeux bleus surmontés d'un nuage de mauve et son visage d'une blancheur éclatante lui évoquèrent un oiseau bleu glissant sur la glace.

Lui qui avait l'habitude de parler avec les yeux, il se demandait ce qui se nichait derrière ces regards, et derrière ces allusions qui s'échangeaient lors du premier rendez-vous entre un homme et une femme. Ce regard de femme : morsure de serpent ou douceur de miel ? Et ce regard d'homme : renard jouant de ruse pour attirer la femme dans son lit ? Et encore : que veulent-ils tous deux l'un de l'autre si ce n'est dissiper leur solitude ? En l'occurrence, Naji savait très bien ce qu'il voulait d'elle.

"Me permettrez-vous de vous dire à quel point la couleur de votre robe s'harmonise avec celle de vos yeux ? D'ailleurs, sont-ils bleus ou mauves ?"

Il poussa un long soupir qui s'accordait bien avec son sourire à elle, pencha la tête et la secoua sans mot dire. Même lorsque la serveuse revint avec le café et le biscuit commandés par lui ainsi que la tarte au citron et le thé commandés par Pascale, il demeura égaré, regardant tout autour de lui sans rien voir.

“Vous ne buvez pas votre café. Aimeriez-vous goûter la tarte au citron ? Elle est délicieuse.

— Je vous prie de m'excuser, mais les nouvelles en provenance de Syrie sont douloureuses, extrêmement douloureuses.

— Oh, je suis désolée, infiniment désolée ! Votre famille ?

— Non, il ne s'agit pas de ma famille, c'est plutôt qu'avec mon empressement à quitter la Syrie, j'ai fait preuve d'extrême égoïsme. Mais ce qui m'a vraiment décidé, c'est une autre histoire, la vision de ce monceau de draps blancs maculés de sang, que quelqu'un avait jetés depuis un camion à la porte de l'hôpital où je travaillais, au service de radiologie. En défaisant le tas de tissus, ils ont poussé des hurlements, c'étaient des enfants et des adolescents, certains morts, d'autres vivants, leurs mains avaient été attachées et les reins avaient été prélevés pour le trafic d'organes. Aujourd'hui j'ai eu ma sœur au téléphone en Syrie, elle m'a dit que le même crime s'était produit de nouveau.”

Il se leva brusquement comme s'il craignait de laisser filer devant elle une larme ou deux et s'excusa, soucieux de s'assurer dans le miroir des lavabos que son œil de verre était bien à sa place. Il en profita pour utiliser les toilettes, puis retourna auprès d'elle. Il la trouva toujours aussi avenante : “Voulez-vous que je vous emmène chez des fleuristes ou des pépiniéristes ? Nous pourrions aussi visiter le musée Picasso, je sais que cela ne vous fera pas oublier vos tourments, mais peut-être que…”

Il l'interrompit : "Je suis désolé, Pascale, vraiment désolé mais parfois je ne peux pas contrôler mes émotions en dépit de tous mes efforts." Il se prit la tête entre les mains, arborant un visage tremblant et triste, puis se leva pour effectuer quelques pas avant de revenir jusqu'à elle. L'inquiétude qui se lisait sur le visage de la jeune femme lui donna à penser que l'aboutissement était proche.

Pascale tendit la main et la posa sur la sienne dans un geste tout de délicatesse. C'était pourtant avec cette main douce qu'elle avait rédigé la confession du péché horrible qu'elle avait commis.

"Ne voudriez-vous pas, chère Pascale, que nous allions à l'église ? La foi dans la force divine et dans l'humanité est tout ce dont nous avons besoin !

— C'est une merveilleuse idée."

Cette fois, elle ne l'emmena pas à la fameuse chapelle, mais à la cathédrale Notre-Dame-de-l'Immaculée-Conception, qui se trouvait face à un marché populaire. On y proposait légumes, viandes, fromages, fleurs et pâtisseries, comme elle le lui expliqua tandis qu'ils observaient les vendeurs, toutefois ceux-ci étaient en train de remballer leurs chariots et leurs marchandises.

"Quel dommage, je voulais que vous découvriez ce marché et que vous y achetiez votre « reine de la nuit » !"

Pour sa part, il était soulagé car il n'avait aucune envie d'acheter quoi que ce soit.

La cathédrale était spacieuse et ample. Pascale se rendit vivement jusqu'à l'autel et s'agenouilla devant. Après qu'elle eut passé un temps dans cet état de dévotion, il se retrouva à deux doigts de lui dire qu'elle l'avait oublié, lui et son problème. N'est-ce pas plutôt moi, celui qui est endolori ici ? N'est-ce pas plutôt moi qui ai besoin de prières et d'invocations ?

Il se dirigea vers le coin où se trouvaient des cierges déjà allumés et d'autres en attente, il se mit à compter ceux qui étaient sur le point de s'éteindre. Aussitôt qu'il l'aperçut qui venait à sa rencontre, il lui annonça qu'il avait allumé dix cierges pour les enfants de Syrie, et un pour elle également.

Ils parcoururent les ruelles en direction de sa voiture, qu'elle avait garée près de la mer.

Les vieilles murailles, le bruit de la mer, les chansons qui s'échappaient des voitures qui roulaient près d'eux, les éclats de rire des passants qui déambulaient lentement, tout cela lui rappelait l'univers dont il s'était éloigné, aussi entonna-t-il un morceau de rap :

Les petits ont jubilé en voyant les adultes qui venaient à eux munis de cordages,
Ils étaient impatients de sauter à la corde
Tous ensemble – maman, papa, grand-père, grand-mère, tonton, tata – se sont mis à chanter
Regardez-nous ! On va jouer au saut à la corde
Apparemment il y avait une trêve dans les combats.
Les enfants ont jubilé lorsque les adultes ont commencé à disposer les cordes.
Tout en répétant à portée de leurs oreilles : Allez les enfants, allez les petits cœurs,
Allez, les petits gâteaux au sésame et au sucre vous arriveront d'ici un moment ou deux,
Allez, la barbe à papa et le sucre candi vous arriveront d'ici deux moments ou trois,
Là-dessus, ils ont entrepris d'entraver les mains des enfants

Et ils ont également entravé les pieds des enfants
Pendant ce temps les enfants criaient et tremblaient
Jusqu'à ce que des mains viennent s'appliquer sur leurs bouches
Tous se sont alors transformés en pantins endormis
Des instants de silence ont suivi.

Pascale lui saisit la main.

"Ce que la vie peut être cruelle ! s'exclama-t-elle. Vous avez une voix si affectueuse et si tendre, vous êtes aussi un poète.

— Désolé, Pascale, c'est ma manière de surmonter la terreur, particulièrement quand je ne peux rien faire pour arrêter ces crimes."

Sa poitrine tressaillit.

"Verriez-vous un inconvénient à ce que je vous enregistre ?

— Je n'arriverais pas à être spontané, et puis j'aurais peur de pleurer.

— Oh, Naji !" s'exclama-t-elle tout en lui pressant la main.

Ils poursuivirent leur marche bien qu'elle fût réellement troublée et qu'il feignît de l'être également, et finirent par arriver à la voiture de Pascale. Ils se tinrent à côté un moment.

"Pourrions-nous nous revoir ce soir ? lui dit-il. J'aimerais vous inviter à dîner.

— J'aurais adoré, mais que diriez-vous de demain soir ? répliqua-t-elle avec une vitesse confondante.

— Eh bien c'est d'accord ! Je choisirai l'endroit et vous contacterai. Pour l'heure, je songe à marcher jusqu'à la chapelle.

— C'est une idée formidable ! Vous avez de la chance de pouvoir prendre votre temps, moi au contraire je dois me dépêcher car je conduis la navette qui ramène les écoliers chez eux."

Il allait la saluer d'une poignée de main, mais fut surpris de la voir passer ses bras autour de lui tout en s'exclamant : "Vous êtes vraiment merveilleux !" Il l'attira contre lui, et elle en fit de même avant de se dégager, non sans lui avoir déposé un baiser sur la joue.

En regardant la voiture s'éloigner, il lui revint à l'esprit que Rica était toujours perdu, et s'imagina être lui qui le prenait à partie : "Alors c'est comme ça, Naji ? Tu veux aller dîner avec elle dès demain ? Quel salaud tu fais ! Aucune délicatesse, aucun tact ! Au lieu de lui demander son concours pour qu'elle t'aide à me retrouver et à savoir ce qui m'est arrivé. Tu trouves que c'est le moment ?"

Ces réflexions s'enfoncèrent dans sa gorge, lui annonçant qu'elles se mettaient en grève et entraient en lutte. Il accéléra le mouvement et se mit à tourner à toute vitesse tel un frelon, papillonnant jusqu'à trouver ce qu'il cherchait, une cabine téléphonique. Il y pénétra et composa le numéro.

"Ma chère Pascale, s'écria-t-il dès qu'il eut entendu sa voix, pardonnez-moi, je viens de prendre la décision de rentrer en Syrie demain. Je suis persuadé que je n'arriverai pas à supporter cette nuit ni la journée de demain loin du pays, ma place est là-bas. Être en Syrie, c'est se montrer solidaire avec l'humanité. Alors que, moi, j'ai subitement eu le sentiment d'avoir été égoïste. Je suis désolé de vous dire que nous ne nous verrons pas demain. Je vous appellerai depuis la Syrie, en espérant que nous pourrons tout de même nous revoir dans un avenir pas trop distant.

Je voudrais que vous sachiez combien j'ai été heureux de vous rencontrer et de faire votre connaissance.

— Oh Naji, je vous comprends parfaitement, vous êtes un jeune homme fantastique. Peut-être devrais-je annuler le rendez-vous que j'avais ce soir ?

— C'est vous qui êtes fantastique. Oh non, je vous en prie, n'annulez rien, car ce soir je serai de toute façon pris dans les préparatifs de mon voyage. Merci pour votre amitié, je reviendrai bien sûr en France, dans le Sud, et nous resterons évidemment en contact."

Il voulut ajouter la formule que sa mère avait l'habitude d'employer, "C'est une promesse d'honneur", mais il ne savait comment la traduire en français, aussi se contenta-t-il de dire "Je vous le promets de tout mon cœur".

Il retourna rapidement à la chapelle, comme s'il partait aujourd'hui et non demain. Son anxiété s'accrut à l'idée de ce qui l'attendait, telles des vagues qui s'élèveraient comme pour toucher le ciel mais retomberaient très vite sur l'asphalte. Le lendemain il quitterait la chapelle et s'en remettrait à Pascale quoi qu'il arrive, même malgré elle s'il le fallait. Il était persuadé de parvenir à la convaincre. En attendant, il lui fallait faire la manche, car une poche pleine de sous était le meilleur calmant qu'on puisse imaginer.

Il entra dans des toilettes publiques près de la plage et revêtit la soutane noire, puis s'installa à côté d'un distributeur automatique de billets, ciblant ceux qui venaient retirer de l'argent. En le voyant, ils ne manqueraient sans doute pas de se sentir coupables et lui feraient l'aumône ; toutefois, à la vue de cet homme de religion doté d'un œil unique en train de mendier, beaucoup changeaient d'avis et renonçaient à retirer de l'argent.

Il repartit tout de même avec vingt euros en poche, conforté par cette phrase qu'une jeune femme lui avait lancée au moment de passer devant lui avec sa mère : "Il a besoin d'argent, c'est tout ce qui importe."

Il demeura tapi dans sa cachette à la chapelle, avant de redescendre jusqu'à la nef de l'église dès qu'il entendit le loquet lui souhaiter de nouveau une bonne nuit. Il se voyait comme une tranche de pain en train de griller au four, il fallait qu'il saute au-dehors avant de se consumer. Après avoir suspendu la soutane ornementée dans l'armoire au-dessus d'un autre vêtement, il en rapporta un cintre qu'il s'employa à triturer pour le recourber comme un hameçon, et tenta ainsi de pêcher l'argent accumulé dans la caisse des oboles, mais n'y parvint pas. Il se déplaçait dans l'église entièrement plongée dans le noir à l'exception des bougies électriques dont la lumière tombait sur les statues de la Vierge Marie.

Je sais que cette nuit est peut-être la dernière que je passe ici, seul dans cette église, oh il y a bien le regard des saints, mais je n'y lis qu'indifférence à mon égard, là où j'aurais voulu trouver empathie et amour.

Il n'empêche que ce doux et beau visage flottant dans les hauteurs me manquera, particulièrement si je n'arrive pas à retrouver Rica et si je reste confiné dans la prison et l'obscurité. Oui, ce doux et beau visage flottant dans les hauteurs me manquera, et je regretterai sûrement de n'être pas resté dans sa proximité – je parle bien sûr du visage de la Vierge Marie, elle ne connaît pas de répit, et ne s'accorde pas même le temps de reprendre son souffle pour récupérer des prières qui se bousculent à son oreille. Elle est toute d'affection, elle est celle qui jamais ne se lève pour partir ni ne s'allonge pour dormir, elle est la dame au sourire éternel, sourire qu'elle nous dédie inlassablement malgré notre propension à nous forcer un chemin jusqu'à son cœur et à en occuper toutes les chambres. Marie la Vierge, Marie-Madeleine parée d'une auréole l'enveloppant depuis la couronne ceignant sa tête jusqu'au plus petit de ses orteils. Oh, Madone, ne me ferais-tu pas don d'un tout petit morceau d'or, fût-il de la taille d'un ongle ? Avec ça, je pourrais m'acheter des cachets et serais mieux armé pour supporter l'épreuve d'un Naji privé de son Rica !

Il s'était un peu assoupi, et avait même basculé dans un sommeil profond qui se prolongea jusqu'au moment où il entendit le bruit du loquet qui s'ouvrait et des éclaboussures d'eau, et sentit l'odeur du savon. Il s'apprêta à quitter l'endroit, laissant tout derrière lui excepté la soutane de prêtre ainsi que son angoisse. Il marcha vers Antibes, se dirigeant vers la grande roue, sans s'arrêter cette fois pour mendier, non pas parce qu'il n'avait pas envie de revêtir la soutane, mais parce qu'il se tenait à présent au bord d'un pont : soit il s'y engageait malgré son étroitesse, soit il basculait dans la mer tourmentée de vagues. Il alla jusqu'à la cabine publique mais revint sur ses pas après avoir changé d'avis. Avisant une agence de voyages, il entra et s'adressa à l'employé :

"Je voudrais un vol pour Damas, au départ de Nice.

— Entendu, ce sera un aller-retour ?

— Non, un aller simple.

— Il y a un vol qui part demain matin à neuf heures.

— Neuf heures du matin ? Attendez, laissez-moi réfléchir, en principe je ne me lève pas avant onze heures.

— Mais là, pourtant, il n'est que dix heures trente !

— Désolé mais vous vous trompez. Il est déjà midi."

Il se rendit à la cabine téléphonique et appela Pascale.

"Je n'y crois pas ! s'écria-t-elle. Vous êtes déjà arrivé à Damas ?

— Non, je ne suis pas encore parti, je vous raconterai… Mais est-ce que je pourrais vous voir au Pralin ?

— Bien sûr. On peut s'y retrouver d'ici une heure et demie. Vous allez bien, au moins ?"

Il se dirigea d'abord vers un café-boulangerie où il s'acheta une pâtisserie, puis entra aux toilettes, où il se lava les mains à l'eau et au savon, frottant sous ses aisselles et autour de son cou. Puis il entra au Pralin, où il tomba sur Pascale portant une robe turquoise et des boucles d'oreilles assorties, avec de l'ombre à paupières bleue.

Il ne tarda pas à déverser son flot de mensonges : un gamin de dix ans l'avait arrêté la veille à la gare d'Antibes, lui demandant son aide pour acheter une baguette de pain. Comme il posait sa petite valise par terre et plongeait la main dans la poche de son pantalon, le gamin avait bondi et s'était emparé de la valise qui contenait son passeport, sa carte de crédit et son porte-monnaie avant de s'enfuir à toutes jambes.

"Oh, mon Dieu, quel malheur ! Et qu'est-ce que vous avez fait ? Avez-vous prévenu la police ?

— Une mamie qui était en train de faire ses adieux à sa petite-fille à la gare m'a emmené jusqu'au commissariat d'Antibes ; là-bas ils m'ont dit qu'ils allaient vérifier les caméras de surveillance de la gare. J'ai eu beaucoup de chance parce que je n'avais pas glissé ce blouson de cuir dans la valise.

— Mon Dieu ! Mais qu'allez-vous faire pour votre passeport ?

— Je vais attendre jusqu'à demain. C'est ce qu'ils m'ont conseillé au commissariat, car il se peut que le voleur s'en débarrasse dans une poubelle. L'important maintenant c'est que je trouve un endroit où dormir pour cette nuit. Oui, j'ai décidé de ne pas retourner chez l'ami qui m'hébergeait, car sa copine qui vit avec lui s'est plainte de ma présence chez eux. Peut-être qu'elle n'a pas apprécié de nous voir rire ensemble, savourer notre amitié et échanger les souvenirs du passé, et ça d'autant plus quand nous parlions en arabe !

— Mais l'appartement est à elle ou à votre ami ?

— Je ne sais pas. Peut-être que c'est son appartement à elle vu qu'elle n'a rien fait pour dissimuler sa réprobation envers moi, au contraire, elle l'a bien montrée."

Les questions qu'elle lui avait posées le persuadèrent qu'elle n'allait pas l'inviter chez elle. Peut-être qu'elle avait elle aussi un copain qui vivait avec elle. Mais n'avait-elle pas demandé à la Vierge Marie, dans le cahier de prières, de lui envoyer un homme qu'elle pourrait épouser et dont elle pourrait avoir des enfants ? Bon, certes, ce n'était pas un homme venu de Syrie. Tant pis, il allait retourner à son refuge de la chapelle. À moins qu'elle veuille accomplir une bonne action afin d'expier la faute qu'elle avait commise.

Pascale regardait partout, sauf dans sa direction.

"Naji, voudriez-vous venir habiter dans mon petit appartement le temps que vous régliez vos problèmes ? J'y vis seule avec mon chat, j'espère juste que vous n'êtes pas allergique à ces animaux."

Il lui prit la main et s'inclina pour y déposer un baiser.

"Oh, vous êtes sûre ? Peut-être devriez-vous d'abord consulter votre chat ?!"

Il ne la laissa pas payer l'addition.

"Laissez, j'ai encore quelques euros en poche."

Lorsqu'ils retournèrent à sa voiture, il vit qu'elle avait essayé de coincer celle-ci entre deux véhicules sans se soucier de laisser l'aile déborder sur la route, l'exposant aux chocs. Il l'interpréta comme un signe qu'elle était impatiente de le voir.

"Que diriez-vous, Naji, que nous allions d'abord à la gare pour nous renseigner sur votre passeport ? Peut-être que les voleurs ont eu pitié de vous et l'ont jeté dans les parages.

— Mais j'ai déjà essayé avant de quitter la gare, et après être revenu du commissariat. J'ai appelé les renseignements, j'ai demandé et encore demandé, tellement qu'ils en ont plus qu'assez de moi. D'autant que j'ai même contrôlé les abords des voies ferrées sans me soucier du danger."

L'appartement de Pascale était à l'écart du centre d'Antibes ; pour passer le temps durant le trajet, il commença par fredonner, avant de se lancer pour de bon :

Je n'irai pas voir la gare d'Antibes
Pas plus que je n'irai voir la gare de Damas
C'est que les gares ont disparu de ma vue tout comme les ports
Tout comme la maison, tout comme mon lit, tout comme mes jouets
Ainsi que disparaît l'être humain petit à petit

"Oh ! s'écria Pascale, lâchant le volant d'une main pour saluer sa prestation. Savez-vous qu'il y a une émission de télévision consacrée aux nouveaux talents musicaux, vous devriez y participer. Vous avez une histoire inhabituelle qui pourrait vous différencier du reste des candidats, le fait que vous veniez de Syrie, avec une mère originaire du Sud de la France…

— Pas maintenant, la coupa Naji. Je ne voudrais pas qu'ils me demandent devant les caméras de télévision comment je me loge et si j'ai des papiers en règle.

— Au contraire, en voyant votre situation, tout le monde s'empressera de vous aider.

— Je regrette, Pascale. Peut-être vous êtes-vous un peu précipitée en m'invitant à loger chez vous jusqu'à ce que je trouve une solution à mes problèmes, c'était une manifestation de votre générosité et de votre altruisme, mais peut-être qu'ensuite…

— Non, non, Naji, l'interrompit-elle, je vous en prie, ne me comprenez pas mal, je ne veux pas que vous poursuiviez… Ce n'est pas du tout ce que j'ai voulu dire. Je ne regrette absolument pas de vous avoir invité, au contraire. Si j'ai pensé à cette émission, c'est parce que vous avez un talent singulier qui ressort particulièrement dans votre façon de vous exprimer, de cette voix candide et sauvage à la fois. Il y a une dernière chose que je voudrais vous dire : l'être humain doit s'efforcer d'être digne de sa qualité d'humain."

Le miaulement d'un chat retentit dès que Pascale eut introduit la clé dans la serrure.

"Je te présente notre invité, Naji, lui dit-elle. Devine d'où il vient ? De Syrie. Tu comprends, de Syrie !"

Le chat vint se frotter contre les jambes de Naji, ce qui amena Pascale à ajouter :

"On dirait qu'il vous apprécie.

— C'est plutôt de sa maîtresse que je voudrais être apprécié !" répliqua Naji.

Il inspectait les lieux du regard, à la recherche de traces du péché qu'elle avait commis, ce péché impardonnable. Mais tout ce qu'il avait sous les yeux était harmonieux et beau. Un tableau avec des fleurs violettes, un autre qui donnait l'impression qu'on y avait déversé de la peinture jaune, rouge et verte, et au milieu de ce feu d'artifice de couleurs, une photographie où l'on voyait un homme, un jeune homme vu de dos dont la main agrippait une grille de fer forgé, une belle jeune fille aux cheveux châtains, enfin un garçon qui n'était pas encore à l'adolescence. Qu'est-ce que c'était que cet assemblage bizarre ? S'agissait-il d'une famille recomposée générique, ou était-ce spécifiquement la famille de Pascale ? Ou bien une référence à ces familles qui, partout dans le monde, avaient un jour été unies et solides avant que leurs relations ne se disloquent avec le temps ? Ou est-ce que ces personnes avaient un rapport avec son péché ?

Sur la table, elle avait disposé un plateau de fruits, l'invitant à se servir. Des rideaux blancs transparents. Pascale allait-elle le cacher derrière eux, ou au contraire les enrouler autour de son cou pour l'étrangler ? Et ce sofa, avec sa couleur indéterminée dont il ignorait le nom, quelque chose entre pêche et coing. Il était perplexe : allait-elle le faire dormir là, après y avoir déployé un couvre-lit comme sa mère avait fait avec Rica ?

Il faudrait encore patienter de longues heures avant de découvrir ce qu'il était advenu de son cousin.

Malgré tout, il avait l'impression d'être libre, affranchi de toutes ses chaînes, ses pensées pouvaient se déployer et atterrir n'importe où elles voulaient, et il pouvait les faire revenir à lui quand il le voulait également.

“Oh, mais c’est que je ne vous ai pas encore présenté l’un à l’autre, s’exclama Pascale. Alors ici, c’est « Argent », ma chatte, et là c’est « Naji », mon ami.

— Bonjour « *Arjoun* », très honoré, dit Naji, avant de s’adresser à l’animal sur le ton de la confidence : si tu t’étais appelé « Or », je t’aurais volé et revendu, car l’or garde toujours sa valeur élevée. Personnellement j’ai déjà volé trois bracelets en or, ma mère en parlait continuellement, elle les caressait puis nous répétait qu’ils étaient un cadeau que son père lui avait offert pour ses dix-huit ans.”

Il se convainquit en imagination qu’il avait avalé un demi-cachet, mais Pascale était toujours devant lui avec son chat. Il aurait voulu qu’elle s’évanouisse un instant ou qu’elle aille à la salle de bains ou qu’elle aille se coucher. Il n’y avait pas d’horloge qui aurait pu lui indiquer l’heure qu’il était, mais du reste pourquoi voulait-il le savoir ? Il s’excusa, feignant la timidité et la gêne, et se rendit à la salle de bains. Il but directement au robinet, puis tira la chasse d’eau à vide, avant de se mettre à inspecter le plafond d’où pendait une ampoule électrique. Il voulait s’assurer qu’il n’y avait pas de caméra de surveillance par laquelle Pascale aurait su qu’il avait tiré la chasse d’eau sans même avoir utilisé les toilettes.

“Il faut que j’aille à l’école pour raccompagner les élèves chez eux.

— Quel beau métier vous faites ! Vous traitez avec le plus bel âge, celui où ils sont à la fois innocents et démons ! Auriez-vous des instructions particulières à me donner en votre absence en rapport avec l’honorable Mme Arjoun ?”

Pascale éclata de rire.

“Oui, vous faites bien de me le rappeler, j’ai laissé sur la table cinq biscuits pour elle.

— Je me ferai une joie d’exécuter vos ordres. J’espère que ça ne vous dérange pas si j’utilise l’ordinateur afin de rechercher les coordonnées de l’ambassade de Syrie à Paris ?”

Pascale s’empressa d’aller vers le bureau.

“Pas du tout, vous pouvez, bien sûr.”

Naji s’attarda un instant près de la fenêtre pour la rassurer sur le fait qu’il regardait ailleurs pendant qu’elle tapait le mot de passe.

Il entreprit de contempler les bacs à fleurs au bord des fenêtres face à lui. Il avait longtemps pensé que tous ceux qui possédaient de tels bacs à fleurs devaient être au comble du bonheur.

Dès qu’elle eut fermé la porte, il bondit vers l’ordinateur et se mit à chercher frénétiquement les coordonnées des ambassades syriennes en France, ainsi que la procédure à suivre quand on avait perdu un passeport syrien. Il lut les formalités que prescrivaient les compagnies aériennes syriennes ainsi que les horaires des vols Paris-Damas, et aussi ceux au départ de Nice. Puis il rechercha des informations sur la météo, sur la ville d’Antibes, sur la grande roue, sur la façon de rechercher un passeport perdu. Il faisait ainsi en sorte qu’elle ajoute foi à son histoire de passeport égaré et de vol de sa valise. Il pénétra dans sa chambre à coucher, à la recherche d’un téléphone, mais n’en trouva pas. Il enferma le chat dans la salle de bains et laissa la porte de l’appartement entrouverte avant de sortir dans la rue.

Il composa le numéro de Rica depuis un téléphone public mais n’entendit que le son de sa propre respiration.

Puis il appela le numéro de Maggie mais coupa aussitôt la communication afin de susciter sa curiosité. Ensuite il poursuivit sa marche et s'arrêta à une autre cabine publique pour répéter l'opération. Lorsque, à la troisième tentative, il laissa le téléphone faire son œuvre juste assez longtemps pour que Maggie entende sa voix, c'est elle-même qui raccrocha, le faisant taire et l'étranglant dans un même mouvement.

Il remonta à l'appartement. La chatte émettait des miaulements stridents, aussi lui ouvrit-il la porte de la salle de bains, avant de retourner dans la chambre à coucher de Pascale. Cette fois-ci, ses sens furent bouleversés : comment l'être humain pouvait-il dormir sur un trône de tissu multicolore semblable à un jardin luxuriant de toutes les couleurs ! Elle avait disposé une bonne dizaine de coussins matelassés pour lui soutenir le dos, et même la boîte à mouchoirs, sur la table de verre proche du lit, était capitonnée dans le même tissu.

Il fouilla fiévreusement les armoires et les tiroirs, cherchant des yeux les endroits qui ordinairement échappent à la vigilance des voleurs. Pour sa part, il était passé expert dans le domaine depuis qu'il avait fait l'expérience des stratagèmes ourdis par Yasmine, la rouerie dont elle faisait preuve pour cacher son argent, le plaçant dans des boîtes d'allumettes, dans des soutiens-gorge ou des chaussettes de laine et même parfois jusque dans les boîtes d'aspirine. Il avait même découvert qu'elle dissimulait ses bijoux – chaînes en or, bracelet et bagues – à l'intérieur des plats cuisinés qu'elle avait préparés, mais cela, il ne l'avait compris qu'après l'avoir vue placer ceux-ci très en hauteur sur une étagère.

Il entreprit de fouiller également la salle de bains, écartant les deux battants du meuble équipés de glaces, mais n'y trouva pas la moindre pilule, il ne contenait que des morceaux de savon de toutes les dimensions et de toutes les couleurs.

Pascale revint un peu plus tard ; elle apportait du champagne et du caviar, mets qu'il n'avait jamais goûtés de sa vie, au point qu'ils percutèrent ses papilles de plein fouet et jetèrent son sens du goût dans la plus grande confusion. Cependant, l'envie de savoir ce qui était arrivé à Rica commençait à mettre sa patience à bout, comme si dans cet appartement le temps était complètement figé. Il affecta de s'élancer vers la chatte pour lui caresser le dos, mais pressentant qu'il n'était pas sincère elle se déroba à lui et partit se mettre à l'écart. À chaque instant qui s'écoulait, il prenait une profonde inspiration et sentait comme une chape de plomb peser sur sa nuque.

Pascale s'approcha et vint contre lui, si près qu'on eût dit des frères siamois. Elle lui fit face, attendant un peu, mais comme il paraissait indifférent à tout et n'arrivait pas à articuler un seul mot, c'est elle qui écrasa ses lèvres contre les siennes. Il savoura dans cette étreinte le goût du champagne et aussi la saveur de l'attirance qu'elle éprouvait pour lui. En dehors de cela, rien ne le poussait vers elle, il feignit néanmoins de la désirer. Il priait pour que le chat se jette soudain dans les bras de l'un d'entre eux, ou bien qu'elle soit dérangée par la sonnerie de son téléphone, mais rien de tout cela ne se produisit.

Tout ce qu'il était en mesure de faire, c'était de laisser sa main se poser sur un sein puis sur l'autre, puis glisser vers son ventre et descendre progressivement. C'est à ce moment qu'un regain de vigueur s'empara des lèvres de Pascale qui vinrent se poser sur son cou brûlant, où son pouls s'était emballé sous l'effet de la panique et du désarroi. Les mots doux glissés par les lèvres de Pascale à son torse et le salut adressé par la main de Pascale courant sur son ventre lui procurèrent le sursaut du mourant. Hélas, il ne dura guère, puisque les brefs instants qui s'écoulèrent le temps qu'elle s'écarte pour ôter sa robe suffirent à faire retomber toute son ardeur.

"Pascale, tu n'aurais pas s'il te plaît un calmant, ou bien du Panadol ou de l'Aspro ?"

Elle lui rapporta du Panadol – elle l'utilisait pour diminuer la douleur de ses règles, comme elle lui expliqua en se retenant d'éclater de rire. Pour son plus grand étonnement, il en ingurgita deux cachets sans une goutte d'eau, après quoi il fit mine d'avoir avalé de travers.

"Oh attendez, je vous apporte un verre d'eau.

— Non, de la bière ou du vin m'arrangeraient plus."

Elle fila à la cuisine et lui rapporta une bouteille de vin déjà entamée, puis lui en versa une coupe. Il ne tarda pas en redemander une deuxième. Il essaya de nouveau de l'embrasser alors même qu'il avait les lèvres verrouillées aussi sûrement qu'une porte close sur laquelle aurait été placardée une mise en garde : "Interdiction d'entrer, danger de mort." Il essaya d'abord lentement, puis avec concupiscence et férocité. Tout son corps – son torse, son ventre, son aine, ses cuisses, ses bras – était entièrement enflammé, il n'attendait plus que le signal du commandant, mais ledit commandant lui avait tiré la langue et avait poursuivi indolemment sa sieste.

"J'ai du très bon chocolat", lui souffla Pascale à l'oreille, mais de désespoir il blottit sa tête contre sa poitrine. Il avait envie de pleurer, sa langue et ses dents l'empêchaient d'articuler sa préoccupation quant à Rica et ce qui lui était arrivé. En lieu et place, il se jeta sur sa bouche et lui administra un "baiser de l'aspirateur". C'est ainsi que Maggie l'avait appelé un jour qu'elle s'était précipitée sur sa bouche pour aspirer son souffle et téter tout l'oxygène de ses poumons, ce qui lui avait causé pendant un moment une souffrance indescriptible. Voyant Pascale sursauter et le repousser, il comprit qu'elle avait ressenti la même douleur.

"Pascale, tu as un corps vraiment magnifique !"

Son soutien-gorge soutenait encore les seins, qu'elle avait de taille moyenne, et sa culotte laissait voir ses cuisses d'ivoire. Elle ne remit pas sa robe devant lui mais l'emporta vivement dans la chambre après lui avoir expédié un baiser aérien. Il se demanda si elle se caressait, mais elle ne tarda pas à revenir vêtue de sa robe. Naji apprécia le tact dont elle avait fait preuve, s'abstenant de se rhabiller devant lui afin de ne pas lui rappeler qu'il ne s'était rien passé entre eux.

"Pascale, comme j'aime la délicatesse de tes sentiments et ta sensibilité ! J'aurais voulu qu'on se rencontre il y a un siècle. Veux-tu que nous allions nous promener dans le vieil Antibes ?"

Elle comprit qu'il essayait de se défiler, ce qui la fit partir dans un grand éclat de rire.

"Et aussi qu'on mange des glaces ?

— Oui, qu'on mange des glaces aux pistaches d'Alep, importées du pays de mes ancêtres. Ce qui me plaît aussi chez toi, c'est ta force de caractère, si j'osais je parlerais aussi de la bonté de ton cœur, tu m'héberges chez toi alors que tu me connais à peine !

— La première fois qu'on s'est rencontrés, répondit-elle, j'attendais quelqu'un à la chapelle, mais j'étais à bout de patience et je n'ai pas voulu rester un seul instant de plus. Je me suis surprise à me précipiter dehors comme si je fuyais, et c'est là que je t'ai vu, planté au milieu du chemin, qui me demandait mon aide. Bon, tu as voulu me remercier, on s'est revus, jusqu'au jour où on s'est dit adieu quand tu as décidé de repartir en Syrie. Mais le sort a voulu qu'on te vole ton passeport et tu as été contraint de rester. Tu ne crois pas qu'il y a eu une intercession divine qui a fait que ton voyage a été retardé et que tu es venu habiter chez moi pour que notre relation puisse aller plus loin ?"

À partir de maintenant, il fallait qu'il évite de prononcer le mot "Syrie", sinon il risquait à tout instant de lui avouer la vérité sur ce qui l'animait.

Elle gara la voiture sur le vieux port d'Antibes. Il leva les yeux vers les hauteurs et aperçut le phare avec sa lumière éblouissante au-dessus des pins, près de la chapelle. Heureusement que je ne suis pas là-haut en train de regarder vers ici ! se dit-il à lui-même. Pascale l'emmena chez un marchand de glaces qu'elle connaissait personnellement.

"Je vous présente Naji, êtes-vous familier de ces pistaches qu'on appelle « pistaches d'Alep » d'après la ville de Syrie du même nom ? C'est de là-bas que Naji est originaire."

Le marchand l'accueillit chaleureusement et lui proposa sa glace à la pistache, ainsi qu'une glace au chocolat offerte par le magasin.

À présent, comment allait-il avouer à Pascale la vérité, après lui avoir assuré sans relâche, à propos et même hors de propos, qu'il venait de Syrie. S'il avait été là, Rica lui aurait dit : "Et alors, mais pourquoi t'as si peur ? La Syrie et le Liban, c'était un même pays autrefois. C'est pas vraiment un mensonge, Najnouj."

"Dis-moi, Pascale, tu aimerais monter sur cette grande roue ?

— Quelle merveilleuse idée ! Et une fois tout en haut, on mangera des glaces, je n'y suis jamais montée de ma vie !

— Vraiment ? Mais tu n'as pas le vertige, j'espère !

— Moi ? Non pas du tout. En fait je n'ai pas essayé, mais je ne pense pas. Et toi ?

— Je me suis habitué tout petit à monter dessus, à Damas, quand on allait au parc d'attractions pour les fêtes."

Quelque peu embarrassé, il poursuivit :

"Mais ici, je n'y suis monté qu'une seule fois."

La somme qu'il possédait s'étant révélée insuffisante, elle insista pour payer, lui rappelant que c'était lui qui avait payé les glaces.

Il se posta pour la troisième fois à l'endroit où avait reposé le corps de Rica, et monta dans la nacelle comme il l'avait déjà fait auparavant en compagnie de son cousin. La roue s'ébranla et les emporta vers les hauteurs. Dès que leur nacelle, parvenue au sommet, se fut immobilisée, Pascale lui pressa le bras très fort, si fort qu'il crut que son cœur allait défaillir. C'était exactement cette frayeur-là qui avait terrifié Rica lorsqu'il était monté avec lui sur la roue, car une fois arrivée au point le plus élevé, la nacelle s'était mise d'elle-même à osciller. Était-ce lui ou bien Rica qui avait lâché : "Nous sommes comme deux oiseaux qui voyons en miniature tout ce qui est en contrebas" ?

Il se surprit à répéter cette même phrase à Pascale : “Nous sommes comme deux oiseaux qui voyons en miniature tout ce qui est en contrebas” – quoique sur un ton qui se voulait quelque peu comique. Il remarqua qu'elle commençait à se détendre un peu. Ris donc, lui lança-t-il en pensée, car bientôt tu ne riras plus du tout !

Lorsqu'ils redescendirent de la roue, il lui proposa de marcher un peu dans la vieille ville. “Les ruelles étouffent les secrets afin qu'ils ne soient pas divulgués à l'extérieur”, remarqua-t-il, mais il regretta aussitôt son propos, d'autant que Pascale, ne comprenant pas ce qu'il voulait dire, lui avait retourné un regard interrogateur.

Il n'avait plus la force de parler ni de débattre. S'il avait eu un cachet ou même un demi-cachet, l'affaire aurait été facilitée, et le cachet aurait pris les rênes de l'opération. En vérité, il avait un besoin crucial de parler avec sa mère, voire avec Maggie, ou avec le coiffeur auprès duquel il se procurait les cachets, ou même avec l'amie marocaine de sa mère. “Parlez-moi, parlez-moi, je vous en supplie, ne m'abandonnez pas ! Dès que j'aurai entendu votre voix, je pourrai reprendre mon souffle.”

Il ne parvenait pas à s'imaginer retournant avec Pascale jusqu'à son appartement sans lui avoir ouvert son cœur au sujet de ce qui était arrivé à Rica afin de solliciter son aide. Il craignait toutefois qu'une fois arrivé chez elle, il n'ouvre les fenêtres pour hurler ou bien ne s'enfuie. Chaque fois que Pascale lui demandait : “Veux-tu que nous rentrions ?”, il répondait avec une délicatesse feinte : “Bientôt, bientôt, c'est juste que j'aurais bien voulu visiter le musée Picasso ce soir.”

Ils s'y rendirent en traversant les remparts historiques d'Antibes, qu'il s'était habitué à voir depuis la colline sur laquelle était perchée la chapelle ; ils s'arrêtèrent près des fortifications. L'image de Rica continuait à saigner dans son imagination, lui causant des douleurs formidables. Il s'enhardit et se força à prendre la parole. "Écoute, je ne suis pas…" mais n'acheva pas sa phrase, et quant à elle, elle s'abstint de lui demander : "Tu n'es pas quoi ?"

Les amoureux, les passionnés de la mer, les voitures, les bateaux, les rires de Pascale, tout cela l'encourageait à lui avouer son secret, peut-être même n'était-ce plus un secret et qu'il fallait qu'il le considère comme un simple incident. Comme il venait de se faire cette réflexion, le téléphone portable de Pascale sonna.

"Ma chère Pascale, commença-t-il, j'ai tenu à ce que nous venions ensemble dans le vieil Antibes, que nous montions sur la roue et que nous nous promenions près de la mer, car la mer est toujours prête à écouter ce qui couve dans nos poitrines. Elle prête l'oreille aux paroles que nous prononçons, puis nous emmène dans ses profondeurs afin que nous puissions nous libérer de leur poids en les y enfouissant."

Son téléphone sonnait toujours ; elle décrocha mais mit rapidement un terme à la conversation : "Je suis occupée, bisous."

“Oh, tu envisages d’écrire un morceau de rap sur ce sujet ? J’ai vraiment de la chance d’être témoin de ton processus créatif et de te voir mettre les émotions en mots et en musique !”

Elle posa sa tête sur son épaule, semblant baigner dans un bonheur dont il n’allait pas tarder à la chasser.

“Pascale, regarde la montagne, et regarde la zone éclairée par la lumière du phare. C’est là-bas que nous nous sommes rencontrés, à la chapelle. Alors, si tu veux bien, je voudrais que nous y retournions ensemble.

— Mais la chapelle est fermée à cette heure ! Elle ferme ses portes à dix-huit heures.

— J’aime bien cette colline, et la vue qu’on a du vieil Antibes est plus belle de là-haut. Même si on n’arrive pas jusque là-bas, on pourra se dire qu’on s’est promenés jusqu’aux remparts d’Antibes et qu’on a pu contempler la chapelle et le phare depuis le sommet de la colline…”

Elle l’attira vers elle et le serra dans ses bras avant qu’ils montent dans la voiture. Après avoir gagné la colline, ils admirèrent les remparts du vieil Antibes et les lueurs qui se réfléchissaient sur la mer.

“Où donc est Pascale ? s’amusa-t-il. Je ne la vois pas debout près des remparts !

— Où donc est Naji ? Je ne le vois pas debout là-bas !"

L'esplanade de la chapelle était bondée, de nombreux jeunes criaient et sautillaient au rythme des notes de rap d'Earl Simmons. À l'autre bout, d'autres jeunes se chamaillaient et s'amusaient, pendant que des adultes étaient postés devant le fameux portail de verre pour admirer l'intérieur de l'édifice. Il songeait à l'emmener vers la vallée, peut-être lui serait-il plus facile de lui faire ses révélations là-bas.

Il la prit par la main et ils descendirent les marches. Puis ils se mirent de côté contre le rocher et il se lança dans un rap dont il venait d'avoir l'idée. Il voulait déclencher quelque chose dans son esprit afin qu'elle lui avoue le péché dont elle s'était rendue coupable et dont elle parlait dans le cahier noir des prières, cela l'encouragerait à lui révéler à son tour l'histoire de Rica. Il se mit à chanter :

Ma sœur allait à l'église tous les jours.
Elle priait et marmonnait des invocations devant le cahier de prières, implorant le pardon sans que personne ne sache quelle était la faute qu'avait commise ma sœur adorée,
Ma mère a pensé que peut-être elle avait perdu sa virginité, mais moi je me suis seulement dit que c'était une adolescente
Et qu'elle essayait juste d'élucider ses émotions et de comprendre la vie.
Aujourd'hui, c'est mon tour, je m'en veux et j'en veux à mon père qui nous a quittés pour une autre femme avant d'émigrer au Canada.
Comme j'en veux à ma mère et j'en veux à l'école et j'en veux aux voisins, j'en veux même à notre chien.

Nous aurions dû tous faire corps autour d'elle, nous aurions dû la serrer contre nos cœurs, et l'extirper du mal-être dans lequel elle se débattait.
Ne t'inquiète pas, chère fille, aurions-nous dû lui dire, peu importe la faute que tu penses avoir commise, toi notre sœur si belle et si gracieuse, en quittant le foyer après avoir volé une petite somme du portefeuille de notre mère, et en allant passer plus d'une semaine avec le jeune homme dont tu étais tombée amoureuse, pour rentrer finalement dépitée après qu'il t'a traitée de miséreuse.
Comme tu es belle et sensible,
Et courageuse aussi, tu n'as pas peur même de t'essayer aux expériences les plus douloureuses
Non, tu n'as commis ni péché ni faute, c'est juste que tu aimes la vie.
Il n'y a aucun péché à vouloir découvrir la vie,
Et nous on t'aime ô fille pure, ô rosée du matin sur les fleurs.
Tends donc la main et frappe à la porte de nos cœurs, allez, nous t'attendons tous !

"Naji, tu es vraiment merveilleux, s'exclama Pascale, vraiment merveilleux. Où est ta sœur à présent ?

— Oh, tu ne peux pas savoir ce qu'elle me manque. Elle prépare actuellement un doctorat en littérature française à l'université de Damas."

Il s'en voulut d'avoir une nouvelle fois évoqué la Syrie. Il s'installa à ses côtés, attendant qu'elle laisse aller sa tête contre son épaule et qu'elle lui confesse le péché qu'elle avait commis. Et de fait, c'est ce qui se produisit : elle laissa aller sa tête contre son épaule, et respira bruyamment au-dessus de son cou. À ce moment, son portable sonna une nouvelle fois. “Je suis toujours occupée, répondit-elle dans le combiné, je te rappelle plus tard, bises.”

“Je voulais te demander, Pascale, qui est donc la personne à qui… ? Est-ce que tu as…

— Est-ce que j'ai quoi ?

— Est-ce que tu as des sœurs, ou bien des frères ?

— Non, j'ai ma mère, ainsi qu'une tante qui est comme ma grande sœur.

— Je pensais plutôt à un petit ami, un fiancé, un chéri, comme celui qui t'a appelée deux fois.”

Sans ouvrir les yeux, la tête reposant toujours contre son épaule et son cou, elle répondit doucement :

“C'est juste ma mère. Elle m'appelle sans arrêt, de jour comme de nuit.

— Oh je suis désolé. Elle n'a plus toute sa tête ?

— Ma mère ? Oh si, tout va bien, mais c'est qu'il y a une longue histoire entre nous.

— Quel genre d'histoire ? Raconte-moi, je t'en prie.

— Tu es sûr ?

— Oui, allez, raconte.”

Au moment où elle ouvrit la bouche, Pascale lui apparut comme une sorte de grosse carpe rejetant de l'eau de mer. Il entendit beaucoup de phrases, beaucoup de mots prononcés d'une voix tremblante : sur sa chevelure que sa mère étouffait à l'aide d'un ruban sur lequel elle tirait très fort, comme si elle voulait lui arracher le visage avec, sur le fait qu'elle n'avait pas de manteau pour la protéger du froid et de la pluie, sur le fait que sa mère la suivait comme son ombre, l'accompagnant quand elle assistait à l'anniversaire d'une camarade d'école ou d'une amie du quartier, ou bien lorsqu'elle allait visiter les musées ou les monuments, et se portait volontaire pour venir assister la maîtresse à l'école ; une fois assise aux côtés de sa fille, elle lui saisissait la main et la noyait sous un déluge d'explications.

Naji contracta les lèvres, concentré dans sa réflexion. Pascale n'avait pas l'air d'avoir tué sa mère ! Et la carpe continuait à dégorger son récit affirmant qu'elle avait toujours été une mal-aimée, qu'elle n'avait jamais eu aucune affinité avec ses camarades dans la cour, qu'elle n'avait même pas possédé de petit chien dont elle aurait pu se vanter auprès de ses copines en leur montrant sa photo, ni un frère beau garçon dont elles auraient rêvé de s'éprendre et auraient supplié Pascale d'intercéder pour elles auprès de lui, qu'enfin elle n'était pas comme les autres qui toutes prenaient des leçons particulières de piano.

Elle gardait les yeux rivés sur son visage afin qu'il lui accorde toute son attention.

“Pendant que j'enfilais mes vieilles chaussettes déformées, poursuivit-elle, je songeais aux chaussettes des filles de ma classe, particulièrement à celles d'Anastasia, dont le haut était agrémenté de dentelle blanche, et je me disais que je détestais ma mère, tout comme je détestais l'idée de rentrer directement à la maison après l'école, sachant que ma mère guettait systématiquement mon retour afin de me demander si j'avais su répondre aux questions de la maîtresse en cours d'histoire, puis me laissait pour nous préparer un repas sans saveur ni couleur.

— Un repas c'est un repas, l'interrompit Naji, de quelle couleur aurais-tu voulu qu'il soit, violet ou fuchsia ? Je ne sais pas pourquoi mais je commence à ressentir un mal de tête douloureux.

— Oh, je suis vraiment désolée, c'est sans doute parce que je n'arrête pas de parler. J'aurais dû raconter de manière plus succincte.

— Pas de souci. Continue, je suis tout ouïe.

— J'ai joué la comédie pour faire croire à ma mère que j'étais devenue aveugle, après quoi on est allées s'installer à l'église où on a habité un bon moment. Je n'arrêtais pas de mentir, répétant encore et encore que je ne voyais absolument rien. Ce n'est qu'une fois à l'intérieur de l'église que je recouvrais la vue.

— C'est pas possible ! Tu me fais marcher, pas vrai ? Et les ophtalmologues, ils sont où ? Ils n'ont pas examiné tes yeux et découvert que tu racontais des salades ?

— Elle m'a emmenée chez l'opticien près de chez nous, il a observé mon œil et a suggéré à ma mère de m'emmener chez un spécialiste. L'ophtalmologue utilisait des appareils modernes bardés de voyants et recourait à des techniques d'imagerie. Il m'a même fait des injections dans la paupière et dans l'œil. J'ai supporté la douleur horrible, après quoi je me suis écriée : « Il fait nuit noire ici, je ne vois plus rien ! »"

Elle raconta ensuite en riant comment, une fois qu'elles furent sorties du cabinet de l'ophtalmologue, sa mère l'avait emmenée dans un café pour qu'elles y boivent un chocolat chaud avec une pâtisserie. C'est en voyant que Pascale ne touchait ni à l'un ni à l'autre que sa mère l'avait enfin crue.

De retour à la maison, elle avait immédiatement demandé à sa mère de l'emmener aux toilettes. Sa mère avait essayé de la convaincre de prendre appui de ses mains sur les murs, mais elle n'avait pas réussi la manœuvre et s'était urinée dessus dans le living-room.

“Bon, bon, je vois, mais l’église dans tout ça ?

— Une de nos voisines a suggéré que ma mère m’emmène à l’église afin que le curé me mentionne dans ses prières. Dès que je suis entrée à l’intérieur, j’ai crié : « Maman, maman, je vois tout ! » J’ai serré ma mère contre moi en lui soufflant : « Maman, maman ! », et ce faisant j’ai pointé le doigt sur la statue de la Vierge Marie, et je l’ai appelée, elle et l’Enfant Jésus. Quant à ma mère, elle s’est jointe à mes invocations : « Ô Vierge Marie, ô Vierge Marie ! » Ensuite elle m’a prise par la main et m’a emmenée au-dehors et elle a murmuré : « Ma chérie, Dieu nous aime beaucoup, loué soit-Il ! » Cependant, à peine sortie de l’église, j’ai eu de nouveau du mal à marcher et j’ai tiré sur la main de ma mère et je me suis mise à pleurer en criant : « Je ne vois plus rien, je ne vois plus rien ! »”

Pascale éclata de rire à nouveau malgré l’ennui et l’impatience qui se lisaient sur le visage de Naji, convaincu qu’il avait perdu son temps. Pascale ne pourrait sûrement pas l’aider, maintenant qu’elle était devenue croyante et qu’elle n’avait de cesse de se faire pardonner ses mensonges, son hypocrisie et ses tours de passe-passe. Tout ce qu’elle voulait, c’était expier son péché, le péché qu’elle avait commis et qui lui pesait sur la poitrine, et qu’elle avait finalement couché par écrit dans le cahier de prières. Il irait tout seul jusqu’à la grande roue et demanderait ce qui était arrivé au jeune homme qui en était tombé dans un grand vol plané trois jours auparavant.

Pascale interrompit ses rires et reprit un ton grave pour expliquer que sa mère l’avait baptisée Jérusalem, et que le curé de l’église avait contacté le pape à Rome en le priant de la désigner comme sainte.

“Et que s’est-il passé ensuite, sainte Jérusalem ?

— Eh bien nous avons vécu à l’intérieur de l’église environ deux ans.

— Quoi ? Deux ans ? C’est pas possible, et où est-ce que vous dormiez ? Et comment faisiez-vous pour vous laver ?”

Il s’imagina l’embrassant et la poursuivant de ses assiduités à l’intérieur de l’église du temps où elle y dormait.

“Le curé nous avait apporté un lit pliant que nous étendions sur le sol pour dormir, et on ne prenait de bain que lorsqu’on allait chez nous, une fois par semaine, sorties durant lesquelles je jouais de nouveau les aveugles pour quelques heures.”

Elle lui raconta qu’elle avait eu la visite d’un jeune homme vêtu d’un ample habit blanc, avec des sandales et des chaussettes blanches, qui lui avait proposé d’être son imprésario. Il lui avait apporté à l’église une jarre de miel qu’il disait issu de la ruche de ses parents, afin qu’elle la bénisse et la mentionne dans ses prières. Par la suite, sa mère avait découvert qu’elle était proposée à la vente dans une autre église, avec une étiquette indiquant que sainte Jérusalem l’avait bénite et avait prié sur elle.

“Et ta mère n’a jamais découvert que tu simulais ?

— Bien sûr que si, et depuis le début. Mais cela lui allait bien, car désormais tout le monde parlait de nous, cela l’avait libérée de toutes ses responsabilités et elle a pu économiser de l’argent car nous avions maintenant des repas copieux et appétissants qui nous arrivaient des associations et de riches donateurs. Une nuit, je me suis surprise à m’enfuir de l’église pendant que ma mère était aux toilettes. Il s’est trouvé que, ce même jour, ma camarade Anastasia – celle qui avait les chaussettes à dentelle – est venue à l'église avec quelques-unes de ses amies. D'un seul regard, elle m'a fait comprendre à quel point j'étais cynique, malheureuse et idiote. Elle s'est mise à jouer avec sa jolie chevelure, laissant voir le col en poil de lapin de son chemisier rose. Elle s'est approchée de moi et m'a dit : « L'important c'est que tu sois heureuse à présent, Pascale – oh désolée, je voulais dire Jérusalem ! » Et elle a ponctué sa remarque d'un clin d'œil et d'un sourire, comme si elle me disait : « Quoi qu'il arrive et quoi qu'il se passe, tu resteras comme tu es, sans personnalité. »"

Naji était résolu à ne pas rentrer avec elle avant de lui avoir avoué tout ce qu'il attendait d'elle.

"Ma chère Pascale, dans la vie il arrive que, pour une bonne raison, on soit obligé de dissimuler la vérité. Je ne veux pas qualifier ça de mensonge, d'hypocrisie ou de ruse. Il se pourrait, il se pourrait… je ne sais pas, que ce soit dû au traumatisme que tu as subi et à la tristesse que tu as ressentie. Ce sont eux qui t'ont obligée à recourir à des moyens détournés pour te sauver des souffrances que tu endurais, car personne, pas même ta mère, n'est arrivé à percevoir ce que tu traversais.

— Ma mère ? Elle aurait mieux fait de m'emmener chez le psychologue plutôt que de me laisser vivre deux ans dans cet immense mensonge, plus de deux ans, même. Après m'être enfuie de Paris pour venir vivre ici avec ma tante, je n'ai rien eu d'autre à faire que réfléchir et ressasser ma frustration et mon désir de me venger de moi-même et de ma mère."

Ils marchèrent un peu, main dans la main, en cette belle soirée qui susurrait à Pascale que l'amour s'approchait à grands pas, et peut-être même le bonheur. À l'inverse, un bourdonnement de plus en plus sonore agaçait les oreilles de Naji, tandis qu'il essayait de décider du meilleur comportement à adopter. Il ne lui proposa pas de s'asseoir dans leur bar, pas plus qu'il ne parvint, lorsque la voiture s'immobilisa au feu rouge, à ouvrir la portière pour s'enfuir, non, tout ce qu'il fit, ce fut siffloter à portée de ses oreilles l'air d'une chanson arabe appelée *Trois battements*. Dès qu'ils furent entrés chez elle, il parcourut l'appartement à la recherche d'un papier et d'un stylo.

"Dis, Naji, tu comptes écrire un morceau de rap relatant ma vie à l'église ou bien une missive au pape pour qu'il me béatifie ?"

Il ne lui répondit pas, continuant à écrire :

Ma chère Pascale, ma toute belle, moi aussi j'ai été hypocrite et menteur. La vérité, c'est que je ne viens pas de Syrie. Je vis en France, même si je suis né au Liban. J'habite dans une cité près de Vallauris. Là où tu as changé de vie après avoir savouré la fuite loin de ta mère, moi c'est ma mère qui a fui loin de moi. Elle a pris des vacances et m'a laissé seul avec mon cousin Rica, sans nourriture ni argent. Il y a trois nuits de cela, Rica et moi sommes montés en haut de la roue, oui, la même que nous avons empruntée toi et moi. J'avais pris des cachets, et j'ai incité Rica à en avaler aussi, contre son gré. Bref, il est tombé de la roue parce qu'il n'avait pas comme moi l'habitude d'ingérer de la drogue, et moi je n'ai rien trouvé de mieux à faire que de m'enfuir, alors que je l'avais vu étendu au sol et entendu quelqu'un affirmer qu'il était mort. Je me suis réfugié dans la chapelle sans rien savoir du sort de mon cher Rica. La peur me paralysait, et elle continue de me paralyser. C'est pourquoi j'ai eu l'idée de faire appel à toi dans l'espoir que tu m'aiderais à découvrir ce qui lui était arrivé. Est-ce qu'il est encore présent sur cette terre, ou est-ce que je ne le verrai plus jamais ? Je comprends complètement si tu préfères ne pas t'en mêler, je te suis déjà infiniment reconnaissant de t'être préoccupée de moi et de m'avoir aidé. Ma gratitude est plus vaste que la mer devant laquelle nous nous sommes tenus et que nous avons contemplée depuis la chapelle. Je te remercie aussi pour ta chatte Arjoun qui a rendu mon séjour chez toi plaisant et confortable.

Il replia le papier et le lui tendit avant de lui dire :

"Je te demande de ne l'ouvrir qu'une fois que je serai parti de chez toi."

Là-dessus il s'élança dans l'escalier et dévala les marches, mais il entendit quelqu'un qui l'appelait :

"Naji, Naj..."

Il posa la main sur son cœur pour le réintégrer à sa poitrine. Pascale le rattrapa entre deux étages et ils s'étreignirent un instant.

"Attends, allons-y ensemble."

Elle l'emmena rapidement jusqu'à la grande roue. Sur le trajet ils n'échangèrent pas un mot, la respiration saccadée de Naji persuadait Pascale de conduire vite. Elle gara le véhicule dans une petite rue proche de l'attraction. Comme il s'apprêtait à descendre, elle lui demanda de l'attendre et s'y rendit seule.

Et si, à son retour, elle lui annonçait que Rica n'était plus, en mourrait-il lui aussi ? Un siècle s'écoula. Et si elle lui annonçait qu'il était recherché par la police, irait-il trouver sur-le-champ les policiers afin de se rendre et de recevoir son châtiment ? Un deuxième siècle s'écoula. Et si elle lui annonçait que Rica n'était pas mort et qu'il était à l'hôpital, se rendrait-il là-bas pour rester à son chevet nuit et jour ? Et si elle lui annonçait qu'il était en train d'agoniser, irait-il sur place pour agoniser avec lui ? Un troisième siècle s'écoula, emportant avec lui ses ongles qu'il avait rongés jusqu'à la chair, son cœur qui s'était démis de son emplacement pour entamer une folle sarabande, faite de montées et de descentes, de remontées à la surface et de noyades. Avant que le quatrième siècle ne s'achève, Pascale était là, esquissant un geste dont il ignorait s'il signifiait la victoire ou la mort.

"Alors, Rica ? l'interrogea-t-il fébrilement.

— On l'a récupéré ! s'écria-t-elle. Rica va bien."

Il s'élança pour la serrer contre lui et lui baiser le front, le visage et les mains.

"Mais où est-ce qu'ils t'ont dit ça ? À la grande roue ? Au commissariat ?

— Il est à l'hôpital, mais ses jours ne sont pas en danger."

Les larmes lui montèrent aux yeux. Il s'écria en arabe, comme l'aurait fait sa mère : "Mon Dieu Tu es grand, ce que Tu es grand mon Dieu."

Pascale essaya de le calmer en lui tenant la main qu'il passait dans un tic nerveux partout sur son corps : sur ses yeux, sur ses joues, sur son cœur, sur sa gorge, sur son genou, sur son autre main, sur sa bouche, sur son souffle, sur ses inspirations et ses expirations. Ils arrivèrent ainsi à l'hôpital où on leur indiqua que Rica avait quitté sa chambre ce matin pour retourner chez lui.

"Et bien entendu, il est parti pour Vallauris en passant par la Syrie ! plaisanta Naji.

— Mais comment tu connais ce raccourci ?" répliqua Pascale.

Il commença à réfléchir au moyen de faire en sorte que Pascale ne remonte pas avec lui à l'appartement quand il irait retrouver Rica là-bas à Vallauris, mais les prétextes auxquels il pouvait penser étaient plus mauvais les uns que les autres : 1. La rencontre risque d'être dramatique à l'excès. 2. Je risque de sangloter et de gémir. 3. Rica est quelqu'un de très timide. 4. Je ne veux pas qu'en te voyant – sachant que tu es vraiment très très belle –, Rica pense que j'ai préféré passer du bon temps avec toi plutôt que de le rechercher activement pour savoir ce qui lui était arrivé.

L'ascenseur de la cité exhalait une odeur peu appétissante, peut-être des relents de pourriture. Chaque fois qu'il s'arrêtait à un étage pour laisser entrer un résident, celui-ci dévisageait Naji et Pascale à tour de rôle, comme pour s'étonner que Naji ne soit pas comme à son habitude accompagné de Rica, mais de cette jeune fille aux allures de Française.

Il tourna la clé dans la serrure après avoir pressé la sonnette, et soudain Rica fut devant lui, une main sur la porte et l'autre dans un plâtre immaculé qui allait de son épaule à son poignet, avec des pansements sur le nez et le visage parcouru de compresses violacées.

"Rica, Rica, Rica !" s'écria Naji en pleurant et en s'élançant vers son ami, ignorant le geste défensif de ce dernier pour se protéger l'épaule et le bras.

"Je suis Pascale", dit la jeune femme.

Comme Rica ne semblait pas vouloir sortir de son silence, Naji se chargea de le présenter :

"Lui, c'est mon chouchou, Rica."

Là-dessus, il choisit de s'étendre sur le fameux sofa plutôt que de s'asseoir à côté de Rica, tandis que Pascale s'installait face à eux. Naji remuait nerveusement la jambe, il était impatient de reprendre sur-le-champ sa vie d'avant avec Rica.

"C'est Pascale qui m'a sauvé de ma folie, lui confia-t-il.

— Oh, ma pauvre Pascale, ça a dû être une mission bien difficile."

Naji prit Rica dans ses bras sous le regard attendri de Pascale, puis éclata de rire. Il se remit à observer Rica et s'adressa à lui en arabe :

"Mon Dieu ce que tu nous as manqué, Rica, tu nous as manqué, mon ami si cher."

Le visage rouge d'embarras après cette tirade, Naji se leva pour aller à la cuisine ; là, il s'efforça de contracter les muscles de son visage et de son cou afin de ne pas pleurer, avant de venir reprendre sa place.

Pascale interrogea Rica sur ses fractures, étaient-elles à l'épaule ou au bras ?

"À l'épaule et au coude, mais c'est rien du tout."

Un long silence suivit.

"Au fait, Naji, t'as des nouvelles de ma tante ? Moi j'ai essayé de la contacter mais apparemment l'appli WhatsApp ne fonctionne pas là où elle se trouve actuellement, au Portugal. En fait, je voulais lui demander des nouvelles de toi, cher monsieur, parce que Son Altesse ton téléphone est apparemment en vacances !

— Oh oui, mon portable ! Je l'ai oublié. D'ailleurs ce serait bien qu'on aille le récupérer tout à l'heure.

— Le récupérer où ? lui demanda Rica tout en retenant un rire.

— Dans les vastes territoires de Dieu."

Il rit longuement car l'expression "vastes territoires de Dieu" était la formule habituelle qu'employait leur chère Yasmine chaque fois qu'elle les menaçait de fuguer loin d'eux. Quand ils lui demandaient : "Fuguer pour aller où ?", elle répliquait : "Dans les vastes territoires de Dieu."

Il demanda à Rica, en arabe, si la chanteuse avait appelé. Il ne voulait pas prononcer le nom de "Maggie" devant Pascale. Rica secoua la tête.

Naji surprit Pascale en train d'examiner en détail le living-room, où il n'y avait pas un seul livre ni un tableau accroché au mur, mais à l'inverse énormément de cendriers. C'était un vrai capharnaüm d'assiettes, de tasses de café qui avaient presque toutes leurs bords ébréchés, de fauteuils disparates pour lesquels l'expression "de chaque vallée un bâton" était particulièrement appropriée, certains dont le tissu avait été rongé et laissait voir la paille et les ressorts.

Vraiment, il trouvait que ça ne se faisait pas que sa mère se soucie de ses parures et de son vernis à ongles mauve ou rouge, voire bleu, tout en laissant l'appartement dans un tel état. Chaque fois que Naji la voyait en train de s'habiller, il lui lançait : "Ben alors madame Yasmine, encore une nouvelle robe ?" Elle lui répondait du tac au tac : "Et pourquoi pas, du moment que c'est à la sueur de mon front !" Ce disant, elle faisait le geste de s'essuyer le front comme pour en ôter les gouttes de transpiration.

Naji se leva pour se rendre à la salle de bains afin de ne pas pleurer devant Pascale et Rica. Il aspergea son visage d'eau et revint.

"Najnouj, tu sais quoi ? s'écria Rica, nos voisins se sont finalement révélés de braves gens. Quand je suis revenu de l'hôpital et qu'ils ont vu l'ambulance qui m'avait raccompagné, ils ont eu pitié de moi et m'ont apporté à manger quotidiennement. Sauf qu'au bout de quelques jours, ils m'ont oublié.

— Bon, Rica, on parlera de ça plus tard."

Naji se mit à sangloter, puis se força à se dominer.

"De mon côté, reprit-il, je me suis réfugié dans la chapelle, et après je suis allé chez Pascale."

Rica attendit quelques instants avant de lui demander d'un geste qui était cette Pascale.

"Elle est française à cent pour cent, lui répondit Naji en arabe, mais différente des autres, c'est une fille de famille.

— La pauvre, mais qu'est-ce qu'elle va faire de toi, alors que tu n'as ni travail ni occupation ?"

Quand Naji traduisit à Pascale leur échange, elle éclata de rire. Il réfléchit à ce qu'il voulait lui dire… Tu réalises, ma chère Pascale, ce qui nous arrive à Rica et à moi ? Le voilà qui est en vie, et moi de retour chez nous ! Écoute, je n'oublierai jamais tout ce que tu as fait pour moi, et bien sûr on va rester en contact et demeurer amis. En revanche, je veux que tu oublies nos échecs.

Oh non, il n'arriverait jamais à lui dire tout ça ? Il ne lui dirait rien du tout. Mais comment allait-il se comporter quand elle serait sur le point de partir ? Rica se rendit à la cuisine et appela Naji. Ce dernier lui confia qu'il ne ressentait pas d'amour pour elle et qu'ils avaient bien essayé mais que… Il s'était interrompu pour pointer le bas de son ventre : "Il était trop perturbé avec ce qui t'était arrivé !"

Là-dessus ils étaient retournés tous les deux dans le living-room.

"Allez, Najnouj, prépare-nous donc une tasse de café à ton goût. Et vous, Pascale, ajouta-t-il à l'intention de la jeune femme, vous voulez du café ou du thé ? À moins que vous ne préfériez du jus de fruits ?

— Ah ben t'es marrant, toi, répliqua Naji en arabe, d'où veux-tu que je te procure du café, mon petit chéri ?" Puis, singeant la manière de parler de sa mère : "Tu veux que je pile mes dents pour te les donner ?"

Tous deux rirent à gorge déployée, et plus encore lorsque Naji essaya de traduire à Pascale ce qu'il venait de dire. Toutefois, elle les surprit tous deux en déclamant une phrase entière en arabe littéral, avec l'aide de son téléphone portable.

"Je prendrai du café, je vous remercie infiniment", déclama-t-elle dans un arabe parfait quoique teinté d'accent français.

Il ressentit un certain embarras, il n'avait pas envie qu'ils deviennent un trio composé de Rica, Pascale et lui. Non, ce qui lui plaisait, c'était d'associer Rica et Naji, ou plus exactement Naji et Rica, car ils étaient toujours ensemble, et même Maggie n'était pas habilitée à rallier le groupe pour devenir le troisième côté du triangle. Tout ce qu'il voulait, c'était rester avec Rica. Vraiment, il n'était pas question que Pascale se joigne à eux.

"Najnouj, l'épicier a accepté de me donner certaines choses en les inscrivant dans le cahier – pas seulement du café, du thé aussi. Va donc voir à la cuisine ce qu'il y a."

Naji s'y rendit précipitamment et découvrit dans l'armoire de la cuisine du sucre, du pain, des bananes et des oranges, une boîte de thon ainsi qu'un paquet de biscuits. Tout en tapotant toutes ces marchandises de la main, il s'écria : "Félicitations madame, vous êtes enceinte. Ma foi, Rica, te voilà devenu un homme, un vrai !

— C'est ma fracture qui m'a permis de devenir un homme. Quand j'ai demandé à l'épicier une baguette de pain, il m'a pris en pitié et m'a dit : « Prends tout ce que tu veux, ta tante est une femme au grand cœur »."

Rica avait réussi à se procurer tout ce qu'il voulait de l'épicerie sans avoir à payer un centime, tout était inscrit dans le carnet et mis sur leur compte. Jusqu'au jour où Yasmine avait appelé l'épicier pour l'avertir qu'elle ne rembourserait rien du tout, étant donné qu'elle attendait de son fils et de son neveu qu'ils recherchent du travail.

"Rica, je suis fou, comment est-ce que j'ai pu te donner deux cachets ? Je ne me le pardonnerai jamais !

— Bon, arrête un peu de jacasser et laisse-nous boire une bonne tasse de café avec un biscuit."

Tous trois burent le café avec des biscuits. Agacée par leur silence, Pascale jeta un coup d'œil à Naji comme pour lui demander ce qui était prévu maintenant. Ils sortirent tous les deux. "Après, je retourne auprès de Rica et je passe la nuit à ses côtés, lui dit-il dans l'ascenseur, je te vois demain. Tu préfères en fin de matinée ou en début d'après-midi ? Tu n'auras qu'à m'appeler. Ouais, sur le portable."

Ils décidèrent d'aller à la chapelle. Il fit mine de ne pas vouloir l'importuner davantage, mais elle insista pour l'y emmener en voiture. Pendant que toi, monsieur Naji, tu essayes de te débarrasser d'elle ! se murmura-t-il à lui-même.

"Tu ne me l'avais pas dit, que Rica venait des îles.

— Sa mère vient du Sénégal, de Dakar pour être précis.

— Il est très doux, rien à voir avec son gabarit, et il t'aime vraiment bien !

— Un seul regard m'a suffi à comprendre pourquoi j'étais devenu fou en le voyant étendu au sol. Si je me suis enfui, c'est parce que j'avais peur de me confronter à sa mort."

Elle tendit la main pour lui caresser le visage tandis qu'ils marchaient jusqu'à la voiture. À ce stade, elle avait probablement compris qu'il ne s'était rapproché d'elle que pour arriver à ses fins, malgré cela, elle continuait de l'aider, et même insistait pour qu'il accepte son aide – elle était sûrement tombée amoureuse de lui.

Il poussa un soupir de soulagement en voyant que sa voiture était toujours là, et que personne n'avait brisé de vitre, bien qu'il s'agisse d'une voiture étrangère à la cité. Il se pencha vers elle pour lui déposer un baiser sur la joue.

"Merci Pascale, merci beaucoup, tu es une vraie sainte qui conduit sa voiture comme Superwoman.

— J'avais cru comprendre que tu ne croyais pas à l'utilité des téléphones portables.

— Bien sûr que je n'y crois pas. Tu vas vite t'apercevoir que je suis un type très ordinaire.

— Quiconque chante le rap comme toi sera toujours à mes yeux une personnalité extraordinaire. Tu es un artiste !"

C'était comme s'il découvrait pour la première fois la route qui conduisait à Antibes et à la colline de la chapelle ; désormais il voyait de la beauté dans tout.

Le souffle de la joie pénètre mon cœur, et le souffle de la tristesse pénètre mon cœur, quant à moi je suis là juste pour trancher entre eux, je donne ordre au souffle de la joie de fermer la porte à la face du souffle de la tristesse en lui rappelant qu'il n'était pas déprimé quand il parcourait ces routes, il était juste effrayé, et la peur ne peut être surmontée que par la vérité. La vérité est la balance sur laquelle on doit peser les choses, et c'est aussi le remède. La mer m'appelle afin que je la voie déposer ses baisers sur les cailloux et le sable. Les arbres m'appellent pour que je les voie agités par le vent avant de s'apaiser et de s'endormir. Le silence et le tumulte m'appellent tous les deux en même temps. Ils appellent Naji, lui enjoignant de ne pas avoir peur, car Rica est revenu et il est indemne, il est même en pleine forme.

Ce morceau de rap là, il ne le chanta pas mais se contenta de se le marteler à lui-même.

"Dis, Naji, ta main est trempée de sueur ! lui souffla-t-elle tandis qu'ils pressaient le pas dans les allées du parc adjacent à la chapelle.

— C'est qu'elle pleure de joie."

Il déterra son téléphone et l'essuya de la main, puis le ramena à la vie. Le portable émergea de son long sommeil en pleine santé. Non, Maggie ne l'avait pas appelé.

Le contact de son téléphone dans sa poche lui donnait à présent un peu plus de sérénité, il l'avait ramené à une existence plus belle, dans laquelle il pouvait prêter l'oreille au pépiement des oiseaux et aux appels des grillons des bois qui leur tenaient compagnie, comme si tous se réjouissaient de ses retrouvailles avec Rica.

Pascale se jeta sur lui, l'attira contre elle et l'embrassa sur la bouche. Il lui demanda d'attendre quelques instants.

"Tu n'as pas peur de l'obscurité, au moins ?

— C'est plutôt l'obscurité qui a peur de moi !"

Il monta les marches jusqu'à l'esplanade de la chapelle, attiré par l'odeur de marijuana qui émanait d'un groupe de jeunes.

“Je suis policier, je sais que vous avez fumé de la marijuana et je suis venu vous féliciter, car j'en suis un grand amateur.”

Les jeunes éclatèrent de rire. Il sortit l'argent qu'il avait dans sa poche, dix euros. “Je suis venu ici avec ma chérie ce soir pour la supplier de m'épouser, mais je n'ai pas osé lui faire ma demande. Ne me demandez pas pourquoi, peut-être la timidité, ou bien la peur d'être rejeté. Est-ce que je peux vous demander une taffe ou deux de votre cigarette pour me redonner confiance en moi ?”

Le groupe explosa en rire et en applaudissements, au point qu'il eut peur que l'écho parvienne jusqu'à Pascale. Un jeune s'avança et lui tendit une cigarette, dont Naji prit quatre bouffées.

Il s'apprêtait à la rendre au jeune homme, mais changea d'avis au dernier moment et en reprit deux bouffées supplémentaires. Cette fois, c'est une jeune fille du groupe qui prit la parole : “Je te parie que ta chérie va accepter de t'épouser, mais il faut que tu saches que c'est là le début des problèmes.” De son côté, le jeune homme qui lui avait passé la cigarette refusa de percevoir de l'argent : “Gardez ces quelques euros, considérez-les comme notre contribution aux frais du mariage.”

Comme il aurait aimé rester avec ce groupe, et embrasser la jeune fille qui avait plaisanté avec lui. Incroyable l'effet qu'avait produit sur lui la marijuana ! Il se retrouva en train de descendre les marches au ralenti. Lorsqu'il informa Pascale de ce qu'il avait fait, elle éclata de rire et l'attira contre elle, ne le lâchant plus jusqu'à ce qu'il se soit enfoncé profondément en elle. De temps en temps, elle lui minaudait à l'oreille un “oui”, comme si elle cherchait à l'exciter encore plus. Lorsqu'il lui demanda s'il devait se retirer, elle acquiesça d'un hochement de tête, aussi recueillit-il "ses enfants" – sa semence – d'abord dans sa main, puis dans une grande feuille d'arbre. Il s'esclaffa à l'idée que la feuille allait tomber enceinte de lui. Cela le fit penser à la première fois qu'il avait joui en se masturbant, comment il avait déposé le sperme dans un petit sachet de nylon qu'il avait gardé dans sa chambre. Au bout d'un certain temps, la matière devenue aussi gluante que de la colle avait pris la couleur du liège. Sa mère était tombée sur le sachet suspendu dans sa chambre et l'avait décroché pour le jeter à la poubelle, ce qui l'avait mis en rage. "Tu viens de jeter tes petits-enfants aux ordures ! avait-il hurlé. – Ne t'inquiète pas, avait-elle répliqué, ils vont se transformer en sirènes de mer."

"Écoute Pascale..." C'est lors de leur retour dans sa voiture qu'il réussit enfin à prendre la parole, après avoir prêté l'oreille à son silence et perçu son agacement face à la lenteur des voitures, bien que la circulation fût plutôt fluide. Nul doute que le silence dont il ne sortait plus l'avait convaincue qu'il n'était plus avec elle, malgré la fusion qui les avait réunis pendant quelques minutes dans le parc de la chapelle. Un peu comme si, aussitôt leurs corps séparés, il l'avait oubliée, alors qu'elle, pour sa part, se sentait encore en pleine étreinte avec lui.

"Pascale, je ne sais pas pourquoi le sommeil s'est abattu ainsi sur mes paupières après qu'on a fait l'amour."

Elle éclata de rire, et il sut alors qu'il lui avait rendu sa confiance en elle. Il ferma les yeux quelques secondes avant de lui demander :

"Rica a l'air de m'en vouloir pour ce qui s'est passé, tu ne trouves pas ?

— Quand tu seras de retour là-bas, il faudra que tu lui montres que tu es ému de ce qui lui est arrivé, je veux dire psychologiquement ému, et que tu lui dises la terreur que tu as ressentie, tellement que tu as dû fuir pour t'abriter dans la chapelle.

— Je vais faire comme ça, et d'ailleurs je vais encore lui mentionner une deuxième et une troisième fois à quel point ton aide m'a été précieuse. Tu es une vraie sainte, Pascale !"

À peine étaient-ils arrivés au portail de la cité qu'il sauta hors de la voiture.

"Allez, on se voit demain, je te souhaite une bonne nuit."

Il pressa le pas au milieu des klaxons de voiture de la cité, du son des téléviseurs allumés, de la musique et des chansons qui emplissaient l'air d'un gros brouhaha.

Il pénétra dans l'ascenseur comme une flèche, ouvrit la porte de l'appartement et découvrit Rica qui l'attendait, debout dans l'entrée.

"Rica, Rica, gémit-il en se frappant le visage, quel fou je fais ! Comment j'ai pu te donner deux cachets, que Dieu me brise les deux mains ! Non seulement je t'en ai donné deux, mais en plus je t'ai abandonné et je me suis enfui quand je t'ai vu entre la vie et la mort !

— Najnouj, écoute-moi bien, moi, les deux cachets que tu m'as donnés, j'ai seulement fait semblant de les avaler, et quand Ton Excellence s'est éclipsée, je les ai jetés par terre et les ai écrasés sous mes talons. Eh oui, que voulais-tu que je fasse ? J'ai un cousin qui est complètement taré, mais moi je ne saurais pas vivre sans lui."

Là-dessus, il éclata de rire avant de pousser aussitôt un hurlement de douleur. Il alla s'asseoir sur la chaise car le sofa lui causait des douleurs insupportables chaque fois qu'il s'asseyait ou bien se levait.

“Vraiment, Rica ? Tu parles sérieusement ? Jure-le-moi, mais sur la vie de ta mère, hein, pas sur la vie de ton père !

— Sur la vie de ma mère, je te le jure un millier de fois. Ton Excellence était devenue folle, tu t'étais mis en tête de grimper sur la montagne, d'embarquer sur un bateau, de manger de la pizza à condition que le fromage soit de la mozzarella, et tu t'étais lancé dans une conversation avec la lune. Je me souviens encore à la lettre de ce que tu as dit à la lune : « Ben alors, la lune, je vois que t'es en train de tomber, fais attention, surtout ne fais pas ça parce que, moi, je pourrai pas te rattraper avec mes mains, et de toute façon j'ai d'autres lunes que toi, des petites et des plus grandes, et qui sont plus belles que toi. » Tu as sorti deux cachets de la poche de ta chemise, et tu as tenu à les montrer à la lune. Quand tu t'es mis debout, j'ai essayé de t'obliger à te rasseoir, je t'ai supplié, je t'ai supplié encore vu que j'avais peur que tu tombes, mais Dieu est généreux, tu sais. C'est dommage que mon téléphone se soit cassé sinon j'aurais pu te montrer ce que t'as fait. Bon, il n'empêche que t'étais drôle comme tout et que tu m'as fait exploser de rire…

— Donc en bref, je suis devenu fou et je t'ai rendu fou dans mon élan ?

— Seulement rendu fou ? Tu voulais escalader la montagne, tu voulais voler, tu voulais participer à une course olympique parce que tout le monde t'attendait, et Ton Excellence s'est mise debout parce qu'elle voulait descendre de la roue pour aller au bar. Chaque fois que je me cramponnais à toi, tu me repoussais, parce que tu voulais sauter dans la mer. Je me suis mis à pleurer parce que je n'arrivais pas à t'immobiliser ni à te retenir, je me suis mis à te supplier de reprendre tes esprits. Tout en te suppliant, j'ai approché mes mains des tiennes pour que tu les attrapes, mais lorsque j'ai essayé de te tirer par les doigts, tu t'es mis à me mordre. J'ai essayé de ramener tes jambes sur le sol de la nacelle, mais tu as saisi les chaînes en utilisant la nacelle comme une balançoire, ce qui a bien fait rire les jeunes derrière nous, ils se sont mis à rire et à siffler. Tout ce qu'ils voyaient de la scène, c'est qu'on était tous les deux excités comme des beaux diables. Lorsque tu as sorti tes jambes par-dessus les chaînes, j'ai crié, j'ai hurlé de toute ma voix pour qu'ils arrêtent la roue, et tout le monde à bord et aussi en bas, sur la route, s'est mis à crier et à rire en même temps, pendant que toi tu me repoussais de toutes tes forces et que moi je me cramponnais à toi tant bien que mal pour t'empêcher de basculer. Ensuite, quand la roue a commencé sa redescente, et qu'il ne restait plus que deux nacelles à débarquer avant la nôtre, j'ai voulu sauter à terre pour les obliger à arrêter la machine, mais j'ai fait une sacrée chute et en entendant le choc de mon corps s'écraser au sol, j'ai vraiment cru que j'étais mort."

Brusquement le même air froid qui avait régné quand ils étaient dans leur nacelle souffla sur Naji, peut-être était-il en train de se souvenir de ce qui était arrivé, ou peut-être que l'histoire de Rica l'avait poussé à revoir le film des événements scène par scène. Il poussa des cris, s'adressant des reproches, se frappant la tête contre les murs, se giflant le visage, mettant ses mains autour de son cou et pressant dessus pour s'étrangler.

"Qu'est-ce qui te prend, Najnouj, de vouloir t'étrangler comme ça ? Qui c'est qui va m'aider si toi tu t'étrangles ?

Allez, je suis fatigué, allons dormir, on va arrêter les histoires et les drames. Et puis rappelle-toi, je suis juste Rica, je ne suis pas ma tante. Allez, mon bon ami, viens qu'on dorme, demain sera un autre jour."

Naji fit le vœu que le matin puisse s'animer et survenir immédiatement.

Qu'on s'endorme ? Comment font les gens pour s'endormir ? Ils ferment les yeux, posent la tête sur l'oreiller et sombrent aussitôt dans le sommeil. Mais son cerveau à lui était réveillé, comme d'habitude, il était campé au-dessus de ses yeux, au-dessus de son ventre, le secouant par les épaules, avant que Naji l'attrape par la main pour l'emmener à tire-d'aile jusqu'à Beyrouth, afin que son moi se rassure et s'apaise. Ils volèrent ainsi jusqu'aux cris des enfants qui jouaient dans le voisinage, mais son esprit lui demanda de scander les noms de rues inscrits sur les plaques métalliques bleues, et de lui dire comment s'appelait la voisine qui avait l'habitude de pincer la joue de Naji en lui faisant du charme : "Qu'est-ce que tu es fort, oh petit diable, mon chéri surpuissant, mon petit Naji !"

Son esprit ne s'arrêta pas là et exigea de lui qu'il lui récite les règles de grammaire qu'il avait apprises autrefois. Lorsqu'il fut patent qu'il ne s'en souvenait plus, son esprit le mit en garde : "C'est ton job, ça, tu comprends ? Allez, récite ta leçon : le passé, le présent, le futur…", à quoi Naji répondit : "Le présent, je ne l'aime pas, et le passé, je l'ai oublié ; quant au futur, c'est un mensonge à la fois lointain et proche." Son esprit insista : "Dans ce cas, ça signifie que tu ne vis pas, que tu n'as pas oublié le passé, pire, que tu continues à vivre dedans. On dirait même que tu ne crois pas au présent. – Pourquoi est-ce que je ne dors pas ? hurla Naji. Dis-le-moi, ô mon esprit !" Au lieu de se mettre en condition pour dormir, son esprit s'interrogeait sur la manière dont on disait "ventricule" en arabe. Rica, lui, l'avait mémorisé dans les deux langues à force de l'entendre dans la bouche de sa tante, sans qu'il en comprenne au début la signification : "Je vais te détacher de mon cœur, quand bien même tu t'accrocherais au ventricule."

Ses pensées étaient encore préoccupées par Maggie, qui n'avait même pas essayé de l'appeler, pas même par curiosité, et qui avait coupé court à la conversation lorsque lui-même l'avait appelée. Sa colère semblait être de celles qui sont difficiles d'apaiser. Il lui écrivit un message : "Tu chantes peut-être des chansons à la gloire de l'amour, mais quand il se présente, tu le fuis en t'imaginant qu'il attente à ta dignité ! Quoi qu'il en soit, j'espère qu'on pourra se voir au moins une fois pour que je t'explique ce qui s'est passé lorsqu'on était convenus de se retrouver à l'appartement et que tu ne m'y as pas trouvé."

Il ne savait plus s'il était endormi ou bien réveillé. Il se rendit sur le balcon et souleva son vélo dont le cadre était enfoui sous un amoncellement de vieilles affaires qui se protégeaient les unes les autres. Lorsqu'il eut retourné le climatiseur, celui-ci lui apparut comme un monstre à la gueule grande ouverte, tout comme les lustres dont il avait manipulé les fils électriques, le fer à repasser qu'il avait repeint en rouge, salissant au passage son t-shirt, la batterie qu'il avait désossée pour en voir les tripes, le ventilateur électrique recouvert de rouille. Pourquoi donc Yasmine avait-elle tenu à conserver tout ce bric-à-brac ? Il y avait même le pistolet en plastique qu'il aimait à remplir de ketchup, pressant la détente pour asperger le plafond et les murs. Il se mit à jeter toutes les affaires par le balcon, ainsi il parvint à dégager son vélo et à s'en saisir avant de prêter l'oreille aux crissements de freins des voitures, des motocyclettes et des roues de train. Il entendait son propre souffle le traquer. Il fallait vraiment qu'il parte, sinon il serait à la merci de ce danger qui terrifie les humains.

Il partit récupérer une boîte de carton qui se trouvait dans le vaisselier et en retira son passeport. Il aperçut un porte-clés que lui avait offert Maggie et alla le jeter immédiatement par la fenêtre, attendant de l'entendre tinter sur le sol. Il ouvrit la porte de l'appartement et la referma lentement derrière lui pour ne pas réveiller Rica. Était-il possible que son ami n'ait pas entendu le raffut qu'il avait provoqué en jetant tous ces objets ? Il prit l'ascenseur avec son vélo, les yeux larmoyants, et bouta Rica hors de son esprit. Il ne méritait pas de vivre avec un type comme lui, un brave type dont il avait failli causer la mort. Que représentait-il, lui Naji, sinon un virus qui envahissait votre corps et diffusait ses substances toxiques à l'intérieur ?

Le bruit des voitures sur la route à grande vitesse avait déjà de quoi effrayer, alors que dire maintenant que l'obscurité régnait, que les phares des véhicules et des camions ressemblaient à des animaux féroces qui le traquaient. Je veux que tu aies peur, se dit-il à lui-même, je veux que tu sois réduit à vagabonder, je veux que tu aies faim, je veux que tu ne trouves même pas un endroit où pisser. Tu sais Naji, je te connais bien. Tout ce qu'il y a, c'est que tu veux t'enfuir, et cela bien que Rica ait besoin de toi. Tu m'entends ? Tu veux t'enfuir au lieu de t'asseoir avec Rica pour distraire sa solitude et l'aider à supporter ses douleurs à l'épaule et au bras.

Il se dépêcha de revenir à l'appartement et prit soin d'y entrer sur la pointe des pieds. L'endroit était entièrement silencieux. Après avoir replacé le passeport dans la boîte en carton, il se tint un instant près de la porte de la chambre et entendit le ronflement discret de Rica. Son cœur en fut tout réjoui. Il plongea la main dans une chaussette où il avait dissimulé un demi-cachet de drogue. Naji avait oublié son existence, mais il était bel et bien là qui l'attendait dans sa cachette. Plutôt que de l'avaler immédiatement, il le posa devant lui sur la table et le scruta longuement, un regard appuyé que le cachet lui retourna. "Tu me défies, petit salopard ? lui lança Naji. Dans ce cas, ce sera la guerre ! Et sache que c'est moi qui vais remporter cette bataille."

Une idée avait surgi dans son esprit, il sauta sur ses pieds pour aller chercher un tissu ouvragé qui, depuis aussi longtemps qu'il s'en souvienne, avait été encadré au mur à Beyrouth. Il avait d'abord pensé qu'il s'agissait d'un tableau peint, avant de découvrir par la suite qu'il était brodé au fil de soie extrêmement fin, avec des motifs d'oiseaux planant dans le ciel en tenant des pierres dans leur bec. Ils les lançaient sur des cavaliers qui galopaient dans les montagnes ainsi que dans les vallées entre les palmeraies, on les voyait jeter à ces oiseaux des regards inquiets. Il y avait également des lignes tracées en calligraphie arabe qu'il connaissait encore par cœur : "Envoie sur eux les oiseaux *ababil* afin qu'ils les bombardent de pierres d'argile", une formule qu'il avait mémorisée bien avant d'apprendre qu'elle était tirée de la sourate de l'Éléphant. Il approcha le cadre du cachet posé sur la table, avant d'interpeller ce dernier : "Mon petit bonhomme, oui c'est à toi que je parle, toi le demi-cachet, j'hésite vraiment à t'attraper pour te fourrer dans ma bouche, car j'aurais peur en agissant ainsi de m'attirer les foudres des oiseaux *ababil*, qui ne tarderaient pas à me bombarder de pierres enflammées." Cela ne l'empêcha pas de tendre la main en direction de la table, mais son autre main appliqua une tape sur la première et attrapa le cachet avant qu'il n'ait eu le temps de le glisser dans sa bouche, le jetant à l'autre bout de la table, voire derrière – à moins qu'il n'ait sauté sur l'étagère où se trouvaient le sèche-cheveux contenant des cheveux de Yasmine et cinq chaussettes orphelines qui lui avaient appartenu, à lui ou à Rica, et qui attendaient d'être assemblées à leur jumelle manquante.

Il feignit d'être fort, déterminé et confiant, et de ne pas prêter attention à l'endroit où avait atterri le demi-comprimé, mais son esprit voulait savoir où il était tombé, juste par curiosité ! Malgré tout, il fit marche arrière, et conseilla à son cerveau d'une voix bien audible : "Bon, puisque tu es si fort, tu n'as qu'à te faire poser des jambes et des mains, monsieur Superman. Vas-y, montre-nous donc ce dont tu es capable !"

La vision des cheveux de Yasmine l'incita à lui téléphoner sur-le-champ, mais elle ne lui répondit pas. Lorsqu'il avait déterré le téléphone de la fosse où il était enfoui, il avait eu peine à croire que sa mère ne l'avait pas appelé une seule fois tout au long de ces trois jours. Il se surprit à lui envoyer un message vocal où il lui disait : "Bon, tu ne réponds pas à mes appels parce que tu voudrais que je travaille, ça, on peut comprendre. Mais ton attitude à notre égard ressemble vraiment à une punition.

Tu nous as laissés sans rien à manger ni à boire, et pas un centime pour les dépenses. Si tu voulais nous donner une leçon, tu aurais dû t'y prendre d'une autre manière, mais comme tu es quelqu'un d'immoral, la seule chose que tu es capable d'inculquer à autrui, c'est la haine."

Il courut chercher les crayons qui étaient posés près du téléphone à la cuisine, et se mit à dessiner sur le mur un cercle avec à l'intérieur un visage effrayant, et au-dessous deux cercles qui figuraient les seins, surmontés chacun d'un scorpion. Pour finir, il inscrivit au-dessous, en français : "Le paradis se trouve sous les pieds des mères."

Naji avait rendez-vous avec Pascale dans la vieille ville d'Antibes. Il enfila sa soutane de curé avant de partir faire la manche à trois emplacements différents, ce qui lui permit de collecter dix-huit euros. Ensuite il se rendit au café-boulangerie habituel et s'acheta une pâtisserie qu'il dégusta sur le trottoir devant Le Pralin. Il guettait l'arrivée de la voiture de Pascale, qu'il s'attendait à voir surgir n'importe où : tout près ou bien plus loin, à droite ou bien à gauche. Dès qu'il l'aperçut qui manœuvrait pour garer le véhicule, il se leva pour aller à sa rencontre. “Pascale, je t'en prie, je veux aller avec toi à la chapelle si tu veux bien.” Ils s'y rendirent ensemble ; Pascale commença par aller se recueillir devant l'autel tandis que lui s'affairait à tourner les pages du cahier de prières. Il sut qu'il avait vu juste lorsqu'il tomba sur ce que Pascale avait écrit avant-hier : “Merci de m'avoir écoutée, ma sainte bien-aimée, et pour m'avoir donné l'absolution et m'avoir pardonné les péchés que j'ai commis à votre encontre, ainsi qu'à l'encontre de Notre-Seigneur Jésus et de la religion en général.”

Qu'est-ce qui lui faisait dire que la Vierge ne lui avait pardonné sa faute qu'avant-hier ?

Sur une nouvelle page, il écrivit : “Je vais œuvrer nuit et jour jusqu'à temps d'avoir les moyens de vous faire l'offrande que je vous avais promise en échange de la guérison de Rica. Je vous remercie encore une fois de m'avoir envoyé Pascale, cet ange qui s'est tenu à mes côtés dans mon épreuve. Votre fils dévoué, Naji."

Voyant que Pascale l'avait aperçu écrivant à la table, il lui fit signe de venir lire ce qu'il avait écrit mais elle s'obligea à détourner le regard du cahier, lui soufflant que toutes ces prières étaient secrètes et qu'elles devaient rester entre le quémandeur et la sainte.

"Au fait, lui dit-elle, je ne te l'ai jamais demandé, mais tu es chrétien ?

— Je suis à la fois rien et tout, répondit-il en riant. T'ai-je déjà raconté que je t'avais vue un jour pleurer en écrivant dans ce cahier ? J'ai voulu m'avancer vers toi pour essuyer tes larmes et passer ma main dans ta belle chevelure.

— Je jouais un rôle à ce moment-là. Après avoir découvert que ma mère me suivait partout et m'espionnait, j'avais revêtu le costume de la fille contrite qui regrette infiniment la faute qu'elle a commise en se montrant menteuse et hypocrite envers sa mère.

— Pascale, je ne comprends pas, pourquoi ta mère fait-elle en sorte que tu expies indéfiniment une faute qui remonte à – il réfléchit un instant – près de dix-sept ans ?!

— C'est que ma mère a aujourd'hui près de soixante-dix ans, apparemment elle est terrifiée par la mort et par l'au-delà ; elle veut se persuader que la faute émanait bien de moi et moi seule, et que pour sa part elle n'a rien à voir avec ça. Comme si ce n'était pas elle qui m'avait tout appris et qui m'avait éduquée dans l'art du mensonge et de l'hypocrisie ! Je me rappelle qu'une fois, elle m'avait enjoint de demander à ceux qui priaient de retirer leurs chaussures avant d'entrer dans l'église lorsqu'il avait plu, et cela afin de ménager les tomettes de l'édifice qui remontent à des centaines d'années. Lorsque je lui ai demandé ce que je devais répondre si on objectait que ce n'était pas une exigence chrétienne que de retirer ses chaussures avant d'entrer, elle s'était empressée de répondre : « Dis-leur que tu as entendu dans ton sommeil la sainte te souffler ce commandement à l'oreille. »"

Pascale éclata de rire et ajouta :

"Moi aussi je l'ai trompée quand j'ai cessé progressivement de fréquenter la chapelle, j'ai écrit que désormais je préférais me confesser à la sainte en face à face plutôt que de rédiger mes invocations et mes demandes d'absolution dans le cahier. Ma tante m'a filmée en train d'écrire ça et a montré la vidéo à ma mère.

— Incroyable, j'ai l'impression de lire les pages d'un roman à suspense ! Tu veux que je te dise comment le roman se termine ?"

Pascale esquissa un sourire et lui prit la main, attendant la suite.

"La fin, c'est que le jour est venu pour toi de dire adieu à la chapelle, que ta mère le veuille ou non !

— C'est exactement ça. D'ailleurs, ma mère est rentrée à Paris hier. Et toi, Naji, où en es-tu ? Vas-tu chercher du travail et mener enfin une existence indépendante ? Ou est-ce que tu vas rester à la maison avec ta mère ?

— Je quitterai la maison aussitôt que Rica sera guéri, et après, *Goodbye, Columbus*.

— *Goodbye, Columbus* ?

— Oui, c'est le titre d'un film assez ancien : ma mère avait l'habitude – et l'a gardée du reste – d'employer cette formule chaque fois qu'elle s'apprêtait à jeter quelque chose dont elle n'avait plus besoin.

— Et Rica alors, il va pouvoir rester à la maison une fois que tu seras parti ? Ta mère le laissera-t-elle vivre avec elle ?"

Naji haussa les épaules, feignant l'indifférence, quand bien même il attachait à cette question une importance capitale, mais il préférait la rejeter au loin dans la jungle de la peur et de l'angoisse. "Rica est un aventurier, il a quitté le Liban pour l'Afrique, puis il a quitté l'Afrique parce qu'il voulait vivre en Europe, en Allemagne plus particulièrement. Nul doute qu'un jour, il voudra se libérer de la servitude de ma mère, et de la mienne aussi. Je me moquais de lui parce qu'il n'avait pas de petite amie et parce qu'il n'avait pas essayé de rencontrer quelqu'un depuis sa venue en France, mais à présent je dois admettre que c'est Rica qui est le plus audacieux de nous deux.

— J'ai une autre question à te poser : est-ce que tu as un œil de verre ?

— Comment as-tu deviné ?

— Je t'ai vu un après-midi déguisé en prêtre ; et à cette époque-là, tu n'avais qu'un seul œil. J'ai eu pitié pour toi et je t'ai fait don de cinq euros.

— Cinq euros seulement, espèce de petite radine ? Tu n'as pas honte ?

— C'était le jour où tu m'avais interceptée près de la chapelle, afin de me demander le chemin pour Antibes. J'avais essayé de me rappeler où je t'avais rencontré – ou bien quelqu'un qui te ressemble – car ton visage ne m'était pas inconnu, et encore moins ton sourire. Et là, ça vient de me revenir.

— Mon œil en a vu tellement qu'il a succombé à l'ennui et en a eu assez de regarder. À tel point qu'un jour il m'a dit : « Je veux partir loin de toi et habiter dans un autre visage, peut-être même dans un autre pays, ou alors m'isoler complètement en moi-même. » Mais avant de te dire ce qu'il en est de mon œil, je voudrais m'excuser auprès de toi car je t'ai menti. Les menteurs finissent toujours par être confondus. Mais pour moi, c'en est bel et bien fini, je te jure de me couper la langue si je profère encore un seul mensonge !

— Marché conclu. Maintenant, tu peux me dire ce qui est arrivé à ton œil ?

— Je veux bien, mais me croiras-tu ?

— Bien sûr que non !

— À l'époque – je devais avoir neuf ans –, j'ai voulu pointer mon pistolet en plastique sur nos voisins à Beyrouth, ils étaient sur le balcon de l'immeuble d'en face, et faisaient cercle autour de leur perroquet. J'ai dû tenir le pistolet à l'envers, de sorte qu'il était pointé sur mon propre visage." Naji retira son œil de verre et le lui tendit. Pascale s'en empara dans un geste plein de délicatesse, comme si elle craignait de le faire tomber.

"Oh, ce qu'il est beau, s'exclama-t-elle, il est de la couleur de la mer.

— Il ressemble à l'œil du paon, tu pourras l'examiner de plus près quand on sera rentrés à ton appartement – je dois avouer que madame chat me manque…"

Du temps où il était en terminale, il était tombé amoureux de Françoise, une fille de sa classe, mais il avait compris qu'elle ne l'aimait pas autant que lui l'aimait. Belle et dotée d'une forte personnalité, elle lui était supérieure en tout, même en matière de poésie, alors que lui-même en écrivait et qu'elle au contraire n'en écrivait guère. Sa poésie à elle se retrouvait dans ses dessins extrêmement élaborés, qu'elle agrémentait de détails incroyables. Naji avait néanmoins senti qu'elle l'admirait, du moins la manière dont il déclamait sa poésie, et cela d'autant plus qu'il n'avait qu'un œil.

Il extrayait son œil de verre et s'amusait avec, par exemple il le fourrait dans sa bouche ou bien le glissait subrepticement dans la poche de Françoise afin qu'il lui rapporte les agissements de sa dulcinée. Lorsqu'ils eurent décidé qu'ils feraient l'amour, il avait voulu qu'elle sursaute à l'instant où elle le découvrirait nu, et la seule chose qu'il avait imaginée pour obtenir cet effet, c'était de se faire tatouer le prénom de la belle sur son corps. Toutefois, il avait changé d'avis peu après, peut-être en pressentant que c'était un engagement trop fort, car qu'adviendrait-il le jour où elle n'aurait plus envie de lui et ne voudrait plus de lui comme petit ami ? Malgré tout, il tenait à ce qu'elle éprouve des doutes quant à son amour pour elle, car il n'y avait rien de tel que le doute pour enflammer l'étincelle de l'amour. Aussi avait-il finalement choisi de se faire tatouer l'image d'un paon, qui dans son esprit personnifiait son œil.

"Naji ? Tu t'appelles Naji ?

— Non je m'appelle Naj."

Fier de sa réplique, il avait éclaté de rire.

"Et tu as une sœur ?

— Bien sûr, ma sœur c'est la plume du paon."

Lorsqu'il s'était tenu devant le paon, lors d'une excursion scolaire au zoo, et qu'il l'avait vu faire la roue, admirant la façon dont sa queue se transformait en yeux et en étoiles, il ignorait encore à l'époque que cette vision des yeux du paon resterait à jamais gravée dans son esprit. Il se rappelait encore comment, en réaction aux explications de la maîtresse sur le fait que les plumes du paon se formaient lorsqu'il atteignait l'âge de trois ans, il s'était écrié : "Évidemment, trois ans ne sont pas de trop pour arriver à cette harmonie de couleurs aussi élaborées que magnifiques !"

Comme il l'avait prédit, Françoise s'était attachée à lui grâce au paon, il se rappelait encore la première fois où ils avaient fait l'amour, cela avait été aussi beau que les plumes du paon, imbriquées tel un cristal dans la clarté du jour et plantées dans le cœur du soleil, un arc-en-ciel qui n'aurait pas eu besoin de pluie. Il se souvint comment Françoise lui avait murmuré que le paon glissant sur sa peau lui faisait l'effet du velours.

Naji retira sa chemise afin que Pascale puisse voir le paon avec ses plumes dorées qui tiraient sur le vert, le bleu de Nil, le vert azur et le brun ambré. Elle avait fermé les yeux, éblouie, avant de pousser un hoquet de stupéfaction, hoquet qui lui avait rappelé celui de Françoise autrefois. Où pouvait-elle être à cette heure ? Il essaierait de la retrouver au moyen d'internet. Le voilà qui faisait l'amour à Françoise, se délectant de ses lèvres, avant de sentir à nouveau qu'il redevenait seul, la cherchant désespérément. Maggie réussissait alors à le récupérer pour elle après avoir pris par la main Pascale, qui avait elle-même compris comment l'accaparer – en devenant la queue du paon faisant la roue à la manière d'un éventail qui se déploie. Alors les plumes soyeuses avaient ouvert les yeux, chaque cil entrant dans une joute amoureuse avec un autre cil. Après qu'ils se furent épuisés l'un l'autre, Pascale lui demanda :

"Voudrais-tu venir vivre chez moi ?

— Oh, j'aimerais tellement ! Mais je préfère habiter seul, car c'est la seule façon que j'ai de devenir indépendant et de pouvoir compter sur moi-même."

Il la serra contre lui avant de murmurer :

"Bien sûr, je dis ça pour l'avenir immédiat, mais sois certaine que tu seras toujours dans ma vie."

Elle revint avec une boîte dans les mains. "C'est pour toi !" lui dit-elle. Il l'ouvrit précipitamment, impatient de découvrir ce que c'était. C'était un microphone fonctionnant avec des piles. Il en plaça aussitôt une dans le compartiment prévu à cet effet.

"Alors, ça te plaît ?"

Il sauta sur ses pieds et, approchant le micro de sa bouche, se mit à déclamer :

Je viens d'atteindre le paradis il y a peu,
Moi, le paon et ses yeux, je n'ai même pas eu besoin de prendre de cachet,
Je ne me suis véritablement senti en France que depuis que je te connais, et j'y suis toujours,
Toutefois il faut maintenant que j'en parte pour me rendre au chevet de Rica.
Ne sois pas triste mon joli paon, je ferai en sorte que tu ne t'envoles pas, et nul ne te kidnappera,
Car à présent, tu es au paradis.

Arrivé aux portes de la cité devant lesquelles l'avait déposé la voiture de Pascale, il eut envie de prendre un cachet, peut-être même deux, mais il préféra s'abstenir, se forçant à plonger la main dans la poche de son gilet pour en sortir la photographie de Rica, celle où on le voyait avec ses ecchymoses au visage et un plâtre enserrant son épaule et son bras.

Il devait vraiment faire en sorte de tomber de fatigue, sans quoi il allait devenir fou. Il se mit à tournoyer sur lui-même comme un derviche, et s'imposa de monter à pied les quelque deux cents marches ou plus qui conduisaient à l'appartement plutôt que de prendre l'ascenseur. Ses jambes grimpaient de plus en plus vite, tout comme le pouls qui battait dans sa tempe. Arrivé au troisième étage, il sentit la même odeur d'eau de Cologne qu'il avait sniffée ici avec son copain Abdelkarim, pour sentir le sol décoller sous leurs pieds. La mère d'Abdelkarim – une Allemande – avait dit un jour à Naji : "Pourquoi est-ce que tu veux voler plutôt que de marcher sur terre ?" En apprenant, à la fin de l'année scolaire, que ses notes étaient excellentes, elle lui avait lancé : "Toi, Naji, tu es comme une machine à laver automatique qui se serait arrêtée sur pause." La comparaison lui avait bien plu, même s'il ne comprenait pas où elle voulait en venir. "Ce que je veux dire, avait-elle expliqué, c'est qu'une fois que tu as rempli la machine à laver de vêtements, d'eau, de savon et de mousse, et que tu l'as enclenchée, eh bien elle est tout à fait capable de poursuivre son cycle et de le mener à son terme, sauf que, toi, tu l'as mise sur pause."

Abdelkarim était parti d'ici lorsqu'il était tombé amoureux d'une jeune fille espagnole rencontrée à l'université. Les deux amoureux s'étaient mariés et étaient partis vivre à Paris, lui était devenu avocat et elle directrice d'école.

Arrivé à la moitié des marches conduisant au cinquième étage, Naji renonça et redescendit précipitamment pour ressortir de l'immeuble. Il prit la boîte contenant son cadeau et en sortit le microphone avant de se mettre à rapper *a cappella* :

> *Des caméras, des caméras partout qui me surveillent, dans l'ascenseur elles me surveillent, dans les yeux des murs elles me surveillent où que j'aille, mais moi je me suis mis en dehors de tout ça, je veux vos oreilles, je veux que vous les débarrassiez de leur cire jaune et que vous m'écoutiez, je veux vos yeux, je veux que vous les débarrassiez du voile opaque qui les couvre et que vous les obligiez à m'écouter.*

Il s'interrompit subitement, et se mit à tapoter le sol comme s'il voulait lui demander quelque chose. Est-ce que tous ceux qui l'écoutaient allaient comprendre un morceau déclamé à un rythme aussi rapide ? Le rap s'était rendu célèbre par l'impatience qui s'y exprimait, ses paroles étaient comme de la mousse de savon, elles se dissipaient avant même que l'œil ait eu le temps de les examiner.

Il ralentit le rythme de sa déclamation et se mit à dialoguer avec lui-même, y mettant tout son cœur comme s'il était un acteur sur une scène de théâtre.

> *Des caméras, mes chers amis, des caméras qui me surveillent, qui vous surveillent, dans l'ascenseur, dans les yeux des murs, et cela n'importe où, même quand je suis ici avec vous, je veux que vos oreilles expulsent leur cire jaune, je veux que vos yeux chassent le voile opaque qui les couvre, et qu'ils m'accordent également leur écoute.*
>
> *Je connais tous ceux qui habitent cet étage, et cet autre aussi, jusqu'au moindre aboiement de chien, jusqu'au*

moindre miaulement de chat, jusqu'au moindre grésillement de machine à laver, jusqu'aux cris d'une mère, à la musique tonitruante, au silence, oui, au silence plus que tout.

Mon ami Abdelkarim m'admirait pour m'être caché dans la citerne lorsque la police est venue m'arrêter, pas seulement moi, mais aussi Léo, Mohamed, Alexandre et Sam. La mère d'Alexandre nous avait dénoncés, après avoir deviné à l'odeur imprégnant nos vêtements et à nos rires hystériques qu'on fumait de la marijuana. Elle nous avait hurlé dessus : "Les enfants, si je sens cette odeur de haschich encore une fois et que je vous entends débarquer ici, je préviens la police." La police nous harcelait également, jouant sur la menace et sur la peur, pour qu'on leur livre le nom du "caïd" – le trafiquant qui nous avait embauchés comme coursiers. Or le trafiquant en question redoutait l'ire de son Dieu, c'est pour ça qu'il honorait scrupuleusement ses dettes en nous remettant une cigarette de haschich comme rémunération de nos efforts.

J'ai découvert que la police avait arrêté tout le monde excepté Naji – c'est-à-dire excepté moi –, parce que j'avais trouvé refuge dans la citerne et que j'avais nagé à l'intérieur jusqu'au lendemain, tel un poivron jaune qu'on aurait trempé dans la saumure. Passé cette nuit-là et le jour suivant, puis les mois puis les années, mon cerveau a mémorisé dans ses registres les noms des enfants et des adolescents qui nous avaient quittés pour s'exiler, ceux qui sont allés en prison, et en particulier ce garçon dont nous évoquions le souvenir en souriant et en riant, nous avions oublié qu'il s'appelait Adil, nous n'avions retenu que son surnom Abou Dajaja – "le gars aux poules" – du fait que les poules le fuyaient exactement comme elles auraient fui un renard.

Même le coq s'arrêtait de crier et détalait à toute vitesse dès qu'il le voyait. "Abou Dajaja, Abou Dajaja !" le hélions-nous en riant interminablement et en lui demandant s'il voulait savoir pourquoi on l'avait surnommé comme ça : parce qu'il courait après les poules comme après un ballon de football.

L'un des gamins de la bande nous avait révélé que la mère d'Adil l'obligeait à voler des poules qu'elle égorgeait ensuite pour les donner à manger à son foyer miséreux. Mais selon les dernières nouvelles qu'il tenait de sa propre mère, Saadiya, qui élevait les poules dans son jardin, était pingre et ne donnait rien à manger à ses poules à part des mauvaises herbes, des cafards morts et un tout petit peu de grains. C'est pour ça qu'Adil les pourchassait en les attirant avec du grain et des feuilles de laitue. Finalement, l'énigme s'était résolue d'elle-même lorsque nous avions tous appris, grands et petits, que Saadiya l'avait pris sur le fait un après-midi alors qu'il tentait d'enfoncer son membre dans le cloaque d'une des poules, la pauvre caquetant désespérément pour s'enfuir. Chaque fois qu'elle lui échappait, il la rattrapait, jusqu'au moment où Saadiya l'aspergea d'eau et hurla de toute sa voix pour appeler à la rescousse les familles de la cité, leur demandant de cracher sur Adil.

On s'était tous massés autour de lui et on s'était appliqués à lui cracher dessus en scandant son nom "Abou Dajaja", tandis qu'il essayait de fuir après avoir éclaté en sanglots. De ce jour-là, on a juré, nous les petits, de ne plus manger de poulet de toute notre vie. L'un d'entre nous a même pleuré sur les poules tellement elles lui faisaient de la peine, avant de jeter une pierre sur le coq pour le punir de ne pas avoir su protéger sa poule. Quant à Abou Dajaja, il a cessé d'aller à l'école puis a disparu lui et sa famille, au point qu'on l'a quasiment oublié, jusqu'au jour où la fille du libraire l'a aperçu, quelques années plus tard, dans le poste de télévision. Il était interviewé au sujet de son roman pour lequel il avait décroché un grand prix littéraire.

Elle l'a entendu déclarer qu'un incident survenu dans son enfance avait poussé sa famille à s'exiler au Canada, et expliquer comment, après avoir vécu ça comme un traumatisme pour lui et pour sa famille, il avait finalement réussi à le transformer en énergie positive en décidant de devenir écrivain.

Oh, Abou Dajaja, comme tu me manques ! Je voudrais essuyer les larmes que tu as versées quand on t'a couru après comme des corbeaux de mauvais augure, je voudrais t'interroger sur l'épisode où ils ont fait venir un homme de religion pour qu'il te persuade de te repentir de ce que tu avais fait à la poule. De mon côté, je vais te révéler un secret que tu auras peut-être envie d'inclure dans ton prochain roman, à propos de cet homme de religion qui tournait autour des bâtiments de la cité en écoutant les plaintes des parents à propos de leurs enfants. Parmi ceux-ci, il y avait le petit Mohamed qui a été surpris une fois en train de se masturber ; en apprenant cela, le religieux n'avait rien trouvé d'autre que de lui organiser une rencontre avec une djinna qui viendrait le visiter la nuit pour qu'il fasse l'amour avec elle. À l'époque, je m'étais empressé de contacter le religieux pour lui faire savoir que, moi aussi, je m'adonnais à la masturbation nuit et jour et que je voulais bien qu'il m'aide à m'accoupler à des djinnas. En voyant que le religieux ne venait pas nous rendre visite à la maison comme il me l'avait promis, je l'ai harcelé jusqu'à ce qu'il me confie qu'une djinna m'avait bien rendu visite, mais qu'elle m'avait trouvé têtu, arrogant et ennuyeux.

À ce propos, je viens de me rappeler Rodrica, la vieille Portugaise du sixième. Comme toutes les femmes de notre entourage, elle était pleine d'intelligence et de perfidie. Elle avait donné à Oum Talal une méthode miracle pour encourager son fils à la pratique solitaire : regarder ailleurs et s'absenter de temps en temps de la maison en laissant à sa portée un magazine érotique. Après qu'Oum Talal avait mis la méthode en pratique un certain nombre de fois, son fils s'était selon elle entièrement débarrassé de cette manie, conformément au principe selon lequel il faut, pour se défaire d'une mauvaise manie, s'y être suffisamment adonné.

Au nombre des femmes téméraires, il y avait aussi Balkis (j'ai modifié son prénom), qui était surnommée "sœur des hommes". Elle avait une recette de courgettes farcies dont elle évidait l'intérieur pour le farcir non pas de viande de riz et de pain, mais de petits sachets en plastique multicolores qui contenaient toutes sortes de drogues, après quoi elle plaçait les mets dans une marmite en aluminium et en fermait hermétiquement le couvercle. Ensuite, elle nous envoyait, nous les gamins, porter ladite marmite jusqu'à tel ou tel appartement de notre immeuble ou des immeubles voisins. Elle nous avait appris, pour le cas où quelqu'un nous arrêterait en chemin, à déclarer que cette marmite contenait des courgettes farcies envoyées par notre mère à sa sœur. C'est ainsi que je me suis mis à prélever chaque fois un cachet ou un joint de haschisch, jusqu'au moment où Balkis a découvert mon subterfuge et s'est avisée du fait que j'étais aussi diabolique qu'elle : j'étais capable, comme dit l'expression, "d'emmener quelqu'un jusqu'à la rive du fleuve et de le ramener assoiffé". Ça ne la dérangeait pas que je sois devenu extrêmement avide de cachets et de haschich. Ça ne dérangeait pas non plus le caïd du trafic, au contraire il se félicitait de mon intelligence et de mon aptitude à exécuter promptement ses ordres.

À partir de là, il a commencé à me procurer, à moi et aux autres gamins de la bande, toujours plus de drogue pour nous récompenser de chaque mission qu'on menait à bien. C'étaient des drogues de toutes sortes : marijuana, comprimés d'héroïne, crystal meth, ainsi que d'autres drogues dont on ne connaissait pas les noms, comme s'il nous distribuait notre ration de lait en poudre. Je me rappelle encore comment je pleurais en lançant des appels au secours : "Que m'arrive-t-il ô vagues, où dois-je aller, où est mon rêve de lendemain, où est mon âme sœur, où est mon hier et comment peut-il s'effacer ainsi comme un éclair, comment survivre à cette nuit, comment devenir tel un noyé ?"

Je tremblais de peur à l'idée que l'arc-en-ciel sur lequel j'avais pris appui ne se disloque soudain en me laissant suspendu tout seul là-haut dans le ciel. C'est pourquoi il me fallait une nouvelle dose de drogue afin qu'un papillon m'emporte sur son dos et vole avec moi à son bord, exactement comme l'avion m'avait emporté de Beyrouth jusqu'en France. De ce fait, alors qu'on vivait ici depuis des années, je demandais à ma mère : "Maman, quand est-ce qu'on arrivera en France ? – Mais mon fils, on est déjà en France ! – Ah bon ? Pourtant on m'a dit que le Liban était la France de l'Orient, la preuve, nos rues beyrouthines portent des noms tels que Georges-Picot, Clemenceau, Verdun, Graham, souk al-Franj – le « marché des Francs » –, jadat al-Franseyyin – l'« avenue des Français » –, alors pourquoi est-ce qu'on a quitté notre maison à Beyrouth pour venir jusqu'ici ?"

Ma mère m'a répondu qu'on était venus en France parce que c'était un pays sûr qui se souciait du bien-être des gens, où il n'y avait ni guerres civiles ni sectarisme, un pays démocratique.

Mais en réalité, on est venus parce que c'est Rami qui nous a amenés, on est venus pour avoir la possibilité de le voir à tout moment.

Ma mère a ri et m'a pressé contre sa poitrine en disant : "Tu as raison. – Mais tu sais, maman, ai-je repris, j'ai pas l'impression qu'on est en France dans cette cité, j'aimerais bien faire la connaissance de vrais Français, pas des immigrés qui ont abandonné leur pays comme nous. – Bien sûr, bien sûr", a-t-elle répondu. Et de fait, elle a invité à la maison une femme française accompagnée de son fils afin que celui-ci joue avec moi, mais la dame en question parlait avec ma mère tout en pleurant et en fondant en larmes, et son fils l'a imité en pleurant lui aussi et en se tenant à la porte, désireux de repartir.

"Maman, lui ai-je lancé un jour, je ne sais pas pourquoi cette cité me rappelle la colonne vertébrale de l'être humain, avec toutes ses vertèbres accolées les unes aux autres" – et moi, comme je vous l'ai déjà dit précédemment, je m'appelle Naji, Naji celui qui a essayé d'abolir le mot "cités" pour le remplacer par "jardins suspendus", quand bien même ils seraient entourés de fils barbelés. La vraie vie, c'est à l'extérieur qu'elle a lieu, quiconque vit à l'intérieur ne fait qu'aspirer à cette autre vie de loin, au point qu'elle devient avec le passage des jours une sorte de mirage. Ce qui ne nous empêche pas de nous reproduire et de rivaliser dans cette cité pareille à un panier de crabes.

Ô ma cité, si je t'ai baptisée "jardin suspendu", c'est par pitié et par compassion envers toi, afin que tu t'imagines être au milieu des arbres et du pépiement des oiseaux, au lieu de cet amas de pierres entassées les unes sur les autres sans s'être jamais étreintes. Leur âme est triste comme la cendre sachant que les Blancs et puis les Noirs et puis les Jaunes et puis les Rouges qui sont venus vivre ici ont laissé leur cœur là-bas, dans leur pays, là où ils ont respiré l'oxygène des utérus de leurs mères.

Ils étaient de partout : du Liban et du Brésil, de l'Algérie, de Tunis ou du Maroc et de la Tanzanie ou de la Tchétchénie, de Corée, du Québec et de Lituanie, d'Albanie et d'Afghanistan, du Sénégal, de la Somalie et du Congo. Parmi eux, il y en avait qui n'avaient jamais vu la pluie tomber, d'autres dont la vie n'avait été qu'une succession d'inondations. Parmi eux, il y en avait qui comprenaient le français, d'autres qui ne parlaient aucune autre langue que la leur, et tous essayaient de trouver une manière de relier en paroles les crêtes des lèvres aux abysses des distances.

Je répugne à l'avouer, mais tous autant qu'on est, on vit dans les griffes d'un géant, à la merci de ses crocs redoutables que les caries rongent de l'intérieur. Chaque fois qu'on respire et que s'exhale la fumée de notre cuisine ou de nos cigarettes, c'est un morceau de ciel qu'on brûle. C'est pour ça que j'ai vu le ciel d'hier ployer la tête loin de nous et loin de la cité, faisant un pied de nez à notre existence, nous les étrangers à ce lieu.

On aperçoit la mer à distance et malgré ça je l'entends qui nous menace : "Restez dans la cité, ne vous approchez pas de moi, sinon vous serez noyés dans le cycle de mes marées."

Je sais, je sais pourquoi nous sommes tous venus dans ce pays qui ne nous avait pas entendus pousser notre premier cri. Je connais d'avance votre réponse, c'est parce que le pays qui avait entendu notre premier cri s'était bouché les oreilles pour ne rien savoir de notre existence. Nous, c'est-à-dire moi et vous, on est constitués de ces pollens qui se sont répandus dans l'air après que la reine des abeilles a disparu, nous laissant flotter indéfiniment sans pouvoir ni prendre notre envol ni nous poser.

Une voix s'éleva, interrompant le *flow* de Naji. C'était la voix d'une femme qu'on devinait debout à sa fenêtre, une chandelle à la main.

"Moi, c'est Badreyya, je viens de Somalie. J'ai quelque chose à vous dire, mon petit-fils traduira."

Presque aussitôt, la voix du garçon s'éleva : "Ma grand-mère veut vous dire qu'elle est venue après que l'eau s'est tarie dans les robinets, les fleuves et les sources, et que les abeilles ont commencé à boire les larmes de la vache, et qu'on a commencé à avoir très peur pour nos enfants, ils avaient versé tellement de larmes qu'on craignait que leurs corps ne s'assèchent et qu'ils meurent dans d'atroces souffrances."

"Et moi, je suis de Colombie ! cria un homme, on n'a pensé à immigrer, moi et ma famille, qu'après qu'un policier a roué de coups mon fils qui avait dix-sept ans à l'époque. Il voulait le « discipliner » comme il a dit, tout ça parce que mon fils lui avait répondu en gardant les mains dans les poches et en continuant à mâcher son chewing-gum, au lieu de se mettre au garde-à-vous devant lui."

Soudain une musique au rythme africain retentit puis s'arrêta, remplacée par la voix d'un homme qui parlait français comme s'il était d'ici : "Moi, je suis du Congo.

J'ai eu peur pour mes enfants, âgés de trois à seize ans, qu'ils soient kidnappés et obligés de devenir combattants ou soldats, car la guerre a investi nos maisons et nous a sortis des lits où on dormait, les adultes armés se sont mis à entraîner les petits au maniement des armes et à la terreur, au point que les enfants ont appris les additions et les soustractions en comptant les cadavres sur leurs doigts."

"Moi, je m'appelle Chams, je viens d'Iran, dit une femme au français impeccable, comme si elle était diplômée de la Sorbonne. Lorsque des films français ont commencé à être distribués en Iran, je suis tombée sous le charme de la France, de Paris plus particulièrement, et j'ai eu envie de tomber amoureuse d'un Français, et de me marier avec lui aussi. Alors je me suis enfuie d'Iran et j'ai réussi à gagner la France. Mais au lieu de vivre à Paris, au Quartier latin comme je l'avais rêvé, je me suis retrouvée dans cette cité où me voilà toujours, vingt ans plus tard…"

Un homme prit la parole sans se présenter et s'écria : "Je suis du Kenya, non, de Turquie, non, non, de Brunei, non, du Malawi, non, de Malaisie, non, non, en vérité j'ai peur de découvrir d'où je suis. J'étais heureux dans mon pays, jusqu'à ce que je tombe amoureux d'un garçon, j'ai compris alors que j'étais gay, la panique s'est emparée de moi à l'idée qu'ils allaient m'emprisonner, voire me liquider, c'est pour ça qu'on est partis ensemble, et on est au comble du bonheur ici."

Est-il possible que les lumières aux balcons, le bout embrasé des cigarettes et les lueurs des téléphones portables aient suffi à le rendre non seulement audible, mais aussi visible d'une bande de filles, toutes pâmées d'admiration devant lui à ce qu'il semblait puisque l'une d'entre elles l'interpella ainsi : "Eh Naji, tu veux pas venir nous rejoindre un jour chez les scouts ? Tu sais danser ? – Avec plaisir, répondit Naji, je sais danser même les yeux fermés."

"Oh, Rica tu m'entends, Rica ? Je veux te faire une promesse qui me liera à toi. Bon, j'explique : Rica, c'est mon cousin, qui vit avec moi et ma mère. Je veux lui promettre solennellement devant vous tous que je vais me frotter le corps avec de l'eau, du savon et de l'ammoniaque pour me laver de toutes les substances que j'ai ingurgitées et inhalées jusqu'à présent. Rica, mon bon ami, tu m'as assez supporté comme ça, je te promets que je vais bannir la drogue, je vais lui livrer une guerre sans merci pour que disparaissent mon inquiétude, mon angoisse, ma culpabilité, mes matinées brumeuses, ma conscience égarée et toutes ces choses que, toi, tu endures avec une bonté d'âme sans limites. Je te promets de faire couler du miel de l'intérieur de ma gorge jusqu'à mon gosier pour laver au passage le goût des médicaments, de la drogue et même de la marijuana. Assez comme ça, je ne serai plus ce caméléon qui change continuellement de couleur de peau. Mais ce n'est pas tout : je veux également aller à la blanchisserie pour qu'ils envoient de la vapeur déloger les occupants paresseux des chambres de mon cerveau, et recharger de gouttes d'adrénaline les glandes de ma flore pulmonaire. Désormais je serai un soutien pour ma mère – ta tante –, du moins quand elle sera rentrée du Portugal, je lui murmurerai des mots doux : « Merci, merci infiniment de m'avoir mis au monde et de m'avoir baigné de ton amour et de ta tendresse. Je sais que tu as peur pour moi et Rica de notre propension infinie au sommeil et à la paresse, comme tu as peur que j'arrive à l'âge des cheveux grisonnants sans avoir jamais connu d'autre statut que chômeur. »"

La voix d'une femme tonna comme un tremblement de terre : "Naji, mon petit Naji chéri, je suis Amina la Marocaine, l'amie de ta mère. Elle t'entend à présent, je l'ai appelée depuis mon téléphone, elle te dit qu'elle t'aime et que tu es toute son âme et que Dieu n'a pas créé de créature à ton égal. – Je t'embrasse, maman, lui cria Naji, mais je sais que tes paroles sont empruntées à une chanson que tu me chantais autrefois : *Toi mon chéri, toi mon âme, nul n'a été créé à ton égal.* Maman, ma mère, je voudrais ajouter quelque chose si tu le permets, une chose qui est coincée sur le bout de ma langue, mais j'ai besoin de me tranquilliser l'esprit. Comme tu le sais, je suis un être humain, et les humains ont besoin de manger pour vivre. Que dirais-tu de me faire un virement de cinquante euros puisque, comme tu le sais aussi, j'ai un compte en banque !"

Les ricanements se firent entendre autour de lui mais Naji les fit taire provisoirement en s'écriant :

"Allez, maman, je te vois bientôt, dépêche-toi donc de revenir, je t'attends toi et j'attends aussi les euros, n'oublie pas !"

Il y eut un long tonnerre d'applaudissements, entrecoupé de cris d'encouragement : "Na-ji, Na-ji, Na-ji !" Naji éclata en sanglots, sa voix qui avait mobilisé toute sa respiration rencontra l'écho qu'il recevait des fenêtres de la cité, des balcons, du toit. Les mains applaudissaient, les bouches sifflaient, les yeux pleuraient, particulièrement ceux des mères de famille. Une rose tomba sur lui, puis un bouquet de jasmin, puis une nouvelle rose et encore une autre. Il leva les yeux pour voir qui lui faisait du gringue à coups de fleurs, mais dans l'obscurité, on ne distinguait que les visages éclairés qui l'observaient, tandis que se poursuivaient sifflements et applaudissements.

"Écoutez, les enfants, retentit de nouveau sa voix, et vous les jeunes, mes oncles et mes tantes, on est ici, on est là et on bouge pas, on se dressera comme des boucliers face au caïd, face aux proxénètes, face aux dealers. Nous les jeunes, le présent nous appartient, comme l'avenir nous appartient, comme chantait mon cousin Mustapha. Allez, à bientôt, passez une douce nuit, faites de beaux rêves.

"Votre fils, votre frère, votre père et votre grand-père Naji."

Une flèche enflammée jaillit d'un balcon et brilla dans le ciel. C'était comme un palmier qui s'était mis à s'épanouir et étinceler de lumières éblouissantes en forme de dattes. Une femme cria comme pour appeler au secours : "On va se venger pour toi mon fils, et on va se venger aussi pour nos enfants ; on fait le serment de jeter tous les caïds et les dealers en prison." Cela déchaîna de nouveaux cris : "Absolument, il faut qu'on s'unisse pour expédier tous les caïds en prison !", phrase qui fut répétée une fois, deux fois, trois fois, quatre fois… Naji cessa de compter et se précipita jusqu'à l'entrée de l'immeuble, où il trouva Pascale qui l'attendait.

"J'étais dans la voiture quand j'ai entendu tes cris, lui expliqua-t-elle, alors je me suis dépêchée de revenir à la cité, je ne sais pas quoi te dire excepté merci !

— Oh non, c'est moi qui dois te remercier pour ça, répliqua-t-il en désignant le microphone, à vrai dire c'est lui qui chantait, pas moi."

Il l'approcha de sa bouche et y déposa un baiser, puis il embrassa Pascale sur les joues, l'attirant à lui avant que ne se massent autour de lui des jeunes des deux sexes. Il leur adressa des baisers aériens et rentra à l'intérieur de l'immeuble, se dirigeant vers l'ascenseur. Rica l'attendait à la porte de l'appartement, et on voyait à ses yeux qu'il avait pleuré. "Najnouj, t'as été formidable, c'est quoi cette surprise incroyable ? Non mais vraiment, t'aurais dû me prévenir." Puis il l'étreignit de son bras valide, à quoi Naji réagit en allumant le micro et en s'époumonant :

Rica, Rica, tu es une belle branche consumée d'amour
Tu es le soleil qui illumine mes journées
J'aurais dû te dire ça la première fois que je t'ai vu
Du temps où on était enfants à Beyrouth.

Un appel fit vibrer le téléphone, pourtant placé sur silencieux, que Naji avait posé près de lui avant de s'endormir. Il était en train de rêver qu'il écrivait cette phrase : "Tout s'envole, sauf le souvenir éternel du temps" et aussi cette autre : "Tout ce qu'on traverse devient souvenir, même mon père, dont je n'ai plus aucune nouvelle, s'est transformé lui aussi en souvenir." Dans le rêve, son père tombait sur cette note et répliquait : "Je ne suis pas un souvenir, espèce de fils de bandit, je suis de chair et de sang." Naji éclatait de rire avant de lui répondre : "Je tiens à te féliciter d'avoir enfin découvert ta vraie nature : un bandit."

"Est-ce que je parle bien à Naji ? Charles à l'appareil, de la Télévision française – j'ai eu votre numéro par votre amie Pascale. Tout d'abord je voudrais vous féliciter pour votre monologue extraordinaire qui m'a inspiré l'idée d'un documentaire consacré à la cité, ses habitants et leurs récits. Seriez-vous d'accord pour qu'on se rencontre ?

— Mais oui, bien sûr, quelle heure vous arrange ?"

Charles rit chaleureusement et promit à Naji de passer le voir à la cité à seize heures.

"Parfait, je vous attendrai ici, appartement 103."

— Parfait, à bientôt Naji."

Plusieurs jours s'étaient écoulés depuis qu'il avait effectué son stand-up. Du reste, ce terme technique, il ne l'avait découvert que tout récemment, c'est comme ça qu'on appelait la manière dont il s'était emparé de son microphone dans un élan spontané et avait déroulé l'histoire de sa vie devant tous ceux qui assistaient à sa prestation et devant le monde entier. On dénombrait près de trois cent mille téléspectateurs et autant de vues sur les réseaux sociaux, depuis que Pascale l'avait filmé. La nouvelle s'était propagée d'abord dans son école et dans les autres établissements voisins, avant de ramper comme un essaim de sauterelles entre les familles de la cité et des autres cités des alentours, où de nombreuses autres personnes encore l'avaient filmé.

La peur s'immisça à l'intérieur de Naji, peut-être était-il plus sage d'annuler son rendez-vous avec Charles, car il abhorrait les responsabilités quelles qu'elles soient, et détestait se presser pour se préparer. Or là, il allait devoir remplir son estomac de nourriture, avaler un comprimé, prendre une douche et endosser le rôle du jeune homme équilibré et responsable. Il y avait aussi autre chose, s'il acceptait l'aide de Charles, cela signifiait qu'il allait prendre des ordres de lui, et par conséquent il ne serait plus maître de lui-même. Allez, mieux valait sans doute oublier toute l'affaire, cette conversation avec Charles avait dû être inventée par lui, ou plutôt par son ego et son imagination.

“Rica, Rica écoute-moi s'il te plaît. Tu vas pas le croire, la Télévision française m'a appelé et m'a demandé de contribuer à un documentaire sur la cité.

— Najnouj, j'ai pas réussi à dormir hier. Là, ça va un petit peu mieux, mais je suis encore complètement dans le coaltar.

— Rica, je t'en supplie, écoute-moi, après on parlera de ton épaule et de ton coude. Je te dis qu'il y a un type de la télévision française qui m'a appelé après avoir vu la vidéo de mon « stand-up » comme il appelle ça, il veut réaliser un documentaire et moi je serai dedans ! J'ai rendez-vous avec lui cet après-midi, ici à l'appartement. Je me connais, si je ne prends pas un cachet ou un demi-cachet, je vais être sur les nerfs et incapable de me concentrer sur quoi que ce soit.

— Qu'est-ce que tu attends dans ce cas, prends donc les euros dans ma poche et dépêche-toi d'aller acheter un cachet."

Naji se rua sur le réfrigérateur, et avant d'aller s'habiller, il avala tout ce qu'il y trouva, même le beurre, le ketchup et la moutarde. Puis il sortit tout l'argent contenu dans les poches de pantalon de Rica, et se rendit aussitôt chez le fameux coiffeur. Il se tint un moment à l'endroit habituel près des toilettes du salon de coiffure, jusqu'à ce qu'un des gars vienne à sa rencontre. Naji lui tendit tout ce qu'il avait en poche, soit dix-huit euros, avant de lancer nerveusement : "Allez, file-moi quelque chose, n'importe quoi !" Le coiffeur vint en personne le saluer : "Bonjour à notre poète et artiste, on m'a rapporté ce que tu avais dit il y a quelques jours à propos de ceux qui t'aidaient à te désintoxiquer. Apparemment tu voulais littéralement décapiter tes revendeurs et les jeter en prison, mais moi, j'ai parié avec les jeunes que t'allais revenir bien sagement comme un toutou – c'est-à-dire comme un petit chien, au cas où tu ne saurais pas ce que le mot « toutou » veut dire."

Naji s'apprêtait à lui décocher un coup de poing suffisamment fort pour lui défoncer les dents, mais la voix de

Charles résonnait encore dans ses oreilles. C'est pourquoi il s'obligea à se calmer et y parvint, du moins jusqu'à ce qu'il entende le coiffeur ajouter que la visite de Naji lui avait donné une envie irrépressible d'aller aux chiottes, lui qui pourtant était d'un naturel constipé. Cette fois, il lui décocha bel et bien un coup, si puissant que sa main elle-même en fut tout endolorie. Là-dessus, il prit ses jambes à son cou pour rentrer à la cité, sans cesser de se parler à lui-même. Il se convainquit que cette affaire de documentaire était inutile et ne lui apporterait rien ; pire, il y avait fort à parier que l'admiration des téléspectateurs se porterait non sur lui mais sur le présentateur, quand bien même celui-ci ferait mine de louer son courage et son audace. Même à supposer que mon stand-up soulève l'admiration des foules, se disait-il, et pousse les spectateurs à s'amouracher de moi, est-ce que ça va fondamentalement changer ma vie ? Bien sûr que non ! Je ferais peut-être mieux d'appeler Charles pour décommander, et même il vaudrait mieux que je sois pas de retour à la cité à seize heures.

Il se pressa en direction du bassin abandonné, là où sa mère l'avait rattrapé un jour et avait hurlé des menaces à la face des dealers.

Ne devrait-il pas sortir son œil de verre afin de susciter la compassion ? Mais d'un autre côté, il était certain que son stand-up avait remporté l'admiration des gens et comblé leurs oreilles. Il s'arrêta au niveau du vendeur de pâtisseries et acheta du baklava et du Coca-Cola. En le voyant enfourner les bouchées l'une après l'autre, le vendeur ironisa : "Eh bien, qu'est-ce que ce serait si t'aimais le sucré !" Naji repensa au fameux dicton de sa mère : "Le chameau transporte le sucre, mais il mange des épines." La première fois qu'il l'avait entendu, il s'était demandé comment une telle idée avait pu naître dans l'esprit de son auteur ? Et qui aurait pu imaginer qu'un jour, un jeune homme nommé Naji songerait au fait que le chameau transportait le sucre et mangeait les épines ? Ou bien, dit autrement, qu'il transportait le sucre de la drogue jusqu'à son cerveau pour que la gaieté envahisse son sang et que le bonheur circule dans ses veines, lui procurant un sentiment d'absolu et de liberté ?

Mais une fois l'effet du cachet dissipé quelques heures plus tard, Naji se retrouva dans la peau du chameau qui mangeait des épines, celles-ci commençaient à lui piquer la langue et la gorge et lui tombaient malgré lui au fond du gosier. Elles le transperçaient les unes après les autres, ce qui le faisait hurler de douleur et le mettait à l'agonie où qu'il se trouve, sur le canapé ou par terre. Il souffrait d'un tournis qui l'empêchait de prendre appui où que ce soit, lui donnant l'impression qu'il était sur le point de tomber du centième étage. C'est pourquoi il s'empressa de transporter de nouveau le sucre afin de le faire circuler dans son sang.

Toutefois il ne tarda pas à revenir à la cité en courant, le goût du baklava était encore sur le bout de sa langue et dans sa tête et à l'intérieur de son âme. Il était Naji, celui qui transporte le sucre mais ne mange pas les épines, mais aussi Naji qui allait rencontrer Charles.

Il ralentit pour passer acheter une petite fiasque d'alcool et, une fois seul dans l'ascenseur, la vida d'une seule traite.

Ensuite il alla chercher une feuille de cahier sur laquelle il inscrivit : "Je soussigné, Naji, me promets de combler mon appétit et ma soif de cachets comme je l'ai fait il y a deux ans lorsque je suis tombé amoureux de Maggie.

Je vais faire le rendez-vous avec Charles, et dès qu'il sera parti, je commencerai le compte à rebours de ma mort programmée pour demain matin. Signé : le bien nommé Naji – « celui qui survit aux épreuves »." Cela fait, il suspendit la feuille au-dessus de l'écran de télévision.

En entrant chez eux, Charles laissa son regard dériver tout autour de la pièce, avant de murmurer : "Formidable, formidable !" Naji eut envie de lui demander ce qu'il trouvait de si formidable dans cet appartement de misère. Mais il se pinça la cuisse et le noya sous un déluge de paroles tout en lui faisant visiter, à sa demande, l'ensemble des pièces y compris la cuisine.

Afin de lui montrer comment les émigrés apportaient leurs traditions avec eux dans leur lieu d'adoption, il pointa le doigt sur les gousses de gombo séché que sa mère avait accrochées à la paroi du balcon. Il proposa à Charles de lui interpréter un rap sur sa famille, à quoi l'homme réagit par une question : "Mais vous ne m'avez pas dit, où est donc le fameux Rica ?" Naji s'abstint d'avouer qu'il lui était sorti de la tête. "Oh, vous voulez dire mon cousin Rica ? Je vais vous le présenter." Dès qu'il l'aperçut sortant des toilettes, Charles se montra enthousiaste et un éclair passa dans ses yeux. Naji pensait bien entendu que la raison en était la peau foncée de Rica, sachant que c'était un peu le sujet du moment ; après avoir fait les présentations, Naji décela de la peur dans les yeux de Rica. Peut-être redoutait-il l'entrevue avec Charles, d'où sa décision de se réfugier un peu plus tôt dans la salle de bains.

"Rica vit dans un état de panique permanente, il faut dire qu'il n'a pas réussi à obtenir son permis de séjour en France, expliqua Naji.

— Bien sûr, bien sûr, acquiesça Charles.

— Monsieur Charles, reprit Naji, c'est moi qui vous ai inspiré par télépathie de prendre contact avec moi. Il faut dire que depuis un bon moment je suis las de la vie dans cette cité et de la mentalité de ses résidents. Vous rendez-vous compte que ma mère faisait un élevage de poux sur ma tête afin de les revendre aux milliardaires arabes vivant en France ? Ceux-ci croient dur comme fer qu'avoir des poux dans la tête empêche la survenue d'accidents cardiovasculaires !

— Oh incroyable, formidable ! Pouvez-vous m'en parler plus longuement ?

— Bien sûr, bien sûr, je peux parler de tout ce que vous voulez ; quelquefois, ma franchise choque ceux qui ne me connaissent pas, et tout autant ceux qui me connaissent d'ailleurs, je dois même avouer qu'elle me choque parfois moi-même !

— Oh, ça me fait penser au récit de cet écrivain arabe célèbre au Canada, il a publié un récit en rapport avec les poules dans son enfance, attendez…" Il sortit un petit carnet de sa poche avant de poursuivre : "Ah oui il s'appelle « Adil ». D'ailleurs, je vais lire son livre.

— De mon côté, monsieur Charles, j'ai réfléchi à un titre pour votre documentaire. Il pourrait s'appeler « Je veux vivre en France avec les Français »."

Ce titre n'était apparemment pas du goût de Charles, qui se contenta de hocher la tête en souriant. Il demanda à Naji quel âge il avait. Quand ce dernier eut répondu qu'il approchait de la trentaine, Charles émit un petit rire avant de lâcher :

"Moi, je vous donnais tout juste vingt-trois ans, ou quelque chose comme ça !

— Ma mère prétend que, dans notre famille, les années passent sans laisser de traces sur les visages, et que les cheveux de mon grand-père n'ont jamais blanchi.

— Vous pensez que votre mère serait d'accord pour apparaître dans le film ?

— Oui, bien sûr, d'abord parce que son fils est dedans, ce qui fait qu'elle va être enchantée pour moi. Du moment qu'elle me voit en train de faire une activité, peu importe laquelle, elle est contente. L'important à ses yeux est que je sorte de mon lit d'une manière ou d'une autre et que je ne reste pas avachi sur le canapé du salon. D'ailleurs, à dire vrai, elle essaie de me convaincre de participer à une émission de télévision dont l'objectif est de venir en aide aux jeunes chez qui l'addiction à la drogue a entraîné des troubles psychologiques : folie de la persécution, cleptomanie, mythomanie et tout le tintouin. Sans parler du fait qu'elle va pouvoir saisir pour la première fois de sa vie l'importance du rap, et comprendre qu'il s'agit d'un vrai travail, sachant que moi ça fait des années que je suis sans emploi. Cela dit, chanter du rap ne m'attire plus comme par le passé. J'en compose encore un de temps en temps, mais sans que ce soit moi qui l'interprète.

— Et est-ce qu'il y a à cela une…, oh non, désolé, je n'ai rien dit.

— Vous vouliez me demander s'il y a une raison à cet état que je traverse ? Oui, la raison, c'est que cette cité ressemble à une fosse souterraine qui m'a attiré en elle et m'a enseveli. De ce fait, je ne sens pas que je suis en France. Si ma mère était restée au Liban et qu'elle m'avait gardé avec elle, le silence ne régnerait pas comme ça sur notre appartement de la cité, et les membres de notre famille se seraient battus pour venir nous voir. Un peu comme cette famille française que j'espionnais dans ce petit bourg voisin de la cité, particulièrement le dimanche, j'aimais les entendre discuter avec animation, éclater de rire, faire tinter leurs verres, parfois même chanter.

“J'aurais voulu être l'un d'entre eux plutôt que de me retrouver seul dans notre appartement qui bâillait de solitude et d'ennui. Mais ma curiosité envers cette famille et aussi ma manie de passer tous les dimanches sans exception à les guetter ont inquiété un membre du foyer, ce qui n'est pas vraiment surprenant. Il a prévenu les policiers, qui sont venus m'emmener au commissariat pour me soumettre à un interrogatoire – ils étaient persuadés que je préparais un cambriolage.

“Mais la vérité c'est que je ne voulais rien d'autre qu'être en compagnie de cette famille, fût-ce à distance. J'aspirais à être avec des Français, car après tout si je vis en France au milieu des Français, ce n'est pas juste pour savourer leur gastronomie, mais parce que j'aspire à leur bonheur, n'étant pas heureux moi-même.

“Si j'observais leurs coupes à vin, c'est parce que je voulais moi aussi savourer le goût de leurs grands crus, je guettais leurs moments de gaieté, espérant que l'un d'eux m'adresserait un rire ou simplement qu'on échangerait des sourires. Je me demande si le policier qui a enquêté sur mon affaire m'a cru… Je n'en sais rien, et je ne le saurai jamais.

— Naji, répondit vivement Charles, j'espère que cette famille française pourra visionner le documentaire que nous allons préparer ensemble.

— Monsieur Charles, est-ce que vous auriez la possibilité de m'aider à m'inscrire à l'émission *Poésie et rap*, c'est que je suis très désireux de revenir à ma passion, et aussi de renouer avec moi-même.

— Je voulais vous en faire la surprise, mais je leur ai déjà envoyé la vidéo de votre stand-up, et je pense qu'ils vont lui trouver quelque chose de spécial ; à mon avis, ils vont sûrement vous contacter très bientôt.

— Monsieur Charles, je vous remercie du fond du cœur !"

Puis il se mit à déclamer en rap le couplet suivant :

Ô Charles, ô Charles, je vous dis merci ô Charles, car vous m'avez donné les clés du château de Versailles
Je vous promets de n'y pénétrer qu'en compagnie d'Adil "Abou Dajaja"
De l'imam et de ses djinnas
De ma mère et de son élevage de poux.

Charles se mit à rire et esquissa le V de la victoire.

Dès qu'il fut parti, Naji se précipita dans la cabine de douche, où il se tint sous le jet d'eau durant près d'une heure, gardant tout ce temps les yeux fermés. Il ne les rouvrit que lorsque Rica entrebâilla la porte de la salle de bains.

"Eh bien, mon ami, tout va bien ?

— Je me sens au top, au top du top même."

Il sortit rapidement de la douche pour se transférer dans la baignoire, leur salle de bains étant notoirement la seule de tout l'immeuble à en comporter une. Il s'y installa, s'allongeant de tout son long, et s'amusa à remplacer continuellement l'eau chaude par de la froide puis l'eau froide par de la chaude. Il pria Rica de lui apporter un verre d'eau tiède avec un morceau de citron et du gingembre.

Lorsqu'il fut près de deux heures du matin, Rica l'informa qu'il allait se coucher, mais Naji resta étendu dans la baignoire, les yeux fermés. Il songeait à quel point il aspirait à prendre un cachet, n'importe lequel, et se demandait si son envie de cachet était aussi forte que celle d'être en Maggie, il se promit que très bientôt il ferait une heureuse. Non, ce n'est pas à Maggie qu'il pensait en disant ça, ni à Pascale, mais à une bien-aimée inconnue. Cela lui donna envie de chanter deux lignes d'une chanson que sa mère écoutait souvent, et qu'elle chantait parfois :

Qui es-tu donc, je ne sais pas, qui es-tu donc, je ne sais pas
Quand et où je te rencontrerai, mon chéri mon chéri mon chéri

Il ne quitta la baignoire que vingt-six heures plus tard. Avant d'en sortir, il scruta la couleur de l'eau, dans l'espoir qu'elle lui permettrait de juger si les cachets avaient cessé de produire un effet dans son corps. Il venait de s'habiller quand Rica fit irruption devant lui, lui demandant de l'aider à ôter son maillot de corps. "Vos désirs sont des ordres !" dit Naji tout en l'aidant – il avait pris l'intonation de sa mère. Rica lui tendit un gant de toilette qu'il avait préalablement enduit de savon en lui demandant de lui frotter le dos avec, ainsi que le cou, ensuite il s'en saisit pour se frotter lui-même sous les aisselles et le torse. "Allez, frotte-moi tout ça ! s'encouragea-t-il. Pour ta gouverne, sache que les anges n'approcheront jamais de quelqu'un qui pue des aisselles. Pouah, mon Rica, tu es vraiment dégoûtant, pouah !"

Naji s'insurgea, déclarant qu'il n'avait jamais entendu sa mère prononcer cette phrase. Rica éclata de rire puis lui tendit le shampoing, et se mit à chanter :

> *Vas-y, asperge-moi donc, vas-y, balance donc ce shampoing bizarre sur mon cuir chevelu, comme ça tous deux pourront se rencontrer et nager ensemble tels que Dieu les a créés, après quoi ils prendront un bain de soleil dont tu me diras des nouvelles.*

Rica avait chanté cela en prenant l'intonation d'une chanson satirique ; c'était si drôle que Naji était aux anges, heureux de cette nouvelle facette comique chez Rica qui était remontée à la surface dernièrement. Cela confirmait Naji dans l'idée que Rica était un membre de la famille à part entière, doté d'un solide sens de l'humour et d'une grande finesse d'esprit. Étonnant qu'il soit parvenu si longtemps à enfouir cet aspect de sa personnalité au plus profond, si profond qu'il avait bien failli disparaître. Naji s'absenta un moment pour aller chercher son téléphone dans le living, et passa prendre des ciseaux à la cuisine, puis revint en fredonnant : “Vas-y frotte, frotte donc !”

Il attrapa une mèche de cheveux de Rica et la souleva. “Bon, bouge pas, je vais juste essuyer la mousse de shampoing qui t'a coulé dans le cou et sur le dos, avant que tu n'enfiles ta chemise en coton.” Cependant, dans un geste aussi vif qu'un clin d'œil, il trancha d'un coup de ciseaux la mèche qu'il avait attrapée. “Mais qu'as-tu fait, Naji, qu'as-tu fait nom de Dieu ! s'écria un Rica épouvanté.

— Rien du tout, répliqua Naji, j'ai juste coupé les cheveux morts, et seulement jusqu'à hauteur d'épaules.

C'est plus joli et plus propre comme ça, et ce sera encore mieux quand je les aurais noués en catogan, c'est la dernière mode. Et si tu regardes bien, en fermant un œil et en ouvrant l'autre, tu verras qu'ils sont déjà en train de repousser. Tout le monde doit se couper les cheveux, vois-tu, même les prêtres dans les églises. Allez, avoue que c'est beau, tu vois pas comment ça a mis en valeur ton visage ?"

Là-dessus il saisit un élastique et s'en servit pour lui rassembler les cheveux, mais changea bientôt d'avis et rapporta un ruban noir d'un des tiroirs de l'armoire – qui en contenait une multitude, de toutes les couleurs – pour nouer avec les cheveux de Rica : "Mate un peu, maintenant, tes cheveux sont vraiment dans le vent !"

Rica était finalement satisfait de ce que Naji avait fait à ses cheveux, surtout lorsqu'il aperçut les mèches par terre, qui ressemblaient à une pelote de laine à la couleur passée. Mais dans le même temps, il était vexé que Naji n'ait pas jugé bon de lui demander préalablement son avis.

"Ben alors, mon ami Rica, qu'est-ce que t'en penses ? On dirait que t'as envie de pleurer."

Rica rit de bon cœur et serra Naji dans ses bras.

"Allez, mission accomplie, déclara ce dernier. Je suis fatigué, allons nous mettre au lit, j'ai envie qu'on dorme un peu !

— Je vais d'abord aller m'acheter quelques trucs", répliqua Rica. Il s'assura que les clés de l'appartement étaient bien dans la poche de son nouveau jean, et alla chercher l'épais emballage dans lequel il avait glissé la petite boîte de chocolats qu'il avait achetée pour l'envoyer à son cousin Mustapha à Beyrouth. Là-dessus, il sortit et prit rapidement la direction de la poste.

Une fois dans le bureau, il se tint dans la file d'attente, mais son tour venu, resta sur place le temps que se libère le guichet où officiait la jeune fille qui avait toujours un sourire pour lui. Cette fois-ci, c'est elle qui lui parla en premier : "Que vous est-il arrivé, demanda-t-elle en désignant le plâtre qui lui enveloppait le bras et l'épaule, vous avez eu un accident de moto ?

— Non, pas du tout, je suis tombé du haut de la grande roue d'Antibes."

De surprise, la jeune fille porta la main à sa bouche.

"Pas possible ? s'exclama-t-elle, je ne savais même pas qu'on pouvait tomber d'une grande roue !

— Eh bien vous voyez, moi j'en suis capable ! répliqua Rica en riant.

— Ah, je comprends maintenant pourquoi vos cheveux sont si courts, c'est à cause de la chute !

— Exactement, mes cheveux ont été traumatisés comme moi.

— Oh, vous alors, vous avez vraiment de l'humour !" lui dit-elle en souriant et en lui adressant un clin d'œil.

Émerveillé par ses beaux yeux, il esquissa un sourire, qu'il essaya de faire le plus large possible, suffisamment large pour qu'elle ne pense pas qu'il avait l'air de pleurer comme sa marâtre le lui disait tout le temps. Elle lui demanda :

"Qu'y a-t-il donc dans ce colis que vous souhaitez envoyer à Beyrouth ?

— Du chocolat !

— Il n'y a donc pas de chocolat au Liban ?

— Bien sûr qu'il y en a, soupira-t-il, mais le chocolat français est meilleur. Excusez-moi, ajouta-t-il en baissant la voix, je me demandais si je pourrais vous inviter un jour à Croquembouche, comme ça, on dégusterait leur chocolat ensemble…

— Oh, merci. Oui, bien sûr, à la pause de midi ou bien en fin d'après-midi, à la sortie de mon travail."

Rica, qui avait retrouvé la vigueur de sa voix, répondit précipitamment :

"Que diriez-vous d'aujourd'hui en fin d'après-midi ?

— Parfait, je vous retrouve à la pâtisserie à dix-huit heures."

Pascale avait téléphoné à Naji plusieurs fois, il la rappela et ils convinrent de se voir. Il téléphona également à Maggie et lui laissa un message : "Maggie, je sais que tu vas prendre contact avec moi après m'avoir vu dans l'émission *Poésie et rap*, mais je t'en supplie ma chérie, ne te donne pas cette peine, car je ne te rappellerai pas."

Sa mère l'appela et lui dit en riant : "Je suis dans le train qui me ramène de l'aéroport, ce que j'ai hâte de te voir, chéri de mon cœur !"

Après le stand-up de ce soir-là, qui lui était arrivé en vidéo, envoyé par sa voisine marocaine, Yasmine n'avait pas cessé d'appeler son fils pour lui faire ses excuses : elle n'avait pas su se montrer suffisamment patiente, et n'avait pas su déceler la souffrance qu'il endurait. Après quoi elle avait tenu à lui rappeler un souvenir : "Je veux que tu saches, mon chéri, que j'ai encore le petit papier que tu m'avais écrit il y a quelques années."

Elle entreprit de le lui lire : "Yasmine, je voudrais te dire que je me souviens encore de cette phrase que tu avais prononcée devant moi, à savoir que le cerveau n'est qu'un accessoire de décoration. Eh bien laisse-moi te dire à présent que, mon cerveau, c'est ce que je possède de plus important. Mon cerveau est comme cette balance magique qui agrémente la vie et les choses, il est comme l'eau qui coule sans jamais s'arrêter, quand bien même des branches se mettraient en travers de sa route."

"Maman Yasmine, dis-moi où est-ce que tu as déniché ce papier ?

— Je l'ai mis dans mon porte-monnaie, comme ça, chaque fois que je traverse une période difficile, chaque fois que tu me demandes de l'argent par exemple, j'y jette un coup d'œil et ça me rappelle que mon fils est un génie !"

Il alla chercher ses crayons de couleur pour transformer les scorpions qu'il avait dessinés sur le mur en roses et en fleurs, puis agrémenta le visage de sa mère d'étoiles et dessina une pomme juste au-dessous de l'inscription "Le paradis se trouve sous les pieds des mères."

Ensuite, il se précipita vers Rica pour l'informer que Yasmine rentrait.

"Elle m'a donné plus de dix fois du « chéri de mon cœur » !

— J'espère qu'elle rapportera de quoi manger..."

Ils éclatèrent de rire tous les deux en imaginant sa réaction lorsqu'elle verrait l'épaule et le bras de Rica dans le plâtre, nul doute qu'elle allait sursauter : "Houla, que s'est-il passé ?!" Et avant même d'avoir entendu la réponse, elle pousserait un énorme soupir et porterait la main à sa poitrine. "Bon, quoi qu'il en soit, c'est une bénédiction que tu te sois blessé dans ce pays et non à Beyrouth ou en Afrique, tu imagines combien ils nous auraient fait payer là-bas au Liban ? Et en Afrique, je t'en parle pas, ton père t'aurait dit : allez, c'est pas grave, demain ton épaule se sera remise en place toute seule, avale deux comprimés d'Aspro et tout ira bien !

— Je t'en supplie, Najnouj, évite de me parler de mon père. Moi j'ai peur de ce qui va se passer quand ma tante va apprendre pour l'émission de télé française, elle va te réserver la part du lion dans les repas, et moi le pauvre réfugié, je serai condamné à manger tes restes et à suçoter les os !"

Ils donnèrent libre cours à leur hilarité mais les rires de Naji s'étranglèrent, interrompant brutalement son humeur taquine. Rica doit se dire qu'il va se retrouver tout seul dans le marécage, pensa-t-il, se persuadant qu'il devait absolument le rassurer sur le fait qu'il ne l'abandonnerait pas, et qu'il essaierait de lui apporter tout ce dont il avait envie.

Ils entendirent le bruit signalant l'arrivée de l'ascenseur à l'étage et l'introduction de la clé dans la serrure en même temps que le tintement ininterrompu de la sonnette. C'était Yasmine.

"Mais qu'est-ce qui se passe, s'écria-t-elle en s'élançant vers eux, que vous est-il arrivé ? Je vous jure que mon cœur m'avait averti !

— Rica s'est cassé l'épaule et le coude en glissant sur la savonnette dans la salle de bains…

— Ben dis donc, heureusement qu'on n'est ni à Beyrouth ni en Afrique, je te laisse imaginer ce qu'on aurait dû débourser !"

Les deux compères éclatèrent de rire, et Naji se précipita sur elle pour lui embrasser les joues. "Bienvenue à notre Portugaise." Elle le serra contre lui de toutes ses forces comme si elle demandait pardon pour lui avoir menti en lui faisant croire qu'elle était au Portugal.

“Qu’est-ce que le médecin a dit, mon Rica chéri ? lui demanda-t-elle. Quand est-ce que ton épaule sera remise d’aplomb ?

— Un mois, un mois et demi tout au plus.

— Allez, ça va passer en un clin d’œil. C’est une chance que ça n’ait pas été plus grave !”

Aussitôt après avoir posé sa petite valise par terre, elle s’empressa d’ouvrir son sachet de courses et en sortit les salaisons et le pain. Naji et Rica se ruèrent pour s’asseoir à table, chacun rivalisant pour arriver avant l’autre. C’est là qu’elle remarqua le dessin au mur et entreprit de l’examiner, main sur la bouche tant elle était estomaquée. Elle dut lire plus d’une fois l’expression “Le paradis se trouve sous les pieds des mères”, inscrite au mur en français, avant de s’écrier “Oh, chéri de mon cœur, chéri de mon cœur !” puis attrapa une craie de couleur afin de réécrire au-dessous la phrase en arabe.

“Dis, maman, la taquina Naji, tu te rappelles le chameau qui transporte le sucre mais mange les épines ? J’espère qu’au Portugal, il s’est bien chargé de manger le sucre !”

Yasmine rit de bon cœur. “Mais oui, mon chéri, là-bas j’ai mangé du sucre, du miel et d’autres choses comme les galettes. Oh, pauvre de toi, Yasmine, tu as oublié de prendre ton médicament contre le cholestérol.” Elle courut jusqu’à sa chambre et fit une recherche sur Google au sujet des pâtisseries portugaises, avant de revenir vers eux dans le salon. Elle avala le comprimé avec un peu d’eau et s’écria : “Ça y est, le nom de cette galette portugaise vient de me revenir, elle s’appelle *bola de berlim*, ça s’écrit comme « Berlin » mais avec un *m*.”

Mais comment Rica va-t-il faire pour s'en sortir en mon absence ? s'interrogeait Naji. Même quand je serai présent, je ne serai pas vraiment avec lui – d'ailleurs je ne suis déjà plus tout à fait là depuis que ce Charles m'a appelé. Je suis en train de mettre au point ce que je vais dire, alors que Rica, au lieu de monter avec moi dans le train, est resté sur le quai de la gare à me regarder, bouche bée. Il n'en revient pas que moi, Naji, je sois parvenu à embarquer dans la rame, et à présent c'est moi qui lui fais signe depuis la fenêtre et qui lui envoie mes baisers dans l'air.

La vapeur s'échappant du train masquait un peu la vue, les empêchant de se voir, un peu comme le rideau sombre qui était tombé entre eux quand Rica avait quitté son Afrique pour venir à Beyrouth, encore tout jeune enfant. Rica était différent des autres, il n'était pas comme les gamins du quartier et de l'école, et même ceux des autres rues et des autres quartiers, on aurait dit un de ces gosses qui figuraient dans les manuels d'histoire-géographie en tant que représentants de leur civilisation, comme les Égyptiens, les Chinois, les Bédouins du désert ou les Indiens. Il était orphelin de mère et cela l'affectait de voir que tous les autres gamins avaient une mère qui les attendait à la maison, à l'exception de Fadwa dont la mère était absente du foyer familial, s'étant enfuie avec un autre homme dont elle était tombée amoureuse. Heureusement que le père de Rica n'était pas à Beyrouth ! Quant au père de Naji, il était aux abonnés absents.

En revanche, quand il avait revu Rica en Allemagne, Naji avait senti son cœur pousser des youyous, et quand son cousin était venu d'Afrique pour habiter avec eux en France, il avait de nouveau poussé des youyous car le temps avait réussi à le soulager de cette douleur et de cette angoisse qui autrefois envahissaient sa poitrine chaque fois qu'il entendait le nom de Rica ou celui de son oncle – à la seule vue du mot "Afrique" sur un globe terrestre ou sur une carte, il s'empressait de détourner le regard.

Avant de fermer les yeux pour dormir, Naji lança à son compagnon :

"Rica, je veux que tu sois tout à fait rassuré. Sache, mon bon ami, que ta vie à toi aussi va changer dès que tes fractures à l'épaule et au coude auront guéri. Pour ça, mon ami tu peux me croire, je t'en donne ma parole d'honneur. Dans un premier temps, on va t'aider à présenter une demande d'asile en France et, s'il le faut, on consultera un avocat. D'ailleurs, je te file mon billet que Yasmine va dire : « Peu importe ! Moi j'ai envie d'aider Rica à s'installer avec nous en France, même si pour ça il faut que je vende tout ce que je possède et même que je vende mes vêtements. » Et c'est sûr qu'elle va obliger mon oncle à t'aider même s'il n'en a pas envie ! Qu'est-ce qui te ferait plaisir ? Tu veux reprendre les cours d'aviation ?"

Ils s'endormirent tous les deux, mais le sommeil ne tarda pas à déserter les paupières de Naji – même si le feu qui le consumait s'était refroidi depuis qu'il avait rassuré Rica. Il se posait de nouveau des questions : "Ma vie est-elle devenue comme je la voulais, ou bien comme elle voulait être, elle ? Ai-je plongé dans ses mers ou bien suis-je demeuré sur le rivage ? Est-ce que ce sont ces questions qui, en me filant sans arrêt de grands coups sur la tête, m'ont empêché de me concentrer sur ce sur quoi je veux me concentrer, comme ma passion pour les étoiles et mon attachement à elles et à leur diversité incroyable ? Je me rappelle encore que j'avais fait une obsession sur l'expression « les astres en mouvement* », comme ça, sans raison particulière. J'avais envoyé des messages à tous les centres d'astronomie pour leur demander ce qui se passerait si la Lune s'écartait d'abord de la Terre puis continuait à s'éloigner jusqu'à disparaître sans retour."

Il avait refermé les yeux après s'être souri à lui-même et s'être étreint. Son sourire lui rappela cet homme qui, dans le magasin d'antiquités, s'était tenu devant une statue de femme en porcelaine qu'on voyait brandir un pétale de rose ressemblant à des lèvres cramoisies, et comment l'homme lui avait caressé les joues avec délicatesse et douceur, comme pour lui parler et lui demander ce qui la préoccupait. Ensuite, l'homme avait fermé les yeux tandis que sa main continuait à caresser la joue de la femme, la satisfaction ressentie dans ce geste imprimait sur son visage un grand sourire, qui s'était ensuite transmis à celui de Naji – lequel se trouvait présent à ce moment dans le magasin, où il était venu vendre les deux colombes d'argent que sa mère avait rapportées de Beyrouth – et à la terre entière. L'homme plein de délicatesse n'avait ouvert les yeux qu'après avoir entendu derrière lui la voix de sa femme qui l'appelait : "Allez viens, on y va !" Ce souvenir le frappa brutalement d'un accès de nostalgie pour les deux colombes, et il se sentit au bord de pleurer sous le poids du remords. Il ferma

* C'est ainsi que les premiers astronomes arabes avaient désigné les planètes, afin de les différencier des astres "fixes" que sont les étoiles.

de nouveau les yeux, s'imaginant retourner au magasin d'antiquités pour les reprendre et détaler à toutes jambes afin de les rapporter à sa mère, qui les croyait encore dans la caisse entreposée sur le balcon.

Il se demanda, du reste, si sa mère regrettait d'avoir exigé avec autant d'insistance qu'à peine obtenu son diplôme universitaire, il se trouve un travail pour subvenir lui-même à ses dépenses quotidiennes. De ce fait, il avait été obligé de prendre un job de laveur de vitres pour les voitures qui s'arrêtaient aux feux rouges. Il aimait bien jouer des tours aux conducteurs ou leur faire des blagues tout en nettoyant leurs pare-brise. Par exemple, il dissimulait le pistolet distributeur hors de vue, ou bien s'enroulait le flexible autour du cou, comme pour dire au propriétaire de la voiture "Paye-moi bien ou je vais m'étrangler". Il n'avait cessé de laver les vitres des voitures que lorsque sa mère lui avait hurlé de se trouver un travail digne de lui : "Ça suffit maintenant, stop ! Tu as tout l'avenir devant toi !" Mais Naji était heureux de sa liberté, de cette solitude en particulier qui le gagnait à la nuit tombée lorsqu'il rentrait chez lui écrire ses morceaux sur des rythmes de hip-hop.

L'autre incident qui l'avait poussé à arrêter le lavage de vitres, c'est qu'il s'était lui-même fait berner par un conducteur qui lui avait subtilisé sa montre et son téléphone, et même la tablette de chocolat qu'il mettait dans la poche de sa chemise.

Il se redressa dans le lit, face à face avec son esprit qui était une sorte de dépôt résonnant d'une multitude de bruits, de visages, d'incidents, de sentiments instables et fluctuants, de sorte qu'il avait peine à répondre aux nombreuses questions qui se bousculaient dans sa tête et à apaiser ses multiples perplexités, d'autant plus que son esprit se perdait dans le labyrinthe des sentiments et des pensées.

Excédé, il bondit sur ses pieds et hurla à son cerveau : "Écoute-moi bien, tu n'es composé que de vaisseaux sanguins et de muscles, tu n'es qu'un des organes de mon corps au même titre que les poumons, les fesses, le nez ou la cuisse. Je te donne des ordres exactement comme je les donne à mon pied. Maintenant marche ! Maintenant arrête-toi ! Je te le dis, mon petit bonhomme, à partir de maintenant, c'est moi qui décide si tu te réveilles ou si tu somnoles, c'est moi qui m'interroge et pas toi, c'est moi qui me souviens quand ça me chante et pas toi, pigé ?

"Et là, justement, j'ai envie de te contrarier en me souvenant de l'incident qui s'est produit il y a un mois ou un mois et demi, je ne sais plus. L'incident qui a fait que mon amoureuse ne voulait plus être mon amoureuse. L'amour intense qu'elle porte à sa chienne n'a rien à voir avec notre relation et ne s'est pas interposé entre elle et moi comme tu cherches obstinément à m'en persuader. La vraie raison, c'est que j'étais jaloux du frère de sa copine, qui était revenu des États-Unis après s'être formé au cinéma d'animation, et qui à présent adaptait des livres en dessins animés.

"Mon amoureuse m'a révélé qu'elle était sortie avec sa copine et son frère dans une boîte de nuit à Nice où ils sont restés jusqu'au petit matin, et elle a insisté, sans même que je lui pose la question, sur le fait qu'il ne s'était rien passé entre eux. Mais plus elle insistait là-dessus et plus ça instillait le doute en moi. Ma tête fumait de jalousie et de colère, ça me sortait par les oreilles, par les yeux et par les poumons. Lorsqu'elle a essayé de m'enlacer et de m'embrasser, je me suis surpris à sortir précipitamment de la chambre, verrouillant la porte pour les enfermer elle et sa chienne. Elle a essayé de me faire revenir, elle a crié, supplié, elle n'arrêtait pas de tambouriner à la porte, à bout de nerfs. C'était comme si elle trouvait des ressources dans ses pleurs et dans ses supplications, ainsi que dans les geignements ininterrompus de sa chienne.

"Subitement tout ce vacarme a cessé, et le silence a régné dans la pièce pendant quelques minutes. Jusqu'au moment où des coups violents ont été frappés à la porte de l'appartement, c'étaient deux jeunes qui nous ont crié de manière hystérique : « Vite, vite, ouvrez la porte avant qu'elles sautent du balcon, elle et sa chienne ! » Leurs exclamations et leurs cris affolés se sont entremêlés avec les voix et le tumulte qui venaient du pied de l'immeuble : « Dépêchez-vous d'appeler les secours, la fille essaie passer de son balcon à celui de l'appartement en enjambant le vide ! Ohé, jeune fille, tu es notre bien-aimée à tous, on te supplie d'arrêter, surtout n'essaye pas, tu pourrais basculer. Écoute ce qu'on te dit, s'il te plaît. Fais comme on te dit sinon tu risques une mort certaine ! On te promet qu'on va attraper celui qui te fait souffrir, arrête-toi et ne remue plus un pied, arrête d'avancer, fige-toi à ta place, on te promet qu'on va te venger, sœurette, tu as notre parole d'honneur ! »

"De mon côté, je suis allé à la porte de la chambre, tandis que de l'intérieur de moi montait une clameur : pourquoi la vie m'échappe-t-elle depuis le jour où j'ai eu conscience d'elle ? La voilà qui me fuit pour la seule raison que Maggie ne va pas savoir voler et qu'elle va s'écraser au sol comme un gigantesque rocher qui se détacherait du sommet de la montagne et dégringolerait ainsi jusqu'en bas, sans dire un mot ni esquisser un geste. Et moi, tout ce que je peux faire, c'est dégringoler moi aussi pour la rattraper.

"À ce moment-là, j'ai supplié la clé que j'avais entre les doigts de se dépêcher de tourner dans la serrure de la chambre après m'avoir tourné dans le cœur. Les deux jeunes transformés en flèches enflammées venaient de réussir à défoncer la porte d'entrée. Tous les trois, on s'est précipités jusqu'à Maggie et la chienne et on les a serrées contre nous ; moi je criais comme un forcené, et les deux jeunes se frappaient le visage pendant que Rica criait : « C'est de ma faute, c'est de ma faute, j'aurais dû rester à leurs côtés ! »

"Je pensais que la vie m'avait repris dans ses bras quand j'ai vu Maggie pousser soupir après soupir, mais je me suis retrouvé seul et banni. Les deux jeunes ont conduit Maggie et sa chienne hors de l'appartement, et l'appartement lui-même, avec tout ce qu'il contenait de passé, de souvenirs et de présent, m'a subitement abandonné pour aller rejoindre Maggie qui ne m'a pas adressé un regard, pas même de colère ou de reproche. Notre relation est retombée comme un ruisseau aux eaux immobiles, et le fait qu'elle n'ait pas eu un regard pour moi ce jour-là me fait penser qu'il n'y a aucune chance pour qu'on revienne comme avant."

Naji bondit hors du lit et enfila précipitamment ses vêtements, épouvanté à l'idée du temps qui restait à attendre jusqu'au matin, et hurla à son cerveau de le laisser tranquille. Ensuite, il enfourcha son vélo pour se rendre chez Maggie. Il frapperait à sa porte un coup délicat, et si elle ne lui ouvrait pas, il attendrait jusqu'au matin, jusqu'à la mi-journée, même jusqu'au lendemain et jusqu'aux jours suivants s'il le fallait.

OUVRAGE RÉALISÉ
PAR NORD COMPO À VILLENEUVE-D'ASCQ
ACHEVÉ D'IMPRIMER
SUR ROTO-PAGE
EN SEPTEMBRE 2024
PAR L'IMPRIMERIE FLOCH
À MAYENNE
POUR LE COMPTE DES ÉDITIONS ACTES SUD
LE MÉJAN
PLACE NINA-BERBEROVA
13200 ARLES

DÉPÔT LÉGAL
1re ÉDITION : OCTOBRE 2024
N° impr. : 105496
(Imprimé en France)